鹿《しか》男《おとこ》あをによし

The fantastic Deer-Man

万城目学

幻冬舎

鹿男あをによし

The fantastic Deer-Man
by
Manabu Makime

First published 2007 in Japan by
Gentosha Inc.
This book is published in Japan by
direct arrangement with
Boiled Eggs Ltd.

Illustration
石居麻耶

Design
岩瀬 聡

はじめに

ずいぶん、おさない頃の話だ。

ベッドに入ってうとうとし始めると、頭の上らへんを、ときどき小人の鼓笛隊《こてきたい》が通っていった。おれは目を閉じている。だから、その姿は見えない。ただ、「しゃんしゃかしゃんしゃか」と音を立てて何かが通っていくのを、夢とうつつの間で聞いている。どうして、見えもしないのにそれが小人だとわかるのかと訊《たず》ねられても、上手には答えられない。夜中に「しゃんしゃかしゃんしゃか」と風のような音を立てて通るような連中は、小人の鼓笛隊に決まっている、と子供のおれは考えたのだ。

だが、そのうちおれも知恵がつく。小学校にも上がる。小人が枕元をうろうろしているといつまでも思わない。ある夜のこと、例のごとく、頭の上を小人が通っているとき、おれは初めて夢の世界に落ちることなく、「起きろ」と自分に命令することができた。ゆっくりと、おれはまぶたを開けた。

枕に接するように、ベッドのヘッドボードが立っている。板の厚みは二センチほど。その厚みを鼓笛隊の連中が一列になって渡っているとおれは勝手に想像を働かせていた。おれは素早く身体《からだ》を起こし、小人たちの姿を捉《とら》えようとした。

もちろん――そこには一匹の小人の影も見当たらなかった。

その夜を最後に、おれは二度と「しゃんしゃかしゃんしゃか」を聞くことはなかった。馬鹿なことをしてしまったと思った。無性に残念でならなかった。このことを父に話したら、案の定、腺病質《せんびょうしっ》なやつだとさんざん馬鹿にされた。次に母に話したら、母はウンウンと大げさにうなずいてから、「それはお前が大人になったからだ」とよくわからない説明をしてくれた。大人になったも何も、おれはまだ自分の名前すらまともに漢字で書けない七歳の餓鬼《がき》坊主だったのに。ついでに母は「純な心を持っている証拠だ」と無理矢理おれを褒めてくれた。そんな心を持っているやつは、あそこで起きたりはしないと思ったが、面倒なので黙っておいた。

おれの二十八年の人生のうちで、不思議な出来事といったらこれくらいのものだ。それから先、おれは不思議な体験というものを一度も味わったことがない。

第一章

葉月（八月）

きみは神経衰弱だから。

焼魚の背骨を除きながら、教授は言った。

どういうことです？　とおれが訊《き》いても、教授はそういうことだよとやけに素っ気ない。

「ずっと研究室に籠《こ》もってばかりというのもいけないよ。もっと外の空気も吸って、人間の幅を広げることも必要だよ」

教授は静かな口調で醬油《しょうゆ》を魚に垂らす。おれは教授が何を言わんとしているかつかめず、一向に箸が進まない。

「助手とのことですか？」

「それもある。でも、それだけじゃない」

教授は短く返事をして、むしゃむしゃと魚を食べ始めた。魚を食べ終えるまで話す気配はない。元々、教授は研究室でもほとんど口をきかない。そんな教授から昨日、少し話したいことがあるからといきなり電話がかかってきたときには驚いた。学校の近所の定食屋で待ち合わせをしたが、夏休みということもあって、夕飯時でも店内は閑散としている。扇風機がレジの横でさびしげに回っている。

どういう意味で教授がおれを神経衰弱と言っているのかはわからない。確かに助手との関係はうまくいっていない。そのせいで、研究室の雰囲気がひどくぎくしゃくしていることも承知している。だが、おれは自分の研究に真面目に打ちこみたいと思っているだけだ。人がどう言おうと、断じて神経衰弱なんかじゃない。

「前の実験の結果が駄目とわかってから、ずいぶんきみは焦っているように見えるね」

味噌汁をすすりながら、教授はようやく口を開いた。おれは魚をつつく箸を止め、ハアと曖《あい》昧《まい》にうなずいた。

「研究に一生懸命になるのもいい。でも、それだけじゃ駄目だよ」

「どうしろというんです？　研究室を辞めろということですか？　はっきり言ってください」

「おやおや、きみは辞めたいのかい？」

おれは慌てて首を振った。

「じゃあ、妙なことを言うんじゃないよ」

教授は少し笑って、おれをたしなめた。

「きみは心持ち、神経が過敏になっていると思うんだな。研究室の人間からも、そんな話を二、三聞いたよ」

「誰がそんなことを言っていたんです」

教授はおれの言葉には反応せず話を続けた。

「僕は別に悪いことじゃないと思う。誰にだって、そういうときはある。要は少し、余裕を失っているだけだ。僕はきみに余裕を取り戻してほしい。そこでだ」

教授は静かに言葉を切ると、おれの顔をじっと見つめた。

「少しだけ、大学を休んでみたらどうかな？」

おれは箸を止めたまま言葉を探した。いきなり学校を休めと言われても、どう答えていいかわからない。食べ終えた教授の前から店員がさっさと皿や椀《わん》を持ち去っていく。茶をすすりながら、きみは教員免許を持っているかと教授は訊ねてきた。大学四年生のときに取りましたと答えると、教授はおもむろにうなずき、きみ、教師として働くつもりはないかい？　と唐突に話を持ちかけてきた。

「教師ですか？」

思いもしない言葉につい大きな声が出た。

教授はハンカチで口のまわりを拭《ぬぐ》い、話し始めた。私の大学時代の同級生に大津《おおつ》という男がいる。私立高校を三つも経営している男なのだが、近頃電話をしてきて、高校で理科を教えることができる人はいないかと訊ねてきた。教師が一人、産休を取ることになり、代わりの教師を迎えたいのだが、これがなかなか見つからないというのだ。

「常勤講師という待遇だが、どうだろう？　期間は二学期だけという話だから、年内いっぱいということになるけど――」

教授の視線が静かに頬《ほお》に刺さるのを感じる。確かにきみは線の細いところもあるが、一方で適応力もある、案外教師の職に向いていると思うんだな、などと教授は適当なことを言う。それってどこの高校です？　というおれの問いに、教授はグラスの麦茶をごくりと飲んだ。

「奈良の高校だよ」

「奈良ですか？」

おれは思わず声を上げた。ずいぶん遠いところである。

「僕はとてもいい話だと思うんだな。奈良といったら鹿だろう、大仏だろう。いかにも、ゆったりしてそうじゃないか。悠久の都の余韻《よいん》や深し、心の余裕を取り戻すには最適だ」

店員がやってきて、食べ終えたばかりのおれの皿を下げていく。おれは奈良というものをイメージしようと努めたが、教授の言う鹿と大仏以外、何の映像も浮かんでこない。そもそもおれは生まれてこの方、箱根より西に行ったことがない。

「あと、その高校というのが女子校なんだな」

「じょ、女子校ですか？」

「いやいや——別にそんな顔をすることじゃない。こんなむさ苦しい男ばかりの研究室にいるより、若いエネルギーに囲まれているほうが、心の健康にもいいに決まってる。どうだろう、一つ新しい勉強をする気持ちで奈良に行ってみないか？　年内は休学にして、年明けに復学できるよう手続きは僕がしておく。何、ちょっとした代講を務めに行くようなもんさ。それに大津が困っている様子だったから、僕もぜひ助けてやりたくてね」

細かい水滴に覆われた麦茶のグラスを見つめながら、教授は何を言っているのだろうと思った。素人《しろうと》にそんな簡単に高校教師の仕事ができるはずがない。確かに教育実習には行った。だが、それは六年も前の出来事だ。しかも女子校である。とてもじゃないがそんなところで教える気にはなれない。

まったく馬鹿にしている、こんな話はさっさと断ろう——そう決めて顔を上げたとき、教授が不意に助手の名前を口にした。

「彼が今度、九州にある大学の助教授の職に就くかもしれないんだな。十月末に面接試験があって、彼は論文のデータを揃《そろ》えなくちゃいけない」

嫌な予感におれは息を殺し、教授の次の言葉を待った。

「そのためには今きみが使っている機材を使用する必要がある。知ってのとおり、我々のやっている研究は何せ『食えない』分野だ。きみのせいで一度は流れてしまった助教授の話だ。今回の彼のチャンスを僕は応援してあげたい。機材が一つしかない以上、きみの実験を中断してもらうしかない。きみが彼の手伝いをしてくれるのがいちばん望ましいが、それはきみも彼も望まないだろう。まあ、どちらにしろ、きみの実験はしばらくお休みってことだ。だから、ここは思いきって奈良に行ってみなさい。何、ちょっとしたバカンスと思ったらいい」

額が奇妙に突き出た、いつも陰気な顔をした助手の顔が脳裏に浮かぶ。去年の秋のことだ。おれは研究室のパソコンのメンテナンスの最中、誤って一台を初期化してしまった。そこには助手のデータが詰まっていた。名古屋の大学に助教授の口があるからと、ただでさえ蒼《あお》い顔を、さらに蒼白く変え、助手が三カ月かけてようやくまとめた論文データを、おれはクリック一つで、ことごとく消してしまったのである。結果、助手の助教授になる夢は無残にも潰《つい》えた。同じ研究室にいただけに、助手の失望はよく理解できた。それ以来、助手とはほとんど口をきいていない。研究室の連中は、常に無言の非難をおれに投げかけてくるようになった。研究室に居場所がなくなったことに気づいたが、おれだって他に行く場所はない。

今年になって、おれは半年以上かけた実験に失敗した。それを知った助手が隣に来て、蒼白い顔に笑みを浮かべ、「ざまあみろ」と言った。次の瞬間、おれは助手につかみかかっていた。研究室の連中に、寄ってたかって取り押さえられた。二人して教授に呼ばれ、原因を訊かれたが、助手は最後まで何も言っていないと譲《ゆず》らなかった。それ以来、研究室でおれは「神経衰弱」というあだ名をつけられることになった。

教授がどういう意味で「きみは神経衰弱だから」と言ったのかはわからない。あだ名のことだけを言っているのではないのかもしれないが、あえて訊ねる気も起きない。

しばらく考えさせてくださいと告げて、おれは教授と別れた。

翌日、研究室に行くと、助手がおれの機材の前で実験の準備を始めていた。助手は「今日から使わせてもらうよ」とマシンをのぞいたまま、冷たい声で告げた。

自分のノートと本をまとめて、その足で教授の部屋に向かった。廊下の窓が開いていて、蟬《せみ》の鳴き声がけたたましく天井に響いていた。奈良行きの申し出を受ける旨を伝えると、教授は笑みを浮かべ、きっといい経験になると思うから、存分に勉強してきなさいとおれの肩をぽんと叩いた。

世間の高校が夏休みを終え新学期を迎えるまで、あと数日を切っていた。さすがに新学期に合わせて奈良に行くことはできないので、赴任は九月の半ば以降にずらすということで話はまとまり、おれの奈良行きが正式に決まった。

第二章
長月（九月）

一

「1‐A」のプレートの前で、足を止めた。

大きく深呼吸をして、ネクタイを触った。ズボンのファスナーが閉まっているか確認して、腹を少しさすった。大丈夫、何も問題ない。三秒、つま先で立ってみた。かかとが着地すると同時に、おれはドアノブに手をかけた。

ざわついていた空気が、一瞬にして静まり返った。視線が一斉に降りかかるのを、痛いくらいに感じた。おれはせいいっぱい胸を張り、壇上を一直線に進んだ。

教卓の前でおれが立ち止まると、待ち構えていたかのように、

「起立」

という声がした。がらがらとイスの動く音が鳴り、「礼」のあとに、

「おはようございます」

というぶ厚い合唱が続いた。軽やかさと涼やかさの合間に、奇妙な気怠《けだる》さが漂う、不思議な響きだった。

「お、おはようございます」

慌てておれが返した挨拶《あいさつ》に、くすくすと忍び笑いが聞こえた。耳の端に血が集まるのを感じ

ながら、おれは教室を見渡した。

何てこった、本当に女だらけじゃないか――。

好奇の眼差しでおれを見上げる顔を眺め、呆れる思いでつぶやいた。今さらながら、とんでもないところに来てしまったと思った。

「着席」

ふたたびがらがらと遠慮なく響くイスの音を聞きながら、胸ポケットから真新しいチョークケースを取り出した。教卓の上に置き、白のチョークを一本手に取った。子供の頃から、おれはチョークの粉っぽい手触りが苦手だ。だから、おれのチョークには、赤と白に一本ずつ、ステンレス製のホルダーがついている。

黒板に自分の名前を書いた。何も考えず、ただ大きく書いた名前は、右下に向かってしぼむように小さくなってしまった。みっともないが仕方がない。これから上手になっていくしかない。黒板の右手には、丁寧《ていねい》な字で「九月二十二日　水曜日」と記されている。その下には日直の名前が二つ並んでいる。今日の掃除当番は五班らしい。

改めて教室の様子を見回すと、どの生徒の机にも、きちんと理科の教科書がのっている。一限目が理科だから当然なのだが、妙に感心してしまった。しょっぱなからいきなり授業には入らず、学年主任にも言われたとおり、まずは生徒の顔と名前を一致させることにした。曲がりなりにも、おれはこのクラスを担任することになったのだ。人の名前を覚えるのは昔から苦手だが、そんなことは言っていられない。

厚い黒表紙の出席簿を開くと、細かい字で名前がぎっしり並んでいた。確か全員で四十二名並んでいるはずだった。右の列のいちばん手前から順に自己紹介をするよう伝え、教卓の内側から丸イスを引っ張り出して座った。名前だけで済ませてしまうと、顔を覚える時間もなくあっという間に紹介が終わってしまうので、住んでいる場所や好きな教科など、少なくとも一分はしゃべるよう伝えた。もっとも、二日前奈良にやってきたばかりのおれは、八木《やぎ》だ、富雄《とみお》だ、五位堂《ごいどう》だと地名を並べられたところで、皆目さっぱりわからなかったのだけれども。

なかには大人びた生徒もいるが、やはり高校一年生は、見た目も言葉遣いもどこかおさない。それにしても、今が理科の時間で、物理の教師が目の前にいるというのに、誰も理科が好きだと言わないのには驚いた。ここは理系のクラスだよな、と教卓のすぐ向こうに座っている生徒に話しかけると、訝《いぶか》しそうにハイそうですと答えた。

二人に一人の割合で、名前にふり仮名をつけていく。近頃の生徒は、外国だか果物だか、やたら難しい名前がついているから厄介だ。急に自己紹介の声が途切れ、出席簿から顔を上げた。目の前の列の後方で、生徒たちの視線がうろうろしている。身体をずらしてのぞくと、列の後ろから二番目の席に誰も座っていない。勝手に全員が出席していると決めてかかっていたが、欠席者がいたらしい。慌てて教卓の隅に貼られた座席表を確認した。引継ぎ書ですっかり見慣れた、産休中の前任者の丸っこい字がマス目びっしりに書きこまれていた。空いている席には「堀田《ほった》」という名前が記されている。出席簿には「堀田イト」とある。ずいぶん古風な名前である。

そのとき、急に教室の後方のドアが開いた。何事かと顔を上げると、ちょうどカバンを手にした女子生徒が教室に入ってくるところだった。生徒はそのまま正面列の後ろから二番目の席に音もなく座った。

堀田の席に座ったということは、これが堀田イトなのだろう。ばあさんのような名前だが、もちろん普通の高校生である。まるで遅刻してきたことなど素知らぬ顔で、堀田は机に置いたカバンを開けた。教室に入ったときから、こちらをちらりとも見ようとしない。ずいぶん挑戦的な態度だ。

「堀田か」

おれは語気を強め、声を発した。すると、本当におれの存在に気づいていなかったのか、こちらが驚くくらいびくりと身体を震わせ、弾かれたように面《おもて》を上げた。続きの言葉を発しようとして、おれは思わず声を呑《の》みこんだ。なぜなら、ものすごい形相で堀田がおれを睨《にら》んでいたからだ。名前を呼ばれたことがそんなにショックだったのか、それとも、おれの顔に何かついているのか。悟られぬよう、それとなく指の先で確かめてみたが、何もついている様子はない。

十秒ほど、穴があくくらいおれを見つめたあと、堀田はようやく口を開いた。

「——誰？」

無礼な態度にムッときたが、極力冷静を装い、

「おれはこのクラスの担任だ。今日から赴任した」

と答えた。ところが、おれの言葉が理解できないのか、未だ堀田は怪訝《けげん》な顔でおれを眺めている。それどころか、少し顔をしかめたりもする。まったくどこまでも失礼なやつである。

「おい、遅刻しておいて、何も言わずに教室に入ってくるやつがあるか」

小さい頃から声が大きい、ときには大きすぎると言われてきた。いらいらする気持ちを抑えきれず、少し声が大きくなってしまったか、いちばん手前の生徒がびくりと身体を震わせた。気の毒だが仕方がない。不運な席に当たったとあきらめて、早く慣れてもらうしかない。

依然、おれの顔をじっと眺めていた堀田だが、面倒そうに席から立ち上がると、

「先生、遅刻にするのは勘弁してください」

とやけに湿り気ある声で返してきた。

おれは少々呆気《あっけ》に取られて、意外と小柄な身体つきの相手を見つめた。朝礼を含め、始業からすでに四十分は経っている。なのに、遅刻にするのはよしてくれとはどういうつもりなのか。

「どうしてだ」

おれの質問に、堀田は何かを答えようとしたが、急に黙りこんだ。口元の筋肉を妙な具合に動かし、変な表情でおれの顔を眺めていたが、

「三カウントになってしまうから――」

と詰まった声で、胸の前に指で「三」を示し、ゆらゆら揺らした。

「何だ、その三カウントってのは」

おれの言葉に、まわりの席から一斉に説明の声が上がった。何でも遅刻を三度すると、学年主任に呼び出され、校則をレポート用紙に書き写すことを命ぜられるらしい。なるほど、いかにもあの堅物《かたぶつ》ぽい学年主任がやりそうなことだ。

遅刻はもちろんいただけないが、赴任初日から生徒に校則の書き写しを命じるなんて真似は、おれだってゴメンだ。そんなことに時間を潰させるくらいなら、元素記号の周期表を覚えさせるほうがよほど意味がある。おれは堀田の遅刻を大目に見てやることにした。だが、このまますんなり堀田の要求を受け入れるのも癪《しゃく》なので、

「どうして遅刻した」

とまずは理由を訊いておくことにした。

堀田は立ち上がったまま、じっとおれの顔を見ている。あまり顔色がよくない。もっとも初めて会ったばかりだから、普段からそうなのかもしれない。堀田は首を傾《かし》げた。丁寧に梳《す》かれた髪の先が肩に触れて、今にも音が鳴りそうな具合にしゃらしゃら揺れた。

「駐禁を——取られたんです」

「駐禁？」

駐禁とは駐車禁止のことだろう。だが、何の駐禁か。自転車で駐禁は取られまい。ならバイクか。だが、バイク通学は禁止のはずだ。

「何だ、お前マイカーでも持っているのか」

言葉の意味がつかめぬまま、おれは冗談のつもりで返した。すると、堀田はくそ真面目な顔

でこう答えた。

「マイカーじゃありません。マイシカです」

「はあ？　なんだって？」

おれは思わず甲高い声を上げて、堀田の顔を見つめた。

「マイシカ？」

「そうです。自分の鹿です」

マイ鹿――見たことも聞いたこともない言葉が、ぽっと頭の中に浮かんだ。

「前も一度、駅前の駐禁エリアに停めたとき、おまわりさんに切符を切られました。今朝、とても急いでいて、近鉄の入口に停めたときに、見つかってしまったんです」

「待て、ちょっと待て――」

おれは手を挙げて、堀田の口を閉ざさせた。

「冗談はよせ」

「冗談じゃありません。だって――こっちの人じゃないでしょう」

堀田は無遠慮におれを指差した。

「どうして、おれがこっちの人間じゃないってわかる」

「言葉が全然ちがいます」

何をわかりきったことをといった顔で、堀田は首を振った。やはりそういうものなのかと少し感心しながら、おれは堀田に出身の県を教えてやった。ところが、堀田は鈍い表情でおれを見返すばかりで、ウンともスンとも言わない。どうやら、どこにあるかわからないらしい。まわりの生徒が小声で、東京の右のへんにあるやつじゃないと告げているのが聞こえる。堀田は「ああ」と真面目な顔でうなずいている。世の中に「東京の右」なんて場所はない。まったく呆れるほど失礼なやつらである。

「じゃあ、知らないはずです」

「何をだ」

「奈良の人間は、鹿に乗るんです」

「ば、馬鹿を言え」

思わず丸イスから腰を浮かせて、おれは声を荒らげた。

「最近は少なくなったけど、今でも奈良公園や春日大社《かすがたいしゃ》の近くに住んでいる人は、近くのスーパーに行くときには鹿に乗ります」

「か、からかうんじゃない」

「本当です。奈良公園のあたりに行ったら、いくらでもマイシカに乗っている人を見かけます」

思わずおれは、昨日奈良公園を散歩したときのことを思い返した。鹿も人も大勢見かけたが、鹿に乗っている者はいただろうか？　記憶にない。

馬鹿な――。

うっかり乗せられている自分に気がついて、おれは心で激しく首を振った。そんなことあるわけがない。

しかし、冗談もいい加減にしろというおれの言葉に、堀田は動じる様子もなく、昨日も母が駅前のビブレに鹿に乗って買い物に行った、などとやけに現実味のある例を挙げてくる。あまりに迷いない、きっぱりとした堀田の表情に、おれは急に不安になってきた。どうも冗談を言っている様子には見えない。まわりの生徒を見ても、誰もがやたら真面目顔でおれと堀田を見比べている。

果たして堀田の言っていることが本当なのか、最前列で目が合った生徒に訊ねてみた。すると生徒は、茫洋《ぼうよう》とした表情でおれを眺めるばかりで、いつまで経っても返事をしない。肯定するでも否定するでもなく、曖昧に笑みを浮かべるばかりで、まるで埒《らち》が明かない。他の生徒に訊ねても皆同じ反応だ。

確かにおれはこの奈良という土地のことをほとんど知らない。知っていることといったら、せいぜい寺と大仏と鹿がいることぐらいだ。ひょっとしたら、おれが知らないだけで、堀田の言うように、本当に鹿に乗るなんていう習慣があるのかもしれない。何だか急に自信がなくなってきた。まるで異国に迷いこんだ旅人の気分だ。気がつくと、無意識のうちに腹をさすっていた。いけない。どうやら、雲行きが怪しい。

とりあえず、もういいと堀田を座らせた。遅刻の件はひとまず置いて、中断した自己紹介を続けさせることにした。

ちょうど最後の生徒が自己紹介を終えたあたりで授業終了のチャイムが鳴った。おれは出席簿を閉じると、一目散にドアに向かった。ドアを出た途端、教室の中でわっと大きな声が上がったが、かまわず職員室に向かった。もとい、職員室の手前にある男性職員用トイレに向かった。

不安が募《つの》ると無性に腹がゆるむ。情けない癖があったもんだ。嫌な予感は朝からくすぶっていたが、まさか一限目からこんな目に遭《あ》うとは。便器に座ってうなだれながら、おれは膝の上に出席簿を広げた。

「堀田イト」の欄に、まだ遅刻のマークはついていない。

＊

今日の出来事をおれが語るのを、ばあさんは遠慮ない笑い声を上げて、重《しげ》さんは慎み深い笑みを浮かべ聞いていた。

「笑い事じゃありません。新参者を馬鹿にするにもほどがある」

奈良漬をぽりぽりとやりながら、おれはばあさんに抗議の声を上げたが、ばあさんの笑いはいっかな止まらない。

おれはばあさんの家に下宿している。ばあさんの姓は福原《ふくはら》という。だから、ばあさんの孫の重さんの姓も福原という。

ばあさんの息子さん、つまり重さんの親父さんは、校長の高校時代の同級生だった。そのよしみで、校長はおれの世話をばあさんに頼んでくれた。ご主人が亡くなって以来、ずっと空き部屋になっていた一室を、ばあさんはおれに貸してくれた。家賃は月に五万円。その中には朝食と昼の弁当、夕食の分まで入っている。家賃のほとんどを食費が占めているといってい い。

ばあさんの孫の重さんは、おれが赴任した高校で教師をやっている。担当は美術で、美術部の顧問もしている。ほかの教師から聞いた話だが、重さんはたいそう生徒たちにモテるらしい。重さんは色が白く、きれいな二重まぶたをしている。物静かで、口元にいつも穏やかな笑みを浮かべている。繊細な、いかにも芸術肌の雰囲気がある。これでは生徒の人気が出るのも当たり前だ。重さんはおれより五つ年上だ。だから重さんは三十三歳だ。ちなみに、重さんのご両親は伊豆にいる。何でも親父さんは著名な画家らしい。重さんの亡くなったじいさんも彫刻をやっていたそうだから、血筋なのだろう。

「で、堀田は何て言ったんだい？」

お茶漬けをさらさらかきこみながら、重さんは訊ねた。

「あいつ、学年主任の前でぬけぬけと、少しボケただけですとか言いやがったんです。ボケたとかどうとか、年寄りの話じゃないんだ」

「ああ先生、そういうことじゃないよ。ボケるってのは——」

「わかってます。他の先生からもさんざん聞かされました。でも、おれはここに漫才をしに来たんじゃない。まったくふざけるにもほどがある」

おれは重さんの言葉を制し、憤懣《ふんまん》の言葉を並べ立てた。

一限目終了後、トイレを経由して職員室に戻ったおれは、さっそく隣の机に戻っていた藤原《ふじわら》君に堀田の話を語って聞かせた。

藤原君はお隣の１－Ｂの担任だ。藤原君は三年前からこの高校で教えている。おれよりもずっと先輩だが、年は三つも下だ。藤原君は歴史の教師で、部活ではバドミントンを教えている。豆のようなのっぺりした顔をしていることに加え、ほとんど坊主に近い髪型をしているものだから、年齢よりずいぶん若く見える。ネクタイを締めていなければ、きっと大学生にしか見えまい。だが、藤原君には二歳の娘さんがいる。頼りなさそうに見えて、実は立派な父親である。

堀田に関する、おれの話を聞いた藤原君の第一声は「おもしろいなあ」だった。ちっともおもしろくなんかない、本当のところはどうなのと訊ねるおれに、藤原君はケロリとした顔で「そりゃ先生、ウソですよ」と答えた。

「あの野郎」

今すぐ教室に戻ろうと憤然とイスから立ち上がったおれを、藤原君はまあいいじゃないですか、生徒の他愛ない冗談ですよとなだめた。

そりゃあ、冗談には違いない。だが、ずいぶんタチの悪い冗談だ。こちらの無知を承知で、連中はおれを笑い者に仕立て上げたのだ。堀田はもちろん、何食わぬ顔で席に座っていた他の生徒も、内心おれをせせら笑っていたのだ。まったくどこまでも残酷な連中だ。まだ右も左もわからぬ新任教師を気遣う配慮なんて、まるで皆無だ。何が「人を慈しむ心を育てる」だ。これは各教室の黒板の上に、額に入れて飾ってある校訓の文句だ。そんなできもしないお題目は、さっさと窓の外に延々広がる平城宮跡《へいじようきゆうせき》に投げ捨ててしまうがいい。

藤原君の言葉に不承不承、腰を下ろしたが、不快な気分はいつになっても消えやしない。ニヤニヤとおれの話を聞く藤原君の態度にも大いに不満を抱《いだ》いたが、驚いたのは他の教師もまるで同じ反応を示すことだ。なかにはいい発想をしているなあ、などとほとんど褒《ほ》めるような調子の教師もいる。

このままじゃ、おれはまるで道化だ。人を馬鹿にしておいて褒められるなんて法があるものか。おれは大いに反論にうって出た。だが、昔からの癖で、興奮すると急に言葉が出てこなくなる。言いたいことの半分も言えなくなる。だが、机に置いた出席簿に無駄に唾が飛ぶばかりで、おれの気持ちは一向に教師連中には伝わらない。そのうちに腕の時計を気にし始める教師が現れる。藤原君は相変わらずニヤニヤしておれの顔を眺めている。

だが幸か不幸か、おれの怒りは一人には伝わった。その場をたまたま通りかかった学年主任が、おれの話にふむふむとうなずき、「わかりました」と職員室の隅に向かっていった。何をするつもりか見守っていると、学年主任はマイクのスイッチを入れ、

「1-Aの堀田イト、1-Aの堀田イト、放課後、生徒指導室に来るように」

と抑揚のない声でアナウンスした。ふたたびおれの前まで戻ってくると、先生も放課後一緒に来てくださいと告げ、自分の席に戻っていった。

ハアとおれは頭を下げた。何かがちがう気がした。まるで教師に告げ口をした子供のような居心地の悪さを感じた。自分が小さな失敗を犯した予感がした。

頭の上で、唐突に次の授業の開始を告げるチャイムが鳴った。まわりを見渡すと、いつの間にか人の姿が消えている。深々とイスに座りこんでいる藤原君は、「あ、僕、次休みですから」と呑気な声を上げた。おれは慌てて教材を抱えると、時間割を確認し1－Cの教室に向かった。

おれの予感は正しかった。

頬のあたりを硬くして、放課後、堀田イトが生徒指導室に入ってきたときから、おれはこの話し合いが、碌《ろく》な結果をもたらさないことを確信していた。

おれと学年主任が並んで座り、パイプ机を挟んで堀田が座った。堀田は部屋に入るとき一瞥《いちべつ》したきり、一度もこちらを見ない。まったくいちいち気に障る野郎である。いや、女だから野郎じゃなくて女郎《めろう》か。しかし、女郎という響きはちょっと刺激的すぎやしないか。

おれが馬鹿なことを考えているうちに、すでに学年主任の説教は始まっている。堀田はそれを「ええ」とか「はい」とか短い返事で聞いている。こちらをちらりと見る気配さえないので、おれは遠慮なく堀田の顔を眺めてやった。

部屋の左手の高いところに窓が一つあって、そこから暮れ始めた午後の陽《ひ》が射《さ》しこんでいる。レースカーテンを透過した光が、ちょうど堀田の顔を斜めに横切って、淡い陰影を描いている。

おれはしばし魅入られるように、堀田の顔を注視した。どちらかといえば薄暗い部屋に、堀田の顔が半分だけ、ぽっと浮き上がっている。何だか妙に神々しい。この重い雰囲気の部屋で、堀田の上にだけちがう重力がかかっているような気がする。何だか癪である。だが、しばらく眺めているうち、堀田の顔が少し魚に似ていることに気がついた。目と目の間がわずかばかり離れている。もっとも何の魚かはわからない。涼しげな眼差しを正面に送るその表情は、高一にしてはずいぶん大人びている。ちょうど目と目の間を、窓からの光の帯が斜めに走っている。光に浮かぶ右の瞳には、理知的な色が浮かんでいる。影に沈む左の瞳には、頑固な色が漂っている。きりりと引かれた濃い眉の下で、二つの瞳は、少々離れ離れになりながら、野生的な香りをそれぞれの色合いに添えている。まさに野生的魚顔である。

学年主任のくどくどしい話は途切れることなく続く。堀田の話を聞く態度は大人しいが、固く結ばれたその口元には、ここにいることへの反感が色濃く滲《にじ》んでいる。どうにも不毛である。

「先生に謝りなさい――」

ようやく説教が一段落して、学年主任は堀田に語りかけた。堀田は初めておれに視線を向けると、意外なほど素直に「すいませんでした」と深々頭を下げた。

「どうしてあんなことを言ったんだ」

安堵《あんど》がうかがえる声で学年主任は訊ねた。堀田は膝に置いた自分の手を見つめている。目元から伸びる睫毛《まつげ》がずいぶん長い。マッチ棒なら二本は載りそうだ。

「どうなんだ、堀田」

学年主任の声に小さくうなずく堀田だが、なかなか答えは返ってこない。その代わり、唇のあたりをむずむずやっている。教室でも同じようにむずむずやっていたが、その様子を眺めているとこちらまでむずむずする。

ようやく、堀田が面を上げた。強い眼差しと正面で目が合った。ずいぶん沈んだ瞳をしているなと感じた瞬間、堀田の眉間《みけん》に突然、深い影が差した。

「――少しボケただけです。どう考えたって、あんなの冗談に決まってるでしょう。鹿に人が乗るわけないのに、少し考えたらわかることなのに、それを勝手に本気にして、いちいち先生が大げさなんです。何でそんなこともわかんないの……。それをわざわざこんなところに呼ばれて――ああ、本当にやってらんない」

表情をぴくりとも動かさず、真っすぐおれを見つめ、堀田は吐き捨てるように言葉を連ねた。

部屋の空気が一瞬にして凍りついた。一気に頭に血が上り、馬鹿野郎と怒鳴りつけようとしたとき、学年主任が押し殺した声で「校則書き写し十回、三日以内に提出」と告げた。おれはハッとして学年主任の顔を見た。面の広いメガネの向こうから、冷たい怒りの視線が堀田に注がれていた。

失礼しますと頭を下げて、堀田は退室した。閉まるドアの向こうで堀田と一瞬、視線が合った。強い軽蔑《けいべつ》の色がその目に浮かんでいた。ドアが閉まってしばらくして、学年主任は長いため息をついた。不毛な時間の終わりを告げる、空《むな》しい合図だった。

「困ったもんだねえ」

「困ったもんです」

お茶漬けを食べ終え、重さんはばあさんがむいてくれた桃をひと切れ頬張った。

「しかし、不思議だなあ」

「何がです？」

「堀田だよ。僕も授業で見ているから知ってるけど、そんな感じの子じゃないのになあ。何かあったのかな」

そんなこと言われても、おれにはどうにも答えようがない。おれにとって堀田は、新任教師をからかっておいて、叱られたら逆恨みをする、どうしようもなくタチの悪い生徒でしかない。

「まあ先生はいい気分はしないだろうけど……でも、僕は堀田が好きだな。あの子はとてもきれいだよ」

「きれい？　そうですか？　おれは何だか魚に似ているように思えましたけど」

おれの言葉に、重さんは声を出さず、くくくと笑った。

「先生もおもしろいたとえをするねえ。まあ、確かに少し独特な顔だけど……でも、あれは二十を超えたあたりから、ぐんときれいになる顔だよ」

美に関して重さんが言うのだから、そうなのかもしれない。だが、とてもじゃないが、おれにはそんな寛容な印象は抱けない。今だって、堀田の言動を思い返すたび頰のあたりが熱くなる。

ガラス皿に盛られた桃を箸でひと切れ突き刺し、ふと生徒指導室を出るときの堀田の眼差しを思い出した。今思うと、そこには軽蔑を超えた、もっと強い感情がこめられていたような気がする。赴任早々、どうしてそんな悪感情を生徒から抱かれなくてはいけないのか。つくづく理不尽な思いがした。

整腸剤を飲んで、部屋に戻った。授業の予習をして、さっさとベッドに潜りこんだ。これからのことを思うと胸がざわついたが、疲れが溜《た》まっていたのかあっという間に眠りに落ちていた。

二

朝はいつも六時に目が覚める。

九歳のとき父を病気で亡くしてから、おれは母とともに祖父の家で育った。祖父の家は午前六時に朝が始まる。枕が替わっても、二十年かけて刷りこまれた習慣は、そう簡単には失われない。ばあさんの家の朝食はきっちり七時に始まる。顔を洗ったあと、おれは一人で散歩に出かけた。

ばあさんの家は、県庁の裏手の小さな民家が並ぶ区画にある。県庁は東大寺の広大な敷地と道路一本を隔てて立っている。家を出て碁盤の目に引かれた細い道を進むと、東大寺の転害門《てがいもん》が堂々とおれを迎える。

転害門の下では猫が三匹、寝そべっている。脇の立札に、この門は国宝であると書いてある。国宝に軒を借りるとはずいぶん贅沢《ぜいたく》な猫である。門をくぐって東大寺の敷地に入ると、今度は鹿が寝そべっている。砂利を踏みながら道を進むと、やがて大仏池の向こうに大仏殿の鴟尾《しび》が見えてきた。朝の白い空に、こがね色の鴟尾が静かに映《は》えて美しい。

盆地である奈良の暑さは強烈だと聞かされていたが、九月も下旬になると陽射《ひざ》しもずいぶん穏やかである。朝の空気に秋の気配もそろそろ感じられるが、未だ夏の余韻は木々の力強い緑とともにそこかしこに残っている。

大仏殿の裏手には何もない原っぱがある。ここに越してきた日に散歩をしたときから、おれはこの人気《ひとけ》ない場所が気に入っていた。草の間に、ひっそりと礎石が並んでいる。おれは礎石の一つに腰掛けると、尻のポケットから封筒を取り出した。

昨日、届いたばかりの、母からの手紙だった。昨日は祝日で学校も休みだったが、荷物の整理に忙しく、軽く目を通したきり放ったままになっていた。その手紙をおれはもう一度初めから丹念に読み返した。といっても、枚数は便箋《びんせん》に三枚で、一行ずつ空けて書くうえ、一字一字が饒舌《じょうぜつ》な草書体なものだから、内容はほとんどない。お前はいびきはいいが歯ぎしりがひどいから、家の方々の迷惑にならないようにしろとか、西のほうはきっと味付けが薄いから、出た食事に味が足りないと勘違いして醬油をかけるなとか、自分も女子校を出ているからわかるが、あの年頃の娘はとにかく意地が悪いから気をつけろとか、好き勝手書いてある。

封筒の底に何か硬いものが入っている。手のひらにあけると、表面がつるつるした、白いものが転がってきた。おれは首を傾げ、もう一度三枚目に戻った。そこには、昨日妙な夢を見た、どんな夢かは覚えていないが、嫌な夢だったことだけは覚えている、何だかお前が心配だ、鹿《か》島《しま》神宮に行ってお札をもらってきてやりたいが、今朝洗面台でくしゃみをした拍子に腰を痛めてしまった、これではしばらく、鹿島神宮に行くのは無理だろうから代わりに古いお札を送る、大明神さまの霊験《れいげん》あらたかなお札なので部屋の目立つところに貼っておくように——こんな具合のことが書いてある。

手紙にはお札と書いてあるが、これはどう見てもお札ではない。手のひらのものは、白いには白いが、淡い茶味も帯びている。手の親指よりもひと回り小さく、ちょうど数字の9を太らせたような形をしている。9の輪っかの部分には紫の紐が通してある。おそらく首からかけておけということなのだろう。お札と勘違いして入れてしまったのだろうが、母もずいぶん得体の知れないものを送ってきたものだ。

もっとも、どこかで見たような気もするが、どうにも思い出せない。すぐそこまで来ているものだから、余計に気持ちが悪い。紐を手にして、くるくる回してみても、やはり思い出せない。

そのとき、ふと何かに見られているような感覚におれは顔を上げた。雌鹿《めじか》が一匹、少し離れた木陰から、じっとこちらを見つめていた。立ったまま、まるで彫像のように動かない。あまりにも動かないので、動くまでこっちも睨み続けてやることにした。それでも鹿は動かない。何だか癪な鹿である。時計を見るとそろそろ朝飯の時間だった。おれは立ち上がり、ふたたび転害門の方向へ歩き始めた。途中一度振り返ったが、やはり雌鹿は同じ姿勢でじっとこちらを見つめていた。

＊

学校へは重さんの車に乗せてもらう。

重さんの運転は丁寧で好感が持てる。重さんの車では常に落語のＣＤが流れている。重さんのお気に入りは枝雀《しじやく》の『高津《こうづ》の富《とみ》』だ。

「ずいぶん信心深いお母さんなんだね」

車中、母の手紙の話を愉快そうに聞いていた重さんは、赤信号で車を停止させた。

「まあ、母は筋金入りの鹿島大明神ファンですから」

「今どき珍しいね。そこまで熱心な方って」

「仕方がありません。会ってしまいましたから」

「会った？　誰に？」

「鹿島大明神にです」

おれの答えに、そいつはすばらしいねえ——と重さんは感に堪えないといった様子でつぶやいた。

今でもはっきりと覚えている。おれが大学四年生のときのことだ。朝起きると、台所で母がやけに深刻な顔をしてキュウリの糠《ぬか》を落としていた。おれの顔を見るなり、母は居間で虫眼鏡片手に新聞を読んでいる祖父の様子を確かめて、おれを勝手口から外に連れ出した。何事かと訝しむおれに、母はおそろしく真面目な顔で、「昨日、大明神さまにお会いした」と打ち明けてきたのである。

ただでさえ話が下手なのに、興奮しているものだから、話の前後がこんがらがってさっぱりわからない。ひどく寒い冬の朝で、吐き出す息もずいぶん白い。おれは早く家のなかに戻って、あたたかい味噌汁が飲みたいのだが、それでも、母の話を整理して聞いてやるに、要は昨晩、夢枕に大明神が立ったということらしい。大明神というのはもちろん鹿島大明神のことだ。祖父の家は代々、鹿島神宮の氏子だった。初詣《はつもうで》には毎年、凄《すさ》まじい人でごった返す鹿島神宮まで連れて行かれたものである。

「へえ、すごい夢じゃない」

重さんは感嘆の声を上げた。

「大明神も気まぐれに姿を現すもんじゃありません。本気にしてしまう人間もいるから大変だ」

「そういう話って、昔話とかでよく聞くけど本当にあるんだねえ。でも、よく夢に出てきた相手が鹿島大明神だってわかるね。そういうときって、やっぱり向こうから名乗ってくるものなのかな？」

妙なところに重さんは疑問を持つ。

「それは、なまずに乗っていたからですよ」

「なまず？」

「ああ……そうか」

ここは奈良である。おれが子供の頃からさんざん聞かされてきた話を、重さんが知るはずもない。

「鹿島大明神てのは、そりゃもう力持ちの神様なんです。昔から、地中の大なまずが暴れて地震を起こそうとするのを封じてきたんです。だから、昔の絵なんかにはよく、髭《ひげ》のいかめしい鹿島大明神が大きななまずの頭を踏んづけているところが描かれています」

今も母の部屋に、まるでサーフィンのように、黒い大なまずに乗っている鹿島大明神の絵が貼ってあることは、恥ずかしいので黙っておいた。

「ああ、そういう人だったんだ、鹿島大明神って――」

まるで以前から知っているかのような重さんの口ぶりである。あれ、知っているんですか？とおれが訊ねると、

「ウン、知ってるよ。このあたりの人だったら、きっと名前くらいなら、みんな知ってるんじゃない？」

　とあっさり重さんはうなずく。

「え、どうしてです？」

「だってその人、春日大社のご祭神だもの。小学校でも教えてもらったよ。ずっと昔、白鹿に乗って、先生の地元からやってきたんだってさ――」

　思いもしないつながりを聞かされ、おれは何だか妙な気分になった。奈良への赴任が決まったとき、これまたずいぶん遠いところで働くもんだと思ったが、はるか神代《かみよ》、鹿島大明神もここまでやってきていたとは。

「呑気に鹿に乗ってきたのなら、さぞ時間がかかったでしょうねえ」

「確か一年じゃなかったかな。東海道には今も、そのときの逸話がいくつも残っているんだよね」

　信号が青に変わり、重さんは車を発進させた。窓の外では、駅から続く坂道を、県庁に向かう大勢のスーツ姿の人々が足早に上っていく。松並木の向こう側に、興福寺の五重塔がわずかに水煙《すいえん》をのぞかせている。

「でも、少し気になるねえ」

「何がです？」

「夢の話だよ。先生に何か悪いことが起こるかもしれないって言うんだろ？　何だろう？　女難の相かな？」

思わず、おれはうなり声を上げた。堀田の顔が苦い感情とともに浮かぶ。なるほど女難の相には違いない。それならもう十分に具合が悪い。ついでに腹の具合も、今朝から悪い。

「お母さんが送ってきてくれたものって、どんなやつなの？」

「ああ、これです」

おれは散歩時からズボンのポケットに入れっ放しにしていたものを取り出した。運転の途中、ちらりと顔を向けた重さんは、

「ああ――勾玉《まがたま》だね」

とつぶやいた。

そうか勾玉か、道理でどこかで見た気がしたはずだった。ずいぶん懐かしい響きのある言葉だ。ひょっとしてそんな言葉を耳にしたのは、中学か高校の歴史の授業以来のことかもしれない。

「どう見てもこれ、お札じゃないでしょう」

「まあ、どちらかといえばお守りだね。でも、いいじゃない、それはそれで」

と重さんはさして気にする様子もない。

窓の外に、学校に向かう制服姿の生徒たちの姿が見え始めた。近鉄奈良駅から近鉄線沿いに国道を進むと、大和西大寺《やまとさいだいじ》駅の手前に広大な原っぱが見える。その名も平城宮跡――言葉のとおり、かつてこの国の中枢があった場所だ。もっとも、いにしえの時代、どれだけの栄華を誇

ったのか知らないが、今は土くれが延々続くただの原っぱだ。だが、それでもこうして整備され、今もちゃんと保存されているのだから、土くれも大したものである。

その平城宮跡を最も見渡せる場所、つまり平城宮跡の隣におれの職場は立っている。

奈良女学館高等学校――おれの職場の名前だ。

＊

出だしは悪くなかった。

おとといのことがあるだけに、非常に緊張した心持ちで教室に向かったにもかかわらず、それを待ち受けていたのは、拍子抜けするほど平穏なホームルームだった。おとといとは打って変わって、教室の雰囲気が大人しい。素直に点呼に応ずる生徒たちを見回して、おれは己れの小心を嗤《わら》った。きっと堀田が校則書き写し十回を命ぜられた話がすでに広まったのだろう。なるほど、一罰百戒《いちばつひゃっかい》とは言うけれど、学年主任の厳しさも、こういう結果を見越しての、長い教師生活の経験から生まれたものなのかもしれない。

堀田は寝不足なのか、やけに蒼い顔をしながらちゃんと席に座っている。もっとも、おとといも顔色が悪かったから、もともとこういう顔なのかもしれない。名前を呼ばれると、堀田はうつむいたまま「はい」と小さく返事をした。おとといの威勢の良さはどこへやら、まるで元気がない。そんな様子を見ると、校則書き写し十回を命ぜられたことが、急に不憫《ふびん》に思えてくるから不思議だった。

ふたたび1-Aを訪れたのは二限目の授業のときだった。心のゆとりとは大事なものだ。教室に向かう途中、おれは教科書を使っての最初の授業であるし、なるべく身近な実例を使って磁力の説明をしよう、などと授業の進め方についてあれこれ考えることさえできた。教室に入り、「起立」「礼」「着席」の号令のあと、ゆったりとした気分で教室を見回した。そのとき、教室の後ろにある黒板に、大きな字で何か書かれていることに気がついた。

「チクリ」

チョークの腹を使って書いたのであろう、淡い色合いの太々とした字が盛大に躍っていた。あまり馴染《なじ》みのない言葉だったが、見た瞬間に何のことを言っているのかわかった。腹の底から熱いものが噴き上がった。おれは唇をぐっと噛《か》んで、生徒たちを睨みつけた。ところが、生徒たちは後ろの黒板のことなど、まるで知らぬ素振りで座っている。ある者は教科書をめくり、ある者はノートを広げ、ある者はあくびをしている。実に澄ましたものだ。

そのなかで堀田だけが、真っすぐおれを見つめていた。堀田の冷たい眼差しを、おれは怒りとともに受け止めた。視線を合わせても、堀田は決して目をそらそうとしない。相変わらず顔色は悪いくせに、目の力だけはやけに強い。堀田から視線を外し、悲しい気持ちで教卓の教科書を手に取った。おれは生徒と喧嘩《けんか》するためにこの学校に来たんじゃない。理科を教えるために来たのだ。

自分が担任するクラスでの初めての授業だというのに、士気ははなはだ上がらない。板書して振り返るたび、「チクリ」の三文字が意地悪くおれを迎える。明らかに連中はおれを試している。おれが怒り出すか、それとも他の行動に出るのか、能面をつけてうかがっている。ものを言わない四十人の前で、黙々と教師の役を演じるしかないおれ。とことん道化である。さっさと後ろに行って消せばいいのだろうが、こっちも意地だ。最後まで無視を貫いて、こんな子供じみた真似にはいちいち応じない姿勢を見せつけなければならない。それでもさすがに腹に据えかねたので、授業を終え教室を出るときに、

「馬鹿なことをするな」

と後ろの黒板を指差して言ってやった。落ち着いて言うつもりが、つい声が大きくなってしまい、心で舌打ちをした。

誰も、何も返してこなかった。生徒の半分はおれのほうを見ようともしなかった。沈黙が充満する教室で、教材を片づける音ばかりが響いた。おれは下唇を噛んで教室を出た。職員室に向かう途中、どうやらおれは生徒たちから無視されているらしいと気がついた。

＊

昼休み、職員室で並んで弁当を食べながら、藤原君に「チクリ」とは何かと訊ねた。予想どおり、「チクリ」とは密告した人間のことを指すらしい。

どうしてそんなことを訊くんです？　という藤原君の問いには答えず、おればばあさんが作

ってくれた弁当をかきこんで、整腸剤を飲み下した。

「そういえば、二限目くらいから小治田《おはりだ》教頭を見ないね。パソコンの出勤簿のパスワードをもらうはずだったんだけど」

「教頭は午後まで三校定例会ですよ」

「三校定例会？」

「あれ、聞いていませんか？」

そう言われれば、四日前、奈良にやってきたその足で赴任の挨拶に来たとき、そんなことを校長か教頭に説明された気がするが、その他にわんさといろいろな話を詰めこまれ、とてもじゃないがいちいち覚えていない。

「何だっけ？　姉妹校がどうだかって話だったっけ？」

「そうです。京都と大阪との定例会です」

「京都と大阪？」

「姉妹校のことですよ」

「ああ、そういえば、そんなこと言ってたなあ。あの……やっぱり、その姉妹校ってのも女子校なの？」

「ええ、京都女学館と大阪女学館ですから」

「なるほど、女子校だね」

藤原君は身体を屈《かが》めると、机の引き出しから大きなガラス瓶を取り出した。見ると瓶のなかにぎっしり、かりんとうが詰まっている。若いくせに、ずいぶん渋い好みだ。身体にいいんですよ、いかがです？　としきりに勧めてくるので三本ばかりいただいた。

「それにしても、定例会だなんて、ずいぶん仲がいいね。おれの高校にも姉妹校があったけど、定期的に会合なんてしたのかなあ？」

「まあ、ウチは大津理事長が三校の校長も兼ねてますからね。お互いのつながりは、普通の姉妹校よりずっと強いと思いますよ」

「へえ、理事長に加え、三つの高校の校長までやってるの？」

「そうですよ」

「そんな偉い人のようには見えなかったけどなあ……。そういえばおとといの朝礼で会ったきり、大津校長も見てないね」

「校長の家は京都にありますからね。たいてい京都女学館のほうにいるんです。こっちに来るのは週に一、二回くらいです。だからウチの学校は、実質的には教頭が全体を取り仕切っているんです」

おれは小治田教頭の貫禄《かんろく》ある容貌《ようぼう》を思い浮かべ、妙に納得しながら、かりんとうを齧《かじ》った。何だか湿気《しっけ》ていて不味《まず》かったが、隣でうまそうに藤原君が次から次へと口に放りこんでいるので黙っておいた。

「でも、わざわざ定例会なんか設けて何するの？　いくら姉妹校といっても、所詮《しょせん》は別々の学校でしょう？」

「きっと打ち合わせじゃないですかね。もうすぐ大和杯《やまとはい》がありますから」

「大和杯？　何それ？」

「あれ？　それも知らないんですか？」

「知らないよ。何だか競艇みたいな名前だね、それ」

ちがいますよ――少々気分を害したらしい声で、藤原君は眉間に皺《しわ》を寄せた。

「三校の女学館対抗戦です。奈良・京都・大阪の各校の運動部が毎年、交流戦をするんです。たぶん、ほとんどの運動部が出るんじゃないですかね。僕のバドミントン部も出ますよ。去年はビリだったから、今年はもう少し頑張りたいな」

「へえ、運動会みたいなもんだ。いいね」

「そんなのんびりしたものじゃありません」

藤原君はかりんとうの瓶に手を突っこむ動きを止《と》め、ふたたび語気を強めた。

「一年でいちばんの伝統行事です。どの学校も、それはもう本気です。意地と意地のぶつかり合いです。特に今回はウチが会場ですからね。これはぜひ、いい成績を残さないといけません」

去年ビリだったくせに、やたらと藤原君の鼻息は荒い。

「え？　今回はってどういうこと？」

「会場は毎年、大阪・京都・奈良の三校で持ち回りなんですよ。去年は京都でした。三年に一度回ってくるので、在学中に必ず一回、生徒たちは自分の学校で大和杯を迎えるんですよね。

これって、生徒たちにとって、とてもいいことだと思うんです。学校じゅうが一つになりますからね。当日は大変な盛り上がりです」

「すごいね、国体みたいだ」

「そんなもんじゃありません、オリンピックくらいです」

「ははあ、オリンピック」

大したもんだねと笑うおれに、先生も見たらわかりますよと藤原君はどこまでも本気である。

「来月になったら、クラブの合宿申請の紙を生徒たちがたくさん提出してきますよ」

「いつなの、その大和杯って？」

「一カ月後ですね。十月二十日です」

おれは卓上の三角カレンダーをめくった。前任教師の置き土産のカレンダーには、十月二十日の欄にすでに赤のペンで「第六十回大和杯」と書きこまれていた。

「大和杯って、もう六十回になるの？」

「そうですよ。創立当時からある行事なんです。奈良・京都・大阪の三校とも、今年でちょうど創立六十周年になります。だから、大和杯も第六十回です」

「由緒ある大会なんだ」

「聞いた話だと、はじめは剣道部の交流戦の名前だったらしいですけどね。徐々に大きくなって今の規模になったそうですよ」

大したもんだ、まさに名物行事だねと感心しながら、おれがカレンダーを眺めていると、もう少しどうです？　と藤原君がかりんとうを勧めてきた。おれはその申し出をやんわりと断り、

「あのさ――クラスの誰がどのクラブに入ってるとか、何を見たらわかるのかな？」

と訊ねた。

「ああ、個人ファイルに載ってますよ」

おれが机の引き出しを開け、ぎっしり詰まったファイルのタイトルを目で追っていると、

「そういえば、先生は部活の顧問はしないんですか？」

と藤原君が訊ねてきた。

「さあ、どうなのかな？　今のところ、何も聞いてないけど。まあ、おれはいいよ。おれは学校が終わったら、さっさと帰りたい」

おれが正直に答えると、藤原君はとんでもないといった口調で返してきた。

「駄目ですよ。部活はとても大事なんです。学校で生徒と一対一で話す機会って、実はありそうに見えてほとんどないものです。だから、部活は生徒とコミュニケーションを取る大切な場なんですよ。毎日の様子を見ていれば、ウォームアップのしぐさだけで、ああ、この子は今何か悩み事があるんだなあ、とかわかるようになります」

「へえ、そうなの？」

「結構人間って、無防備な状態だと、心の中身がすぐに顔に出るもんです。きっと生徒たちだけじゃなくって、僕らも一緒なんだと思いますけどね。まあ、僕らには毎日、そんな視線で見

守ってくれる人がいないだけで――もっとも、こんな歳《とし》になっていちいちそんなことをされるのも嫌ですけど」

「あれ？　でも、藤原君には奥さんがいるじゃない」

「近すぎると、これがかえって見えにくくなるんです。厳密には、あまり真剣には見たくないというか……なかなか難しいもんです。要は適度な距離が大事ということです」

「ハハア、なるほどね」

おれは心から感心して、藤原君の言葉にうなずいてみせた。まったく豆のように平坦な顔をしているくせに、なかなかもってその懐《ふところ》は深い。特に学校で生徒と一対一で話す機会がほとんどないという指摘には、たった一日の教師経験しかないおれでも、大いに感じるところがある。

「ほら、そのピンクのファイルですよ」

藤原君がひょいと横から一冊抜き取ってくれた。礼を言って、堀田イトのページを探した。

教師とはつくづく面倒な職業だと思う。たとえ気に入らない相手がいたとしても、口をきかなくてはいけない。たとえ自分を拒絶する相手がいたとしても、こちらから接していかなくてはならない。なぜならば、それが教師の仕事だからだ。そのためにはまずは相手を知らなくてはいけない。堀田が所属するクラブの顧問に、堀田について話を聞くことから始めようじゃないか。

ところが、探し当てた堀田のページの部活欄は空白だった。いわゆる帰宅部というやつらしい。確かに上背はそれほどない。むしろ小柄と言っていい。だが、堀田の容貌からは「敏捷《びんしょう》」や「鋭利」といった、活動的・攻撃的な言葉がいくつも浮かんでくる。何せ野生的魚顔である。それだけに堀田がどの運動部にも所属していないのは、少し意外な思いがした。

堀田のファイルを読んでいる途中で、昼休み終了を告げるチャイムが鳴った。おれは慌てて立ち上がり、時間割を確認して二年生の教室に向かった。

二年生のいる棟に向かう廊下は、節電のために電気が消され、どこまでも薄暗い。窓から射しこむ陽が、モルタルの床に澱《よど》んだ光を反射させていた。

ふと正面に視線を向けると、スーツ姿の女性がこちらに向かって歩いてくる。どうやら、この先にあるトイレから出てきたらしい。来客用のスリッパの音がやたらと廊下に響く。女性は壁にかかったプレートの下で歩みを止めた。プレートには「第三会議室」と書いてあった。ちょうど女性がドアノブに手をかけようとするとき、おれは女性とすれ違った。その瞬間、窓から射しこんだ陽の光が、それまでシルエットに隠れていた女性の顔を鮮やかに照らし出した。

「こんにちは」

と女性は会釈をした。落ち着きのある、深みを帯びた声だった。

おれは慌てて立ち止まり、「こんにちは」と頭を下げた。女性はもう一度軽く会釈すると、ドアノブを回し、扉の向こうにすっと消えた。ひるがえった長い髪と口元に浮かんだかすかな笑みが、残像となって漂った。

しばらくの間、ドアの前で立ち尽くした。

ドアには「三校定例会」と記された紙が貼ってあった。

＊

放課後、職員室でプリントを作っていると、普段は美術準備室にいる重さんがやってきて「僕は帰るけど、先生どうする？」と声をかけてくれた。帰りますと答え、パソコンの電源を切って立ち上がった。

近鉄奈良駅の前で、少し買い物をして帰るからと、車から降ろしてもらった。閑散とした商店街をぶらぶら歩き、まだ買い揃えていない下着と靴下を買った。それから三条通を進み、興福寺の境内《けいだい》に入った。夕闇のなか、五重塔がみっしりとしたシルエットとともにそびえ立っていた。重厚な均衡を保つ甍《いらか》の影はなぜか、「大人」や「責任感」といった言葉を思い起こさせた。急に「きみは神経衰弱だから」と言った教授の声が蘇った。二学期だけの短い期間とはいえ、おれはこの教師の職務をきちんとまっとうするつもりだった。なぜなら、それが教授や研究室の連中を納得させる何よりの証明になるからだ。教師の仕事は、神経衰弱の人間にできるようなやわな仕事じゃない。あのだだっ広い教室で、四十人もの生徒を相手にすることに比べたら、狭い研究室で蒼白い顔の助手一人を相手にしているほうがよほど楽なことに思えてくる。

回廊の跡らしき石段に腰を掛け、ズボンのポケットから母が送ってきた勾玉を取り出した。その滑らかな手触りを確かめていると、いつの間にか廊下で目撃した女性のシルエットを思い浮かべていた。帰りの車の中で重さんに、ウチの学校に若くてきれいな女の先生っていましたかねと訊ねると、ウウン、みなさんそれぞれきれいだけれど、若くはないんじゃない？　いちばん下の○○先生でも僕より二つ年上だからねと正直に答えてくれた。となると、おれが見たのは定例会にやってきた姉妹校の教師だったのだろうか？　わからない。わからないが、興味はある。

ふと顔を上げると、土塀の前で鹿が二匹、じっとこちらを見つめていた。未だに、こうしてどこにでも鹿がいることが不思議に感じられる。奈良公園や春日大社に柵があるわけではないので、鹿は街じゅうに現れる。ばあさんの家の前から、車が行き来する四つ辻に所在無げに立っている鹿の姿を見たこともある。

手のひらの勾玉をエサと勘違いしたのか、土塀の前に立っていた一匹の雄鹿《おじか》がゆったりとした足取りで近づいてきた。だが、エサではないことに気づくと、足を止め、気怠そうにおれに尻を向けた。ついでに肛門からぼろぼろと小さな糞《ふん》を盛大に吐き出した。

まったく、どいつもこいつもおれを馬鹿にしてやがる。

糞の山を残し、何食わぬ顔で歩き去る鹿から目をそらし、おれは立ち上がった。奈良の空は広い。夜が東の山々から滲むように空を覆っていく。背の高い松の木からカラスが飛び立ち、カァと間抜けな声を響かせた。

三

週が明けて、朝、職員室に入ると大津校長が来ていた。

おれの顔を見つけると、「やあ先生、調子はどうですか？」とニコニコしながら近づいてきた。研究室の教授と大学時代の同級生だったというから六十を少し過ぎたくらいなのだろうが、髪がすっかり抜けきっているものだからずいぶん歳に見える。一方で、盛大に飛び出した腹と血色のいい頬からは、教授よりよほど健康な印象を受ける。

まあまあですとおれが曖昧にうなずくと、最初は慣れないことも多いでしょうし、まわりの先生にも助けてもらって頑張ってくださいい、そうそう、福原先生のお宅はどうですか？　快適ですか？　それは良かった、いやね、実はきみの教授から、少し神経が細いところがあると聞いていたんだけれども、それは良かったと一人で何度もうなずいてから去っていった。余計な教授のことづてに、恥ずかしいやら、腹立たしいやらで顔を赤くしていると、今度は小治田教頭がやってきた。

「どうですか先生、調子は？」

まるで打ち合わせてきたかのように同じ問いだが、受ける印象はまるでちがう。教頭には実に誠実な人間の雰囲気がある。校長がいい加減というわけではないが、教頭が高価そうなスーツに、胸ポケットからハンカチなんかをのぞかせているのを見ると、まわりの雰囲気がやけに引き締まって感じられる。しかも、校長とちがって、教頭の髪の毛は実に堂々としている。ボリュームあるシルバーグレーの髪が見事に波打っている。ホテルのラウンジあたりにいたら、俳優か何かと間違えられそうだ。

じっとおれの顔を見つめる教頭の視線に気圧《けお》されつつ、ええ、まあまあですと声を詰まらせ答えると、

「何かあったら、いつでも僕のところに相談に来てください。一年生はまだ受験を意識していませんし、内面的にもおさない部分が残っていますから、なかなか扱いが難しいところがあります」

と教頭は深い声色で語りかけてくる。実に頼り甲斐があるように感じる。ありがとうございますと頭を下げると、軽く片手を上げて、じゃ、またと颯爽《さっそう》と去っていった。

「ダンディだなあ――」

後ろ姿に思わずつぶやくと、隣に座っていた藤原君があくびをしながら、

「お母さん方からの人気も、そりゃもう絶大です。噂じゃ、ファンクラブなんかもあるらしいですからね。生徒たちの人気だって、福原先生と二分するくらいです」

と言った。へえ、あの歳で重さんと競《せ》るってのはすごいねとおれが無邪気に感心していると、

「先生は小治田教頭のあだ名を知っていますか？」

と訊ねてきた。知らないと首を振ると、

「リチャードですよ」

とささやいた。それってリチャード・ギア？　と同じく声をひそめるおれに、藤原君はニヤニヤ顔でうなずいた。

「なるほどうまいもんだね」

「生徒たちはそういうあだ名をつけるのが大好きですからね。先生はどんなのをつけられますかね？　眉毛が太くて、目がギョロギョロしているから、ねぶた祭とかどうですかね――」

どさくさに紛れ、藤原君は無茶苦茶なことを言う。あだ名と聞いて「神経衰弱」の文字が浮かんだが、すぐさま頭から追い払った。

「先生、ぼくのあだ名は知っていますか？」

藤原君が自分の胸を指して訊いてきた。

「知らない。何かあるの？」

「ありますよ」

何を当たり前のことを、といわんばかりの表情で、藤原君はがらがらと机の引き出しを開けて、こげ茶色で満たされたガラス瓶を指差した。

「かりんとうです」

なるほど――と声は出したものの、その後がどうにも続かない。

「大したもんでしょう」

ハハアとうなるも、なおさら後が続かない。自ら紹介するだけあって、当人は何ら機嫌を損ねていない様子である。案外この先生は大物なのかもしれないと藤原君の平和な豆顔を眺めているると、頭の上で朝礼開始五分前を告げる予鈴が鳴った。

体育館に向かう途中、教師たちの列の前方で、教頭の見事な銀髪が揺れていた。その隣には、珠《たま》のように輝く校長の禿《は》げ頭。

＊

三限目、１－Ａでの授業があった。

１－Ａの担任になって三日目の授業だというのに、教室に向かうおれの緊張は一向にほぐれない。１－Ａの授業では必ず何かしらことが起こる。授業が終わると決まってトイレに行っている。これでは気が乗らないのも当然だ。

教室に入ると何よりもまず後ろの黒板に目が向いた。何も書かれていなかった。生徒たちも静かな視線でおれを迎えている。内心ホッとして教壇に足を踏み出そうとしたとき、今度は前の黒板の文字に視線が留まった。

「パンツ三枚千円也」

大きな文字が黒板を制圧していた。

何のことかと一瞬ぼんやりしたが、先週末の駅前での買い物のことを言っていると気づいた途端、思わず息が詰まった。

どうして知っているのだろう？　おれはとっさに買い物のときの様子を思い返した。婦人物も売っている店だったから、学校帰りの生徒がいたのだろうか。確かに駅前の商店街であるし、生徒たちがいたとしても何もおかしくはない。きっと誰かが買い物の場面を見たのだろう。だが、こんなことをいちいち書き立ててよろこんでいるとは、何と幼稚な連中か。おれはほとほとウンザリしながら、黒板の文字を消した。

チョークの粉まみれになった手も気にせず、おれは生徒たちに向き直った。最初は無邪気でおさなく見えた顔が、日に日に意地の悪い、碌でもない顔に見えてくる。おれは教卓に置いた教科書を手に取った。教科書の下から、午前までかかって作った講義ノートが顔を出す。

いったんは授業を始めようと教科書を開いたが、

「いい加減にしろ」

と教科書を置き、静かな声で生徒たちに告げた。

「どうしてこんなことをする。こんなことをして何がおもしろい。だいたい、おれはチクリなんかじゃない。自分でしたことを棚に上げて、勝手に人を逆恨みして、みっともないと思え。挙げ句がこんな揚げ足取りだ。こんなのは最低の人間のすることだ。ちがうか」

おれは教室を見回した。誰もが神妙な顔をしておれを見つめている。だが、これが曲者《くせもの》だ。そのぶ厚い面の皮の下で、どんな意地の悪い感情が渦巻いているかわかりはしない。

返事がないので、おれは前列の生徒に、どう思うんだ？　と訊ねてみた。生徒は首を傾げて少し考えている様子だったが、小さな声で、

「いくら何でも、三枚千円は安すぎだと思います」

とぬけぬけと答えた。

「馬鹿ッ。そういうことを言っているんじゃないッ」

こいつらはいつもこうだ。こうやってはぐらかして、決して正面から応じようとしない。きっとこれもボケただけだとか後になって言うのだ。まったく、どこまでも腐ったやつらだ。胸の内側で暗い怒りがとぐろを巻く。こんな嫌な気分になっても、平気な顔をして授業をしなくてはいけないのだから、教師とはほとほと酷な仕事だと思う。まだ授業は始まったばかりにもかかわらず、ぐったりとした気持ちで、おれは教室を見渡した。後ろの席で腕を組んで構えている堀田と視線が合った。

「堀田」

無意識のうちに名前を呼んでいた。遅れて堀田の口が「はい」と動く。されど、声は聞こえない。

「お前はどう思っている。言いたいことがあるなら、こんなコソコソした真似はやめて、はっきり言え」

野生的魚顔の目が一瞬光った後、堀田はゆっくりと立ち上がった。無言でおれを見上げる顔に、なぜか興福寺で見かけた鹿のことを思い浮かべたとき、

「男のお洒落《しゃれ》は下着から」

という落ち着いた声が教室に響いた。

「馬鹿野郎ッ」

おれは思わず机を叩いた。叩き方が悪かったのか、激痛が右の手首を走ったが、かまわず教室を睨みつけた。

鈍い、白けた空気が教室に充満していた。そのとき、何かがふっつりと切れた。おれは教材を脇に持つと、そのまま教室を出た。職員室には戻らず、屋上に向かった。屋上でチョークの粉だらけの手を洗い、コンクリートに大の字になって寝そべった。いわし雲が薄青の空に張りついたように連なっていた。研究室で一人で黙々と実験をしているときの平穏をやけに懐かしく感じた。近鉄線が警笛を響かせて、平城宮跡をゴトゴト通過していった。母の腰の具合はどうなったのだろうなどと考えた。不思議と腹は少しも痛くならなかった。

授業終了のチャイムが鳴って、職員室に戻った。1‐Aの生徒がおれを呼びに来たと他の教師から言われるかと思ったが、誰も何も言ってこなかった。どうやら、生徒たちのほうもおれのことを放っておいたらしい。

翌日、1‐Aの教室に入った途端、前の黒板に、

「靴下四足千円也」

と大々的に書きこまれているのを認めても、怒りの気持ちはもう湧《わ》き起こらなかった。

「馬鹿が」

と教室じゅうに聞こえるようにつぶやいて、黒板の文字を消した。

翌日の授業では、

「馬鹿と云うな、阿呆と云え」

という、何だかよくわからない文句が黒板に躍っていたが、黙って文字を消して、

「堀田——少し話したいことがある。放課後、面談室に来い」

と教室の後ろに向かって大きな声で伝えた。

堀田はうなずきもせずじっとおれを見つめていたが、

「放課後に面談室だ、いいな」

と語気を強め繰り返すと、渋々といった様子でうなずいた。

授業が終わった後、やはりトイレに直行した。

＊

重さんは美術部の顧問をしているので、帰りの時間が合わないこともある。そんなときは、平城宮跡の入口にそびえる、復元された巨大な朱雀門《すざくもん》の前を横切り、新大宮《しんおおみや》の駅まで歩いて電車で帰る。

県庁に向かう坂道の途中で、ばあさんが鹿せんべいを売っていた。これまで一度も買ったことがなかったので、試しに一つ買ってみた。百五十円を払うと、ばあさんはしわしわの手でせんべいの束を渡してくれる。細い紙の帯で十字に結ばれた内側には、十枚ばかり鹿せんべいが重ねてあった。県庁の向かいにある原っぱに向かうと、夕闇が広がる空の下で鹿がごろごろ寝

転んでいた。はじめは近づくおれに警戒を示すが、鹿せんべいの姿を認めるとむくりと起き上がり、お辞儀をしながらゆっくり近づいてきた。

　奈良に来て初めてこのお辞儀を見たときは驚いた。思わず立ち止まったおれの前で、外国人観光客の子供が、鹿に合わせお辞儀をしながら「プリーズ」とおさない声を上げていた。どうして鹿が「プリーズ」を表現するに至ったのか、どこまでも驚異を感じた。己れの身体に擬態を施し、木の葉や枯れ枝に成り変わる昆虫たちに感じる不思議を感じた。つまりそれは、自分の行為に対する他者の視線の内容を理解しているということだった。

　鹿島神宮にも柵に囲まれた場所に大勢鹿がいるが、こんなことをする鹿は見たことがない。ところがここでは、小さな鹿ですら、鹿せんべいを持った人間にお辞儀をして近づいてくる。興奮冷めやらぬまま家に帰ってこのことを話すと、重さんがお辞儀をするのは世界でも奈良の鹿だけらしいよと教えてくれた。いよいよすごいと盛り上がるおれに、そうかなあ、図々しいだけだよと意外と重さんは乗ってこない。あとでばあさんが教えてくれたところによると、小さい頃に鹿に後ろ足で蹴られ大泣きして以来、重さんはあまり鹿が好きではないらしい。

　おれは鹿せんべいの帯を解いて、近づいてきた一匹にせんべいをくれてやる。上下のあごをずらし、すり潰すようにせんべいを食う鹿を見下ろしながら、おれは二時間前の堀田とのやりとりを思い返す。

　放課後、堀田は言われたとおり面談室にやってきた。

　机を挟んで向かい合い、おれは堀田に何が問題なのかと率直に訊ねた。学年主任のことに関しては、おれもマズいことをしたと思っていると打ち明けた。何か、おれに問題があるのなら言ってほしい、とにかくおれも腹が弱いタチだから、正直なところ参っているとも打ち明けた。

腹の話に堀田はわずかに眉をひそめてみせたが、すぐに表情を打ち消し、

「別に何もありません」

と暗い声で答えた。

何もないことはないだろう、現に黒板にあれこれ書いているじゃないかとおれが言うと、私じゃありませんと首を振る。じゃあ、誰が書いたんだと訊ねると知りませんとまた首を振る。

おれという存在をとことん拒絶している姿を前に、おれは情けなさと同時に、不可解さを感じずにはいられなかった。どう考えても、こんな対応に見合うことをした覚えはない。

「お前は――おれが嫌いなのか？」

それまでうつむいていた堀田の視線が初めておれの顔を捉えた。互いに少し離れた瞳に暗い光が瞬いていた。

「――嫌いです」

おれから視線を外さず、低い声なれど、はっきりとした口調で堀田は答えた。

「……どうして？」

「言いたくありません」

おれは腕を組んで堀田の顔を眺めた。野生的魚顔の口元は固く閉ざされ、一度光が浮かんだ瞳は、ふたたび暗闇に沈んでいる。

「いちいち気にしすぎなんです。ちょっと神経が細いんじゃないですか？」

「何だって？」

神経という言葉に反応して思わず声が出てしまい、おれは舌打ちした。

もう帰っていいと堀田に告げた。面談室のドアの向こうで礼をして顔を上げた堀田と視線が合った。その目にはやはり、冷たい軽蔑の色が滲んでいた。

一人取り残された面談室で重いため息をついた。堀田の心の内側を何一つのぞくことのできない様を嘲笑《あざわら》うかのように、腹がきゅううと情けない音を立てた。


県庁前の原っぱは、すでにずいぶん薄暗い。

鹿はひたすら、両の唇で挟むようにせんべいをくわえ、むしゃむしゃ食っている。やけにうまそうにせんべいを食べる鹿である。おれはせんべいの束に鼻を近づけてみた。案外、悪くない匂いだ。いわゆる穀物の香ばしさである。

人が食べてもうまいのだろうか。ふと、そんな疑問が頭をよぎった。馬鹿馬鹿しいと思いつつも、確かめてみたい。おれは素早くあたりを見回した。すでに午後六時半を過ぎ、あたりは薄暗い。原っぱには誰もいない。おれと鹿が一匹いるだけである。

おれはもう一度鹿せんべいの匂いを嗅《か》ぐふりをして、前歯で少しだけ割ってみた。まるで抗議の意思をこめているかのように、鹿がおれを見上げていた。欠けた満月のようになったせんべいを鹿にくれてやり、おれは齧った部分を慎重に味わった。どうしよう。意外とうまい。

次の一枚は、さっきよりも少し多めにいただいた。芳醇《ほうじゅん》な味わいのクラッカーのようなものである。歯ごたえもなかなかよい。いよいよおいしい。

残りは一枚である。おれはそれを半分に割った。小さく割れたほうを鹿にあげたかったが、さすがにそれはまずいと思い、大きいほうをくれてやった。

残った紙の帯をくしゃりと潰して、おれは原っぱを去った。県庁の前の横断歩道で信号を待っていると、どこからか鹿の甲高い鳴き声が、夕空を走っていった。

びいと啼《な》く　尻聲《しりごえ》悲し　夜乃鹿

これは奈良の鹿を詠《よ》んだ芭蕉の句である。

空に響くその声は、おれには「いぎゅううぉん」と聞こえる。どう考えても「びい」には聞こえない。だが、偉大な俳人には、「びい」と聞こえたらしい。案外、芭蕉もいい加減な男だったに違いないと思うが、この説を人に披露したことはない。

＊

教室のドアの前で「1－A」のプレートを見上げた。

昨日の堀田の件があるだけに、ドアを開けると反射的に前方の黒板に目が向いた。そこに何も書かれていないことを確かめたとき、心の緊張がすうと解けた。ホッとした気持ちで、おれは教壇に上った。教卓に教材を置くと、「起立」という声が響いた。「礼」の合図に従って、おれはいつもより深々と頭を下げた。

面を上げたとき、唐突に正面の黒板の文字が目に入ってきた。

「鹿せんべい、そんなにうまいか」

一瞬、何のことを言っているのかわからなかった。

だが、昨日の帰宅途中のことを言われていると気づいたとき、どきりと身体じゅうが波打った。

「誰だ、後ろの黒板のやつを書いたのは」

おれは思わず声を上げた。もちろん返事はない。おれは床を踏み鳴らして教室の後ろに向かい、黒板の文字を消した。文字を消し終え振り向いたとき、これまでにない行動だったからか、教室の全員が驚いた顔でおれを見つめていた。

目の前の席に座っている堀田と視線が合った。

「お前が書いたのか」

「ちがいます」

「じゃ、誰が書いた」

「知りません」

まるで昨日と同じやりとりである。挑発的でもあり、どこか醒《さ》めきってもいる、つかみどころのない表情で堀田は首を振った。沈黙が教室を支配する。おれはその沈黙を突き抜ける術《すべ》を知らない。

「おいしかったですか？　鹿せんべい」

堀田はおれの顔を見上げ、落ち着いた声で訊ねた。さざなみのように笑い声が教室のあちこちから聞こえてくる。悲鳴に似た驚きの声も同じくらい聞こえてくる。

おれは堀田の言葉を無視して、教卓に戻った。教科書を広げ、ざわつきが収まらぬなかでさっさと授業を始めた。だが、黒板に板書をするおれの心は完全に混乱していた。あの原っぱに、おれの他に人の姿はなかった。いや、たとえ一メートルの至近に誰かがいたとしても、おれの行動はわからなかったはずだ。それほど、おれはこっそりせんべいを食った。あの場所でおれのしていることに気づいていたのは、腹立たしげに見上げていた鹿くらいだったろう。

板書をしていてもチョークに力が入らない。じっとりと背中に汗が滲むのを感じる。おまけに腹まで痛くなってきた。

授業が終わると同時に、おれはトイレに駆けこんだ。便座に座っている間も、誰かに監視されているような気がして、天井とドアの隙間《すきま》を神経質に見上げてしまい、非常にいけないと思った。

職員室に戻ると藤原君が、先生ずいぶん顔色が悪いですよと言ってきた。鹿せんべいのせいだと答えると、何ですか、あんなもの食べたんですか、それは具合も悪くなるでしょうと妙に勘のいい冗談を返してくるものだから閉口した。

ほとんど眠ることができなかったが、やはり六時に目が覚めた。

顔を洗って、散歩に出た。陽が出てまだ間もない空は、のっぺらぼうのように白く、大仏殿の甍《いらか》を薄《うつす》ら照らしていた。

大仏殿の裏の原っぱで、いつもの礎石に腰掛けた。足元の草をちぎりながら、どうやって連中は鹿せんべいのことを知ったのか、改めて考えた。結論は変わらない。要はちっともわからない。

昨日は月末の職員会議があったので、重さんとともに車で帰った。車から県庁の向かいの原っぱを眺めたが、どこまでも夕闇に包まれていた。そこに人がいるかなんて皆目わからない。ましてやせんべいを食っているかなどわかるわけがない。しかし、誰かがそれを見ていたのだ。知られるはずのないことが知られている、というのは不気味だ。まるですべての行動を見張られているような気がしてくる。ひょっとして今もどこかで監視されているのではないかと思わず周囲を見渡した。もちろん原っぱには人っ子一人いない。雀《すずめ》の声がのどかに響くばかりである。

ああ、いけない、こんなことではおれは本当に神経衰弱になってしまう――頭を振って視線を正面に戻すと、いつの間にか十メートルほど前方に鹿が二頭立っていた。思わずおれは、鹿を交互に見比べた。なぜなら、二頭は実に不思議な立ち方をしていたからだ。二頭の立ち位置はおれの正面のラインを中心に、完全に左右対称を成していた。堂々たる体軀《たいく》から、深い色合いの毛並み、見事な頭の角の大きさまで瓜二つだった。

二頭は彫像のようにぴくりとも動かず、互いの顔を見合っている。あまりにも動かないので、本当に生きているのかなと身を乗り出してよく見ようとしたとき、ゆっくり鹿が動きだした。まるで鏡に向かって歩くかのように、二頭は中心のラインに向け、同じペースで進んでいく。ますます奇妙である。夢でも見ているのかと思うが、もちろん夢ではない。

そのとき、正面からもう一頭、鹿が近づいてきていることに気がついた。手前の二頭が足を止めた。迎え入れるかのように角を垂れる二頭の間を、奥からやってきた鹿は悠然と進んだ。決して大きくはない雌の鹿だった。

雌鹿が通り過ぎると、二頭の雄鹿もふたたび歩き始めた。おれはほとんど気圧される思いで、それらの動きを見つめた。

雌鹿はおれの二メートル手前で立ち止まった。その後ろには侍従のようにぴたり寄り添う、二頭の雄鹿の角が勇壮にそびえている。

雌鹿はじっとおれを見つめた。礎石に座るおれは、少し見上げる気持ちで同じく鹿を見つめた。異様な状況にもかかわらず、なぜか礎石から腰を上げることができなかった。

雌鹿がもぐもぐと口元を動かした。まるでしゃべろうとしているみたいだとふと感じたとき、鹿が「びい」と鳴いた。本当に「びい」と鳴いたのである。さらには、

「鹿せんべい、そんなにうまいか」

としゃべった。完全に硬直するおれに、鹿はゆっくりと続けた。

「さあ、神無月《かんなづき》だ――出番だよ、先生」

第三章

神無月（十月）

一

「どうしたの、今日は朝から何だか元気がないね？」

信号を待ちがてら、重さんはおれの顔をのぞきこんだ。いえ、大丈夫ですとおれは答えるが、もちろん大丈夫なことなんて一つもない。

赴任から一週間が経ち、そろそろ教師の間にも、おれと生徒たちとの話が洩《も》れ伝わってくる。今も運転席から、重さんはそれとわからぬよう、心配そうな眼差しを送ってくる。藤原君は励ましのつもりか、しきりにかりんとうを勧めてくる。昨日の昼休みなど、受け持つ学年も違い、普段話すこともない女性の英語のベテラン教師が、高さ十センチほどの小さな張り子のだるまを机に置いていった。手に取ると、土台の白地に英語で「ストレイシープ（迷羊）」と小さな字で書きこまれていた。何だか突き放されているのか、心配されているのか、よくわからない。指で弾くと、だるまはごろんごろんと駄々をこねたあと、健気に元の姿勢に戻ってくる。太い眉の下から、ぐりぐりとした眼《まなこ》をしっかと向けてくる。やはり励まされているらしい。

それぞれがそれぞれのやり方でおれを心配してくれる。されど、他の教師の指導内容に踏みこむことは非常にデリケートな問題を孕《はら》むので、誰もが外側からおれをのぞきこむばかりである。藤原君ですら、境界線の手前でかりんとうの瓶を脇に佇《たたず》んでいる。きっと皆、おれから話し始めるときを待っているのだろう。だるまやかりんとうは、いつでも話を聞く用意があるというサインなのだろう。つくづくありがたいことだと思う。同時に、とことん情けないこととも思う。おかげで近頃は職員室ですら、どこか居心地が悪い。

おれもにっちもさっちもいかない状況に陥ったときには、周囲に救いを求めたかもしれない。だが、今朝、鹿がしゃべりましたなどと人に言ったら、どうなるか。「きみは神経衰弱だから」教授の言葉がこだまする。授業にはまるで集中できない。板書をしていても、本当におれは大丈夫なのだろうかと何度も繰り返してしまう。

放課後、初めて自ら頼んで藤原君にかりんとうを分けてもらった。相変わらず不味いかりんとうを食べるとやけにホッとした。無心でかりんとうを齧っていると、学年主任がやってきた。「ちょっと先生、来てください」と妙に低い声でささやいた。学年主任はずいぶん怖い顔をしていた。すぐさまピンときた。ついに来るべきときが来たと思った。きっと生徒とのいざこざが学年主任の耳にまで届いたのだ。

悪いタイミングは続くものである。おれは学年主任のあとについて席を立った。学年主任は職員室の隅にある、衝立《ついたて》で仕切られた応接スペースに入っていった。遅れて入ると、そこには学年主任ともう一人、威風堂々と銀髪を靡《なび》かせるリチャードの姿があった。小治田教頭にははなはだ失礼な呼び名だが、藤原君に「リチャード」と教えられたときから、もはやおれの頭の中で教頭は完全にリチャードになってしまっている。もっとも藤原君を「かりんとう」と呼ぶ気にはなれず、藤原君は依然、藤原君のままである。

おれが入ってきたのを見て、リチャードは学年主任にうなずいた。学年主任は、

「じゃ、あとは教頭に任せましたので」

と短く告げて、さっさと衝立の向こうに去っていってしまった。

要領を得ぬまま立っていると、リチャードがどうぞお座りなさいと革張りのイスを指差した。おれは机を挟んで、リチャードの正面に腰を下ろした。飴《あめ》色の艶《つや》をまとった革がみしりと音を立てた。

「今日から十月ですね」

ハアとおれは曖昧にうなずいた。そういえば今朝、鹿もそんなことを言っていたなとぼんやり思い出した。もっとも、それ以外のことは何も覚えていない。鹿の声が聞こえた瞬間、おれはわっと叫んで、一目散に家まで逃げ帰ったからだ。

「学年主任から聞きました。何でも生徒たちと少し揉《も》めているそうですね」

何の前置きもなく、単刀直入にリチャードは話を切り出した。だが、その口調に咎《とが》める色は感じられず、おれに注ぐ眼差しも不思議と穏やかだった。

何か言おうかと考えたが、何も言うことなどないと気づき、おれは不格好にうなずいた。リチャードはそんなおれの様子を黙って見つめていたが、ふっと笑って、

「先生は生徒たちが好きですか？」

と訊ねた。

「まだ、わかりません」

おれは正直に答えた。

おれの顔をしばらくのぞいたあと、リチャードはこくりとうなずくと、

「今はつらいこともたくさんあると思いますが、焦らずじっくり取り組んでください。一人で抱えきれないことがあったときは、必ず私や主任や他の先生方に相談してください。いいですね」

と諭すような口ぶりで語りかけてきた。不意にやさしい言葉をかけられたものだから、硬くなっていた気持ちが急に解《ほぐ》れ、涙腺がゆるみそうになって大いに困った。

「教師の仕事というのは、我慢比べです。相手がそれと意識していない我慢比べです。ときには独り相撲になって、ひどく疲れることもあります。ですが、いつ、どういう形になるかはわかりませんが、努力は必ず実を結びます。どうぞ、誠意と熱意を忘れずに生徒たちに接し続けてください」

リチャードの味わいある言葉は、心の奥底にじんわり染み渡る。おれと視線が合うと、リチャードは「あまり深刻に考えず、気楽に気長にいきましょう」と目尻に皺を寄せ、やさしく微笑《ほほえ》んだ。

「今、私にお手伝いできることはありますか？」

両手をゆっくりと擦《さす》り、リチャードは訊ねた。おれは机の上の、高価そうなガラス製の灰皿の縁を目で追いながら、

「もうしばらく――自分に任せてください」

と答えた。

「わかりました。あまり無理をなさいませんように」

真摯《しんし》な眼差しを向け、リチャードはうなずいてみせた。

久々に勇気という言葉を胸に感じた。おれはありがとうございますと深々とリチャードに頭を下げた。

それからしばらく他愛のない話を続けていたが、リチャードが突然、

「先生はゴルフをなさいますか？」

と訊ねてきた。

いいえ、経験ありませんと首を振ると、じゃあ、今度打ちっ放しにでも行きませんかとやけに誠実な口調で誘ってきた。ハアと曖昧にうなずくと、さっそく明日にでもどうです？　近頃の先生の顔を見ていると、元気がなくっていけません、たまには身体を動かさないと、とどんどん話は進んでいく。

「ゴルフクラブなんて握ったこともありません。いくら振ってもあんな小さな球になんか当たらないと思います」

「ハハハ、最初は誰でもそうですよ。でも、先生は見たところ、身体も頑丈そうだし、重心もしっかりしていそうだから、素質はあるんじゃないですか」

何を根拠にそう言うのかは不明だが、リチャードはどこまでも誠実におれを打ちっ放しに誘ってくる。

　結局押し切られるように、明日土曜日の約束をさせられてしまった。どこか釈然としない気持ちで席に戻ると、藤原君が心配そうな顔で待っていた。どうしたんです？　と開口一番訊いてくる藤原君に、明日リチャードとゴルフの打ちっ放しに行くことになったと答えると、ああ、いつものことですと藤原君はホッとした顔でうなずいた。

「どういうこと？」

「教頭流のコミュニケーションの取り方です。リチャードはお酒をたしなみませんからね。代わりにゴルフに誘うんです」

　ハハアとおれは曖昧にうなずいた。まったく妙なコミュニケーションの取り方もあったものである。

「それにきっと発掘の予定もなく、本当に暇なんでしょう」

「発掘？」

「遺跡の発掘ですよ。リチャードは学生の頃からずっとこの奈良で考古学の研究をしていた人でしてね、結構その世界じゃ名を知られているんです。今もいろいろな遺跡の発掘プロジェクトに名を連ねているはずですよ」

「へえ……じゃあ、リチャードって歴史の教師だったんだ」

「確か僕が学校に入ってくる前までは、歴史の教科主任だったはずです。リチャードが教頭になったから、席が一つ空いて、僕が歴史の教師として雇われたわけです」

　ふうんとおれはうなずいた。

「発掘ってさ――やっぱりこのへんはそういう遺跡が多いの？」

「多いなんてもんじゃないですよ。掘れば必ず何かが出てきます。ウチの学校のグラウンドだって、少し掘ればきっと奈良時代の皿やら木簡《もっかん》がわんさと出てきます」

「なるほど……それは掘り甲斐があるねえ」

「去年の夏休み、一度リチャードに誘われて発掘現場についていったことがあるんですよ。あれは本当にキツかったなあ……。僕には無理ですね。あんな暑いところで、一日中、刷毛《はけ》で土を取り除いていく作業なんて。でも、教頭は暑さも何も平気で作業に没頭しているんです。根っから好きなんでしょうね。僕は結果をまとめたレポートを読んだら、それで十分です」

同じ学究の徒であるというのに、藤原君の情熱はあまりに薄っぺらい。そのくせ、学生時代、歴史散策サークルの会長をやってましてね、などと平気でアピールしてくるから始末が悪い。

「藤原君はリチャードと打ちっ放しに行ったことあるの？」

「ありますよ。でも、よほど筋が悪かったのか、二度と誘ってくれませんでしたね」

「さっき、リチャードに素質があるかもとか言われたんだよね。重心がしっかりしてるとか何とか――そうなのかなあ？」

「それって、単に足が短いってことじゃないですか」

言った後、さすがに言いすぎたと思ったか、藤原君は不自然に机の日誌に顔を近づけて朱を入れ始めた。生徒たちとは違った意味で、藤原君もなかなかタチが悪い。すでにジャージ姿に着替えている藤原君は、日誌を片づけるとバドミントンのラケットを片手にそそくさと体育館に向かっていった。一人残され手持ち無沙汰《ぶさた》な気持ちで、おれはリチャードの席に視線を向けた。背後の窓から射す光が、見事な銀髪に照り返って淡い輝きを放っていた。

＊

食事を終えて番茶をすすっていると、

「先生は寝倒れの心配はないね」

と向かいでばあさんが、おれの顔を見て何やら笑みを浮かべていた。

時計は土曜の午前七時半である。学校は休みなので、重さんはまだ起きてこない。

「何です、その寝倒れってのは？」

「大阪の食い倒れ、京都の着倒れ、奈良の寝倒れ――と言ってね」

とばあさんは歌うように言葉を連ねた。

「大阪の食い倒れ」「京都の着倒れ」は聞いたことがあるが、「奈良の寝倒れ」なんて聞いたことがない。本当ですかそれ？　とおれが疑わしげに訊ねると、ばあさんは「本当よう」と大仰《おおぎょう》にうなずいた。

急須に湯を注ぎながら、ばあさんは話し始めた。今も天然記念物でそれなりに偉い春日大社の鹿だが、昔はさらに偉い「神鹿《しんろく》」だった。昔はお公家様ですら神鹿に出会ったときには、車より降りて地面にひれ伏し迎えたそうだ。もしも鹿を殺してしまったりしたときは大変だった。

殺した人間はもちろん死罪を免れない。何せ神様の使いである。人間なんかよりずっと偉い。

そんな鹿だから、昔は、朝起きて自分の家の玄関先で鹿が死んでいるのを発見したときは、家じゅうが大騒ぎになった。このままでは、鹿殺しの疑いをかけられてしまう。家人は慌てて死骸《しがい》をよその家の軒先に移し、難を逃れようとした。たまらないのは勝手に鹿を置かれた家の人々である。目が覚めて軒先に死んだ鹿の姿を見つけ、やはり蜂《はち》の巣をつついたような騒ぎになる。大慌てで鹿をよその軒先へ移す。この騒ぎが果てることなく続き、鹿はいつまでも起きなかった寝坊助《ねぼすけ》の家の敷地で発見されることになる。結果、鹿殺しの疑いをかけられ、寝坊助は身代《しんだい》を潰してしまう――すなわち「寝倒れ」ということらしい。

「……ずいぶん物騒な話ですね。本当にうかうかゆっくり眠れやしない」

鹿と聞いて、とても心穏やかには聞いていられなかったが、何とか落ち着いたふりでおれは答えた。

「先生なら大丈夫さ。休みの日だってこんなに早く起きてるんだから」

「それは今からゴルフに行くからですよ」

「へえ、先生ゴルフを始めたのかい」

「いえ、付き合いですよ。それにゴルフといっても打ちっ放しです」

「誰と行くんだい？」

「小治田教頭です」

「ああ、リチャードかい」

ばあさんはことなげに言い放つと、立ち上がって冷蔵庫から梨を一つ取り出した。

「よく教頭のあだ名を知ってましたね」

「そりゃあ知ってるさ。重久《しげひさ》だけじゃなく、死んだ旦那もあの学校に勤めていたからね。古い付き合いだよ」

「え？　そうだったんですか？　重さんの親父さんは大津校長と、高校の同級生だったんでしょう？　じゃあ、三代にわたって、あの学校と何かしら関係があるってことですね。ちょっとすごい話だ」

「あの学校は、そもそも今の校長のお父さんが創ったものなんだよ。ウチの旦那は、先代の校長さんが誘ってくれたのが縁で、美術の講師をすることになったのさ。今の校長の大津さんは、そのときはまだ京都の女学館で教頭をやっていてね。ちょうど二十年前だったかね、先代の校長さんが亡くなられて。それで息子の大津さんが跡を継いだってわけよ」

「重さんはいつから学校で働いているんです？」

「八年前、旦那の具合が急に悪くなって、代わりに大学院を出たばかりの重久が、臨時で美術を教えることになったんだけど――結局、あの人は病気で死んでしまって、重久は今もあそこで教えてるよ」

ばあさんは梨を八等分に切り分け、皿に盛った。三代にわたって美術に携わるなんて素敵ですねと梨に手を伸ばすと、食っていくのが大変だよ、人には奨《すす》めないねとばあさんは笑って手を振った。

「先生はゴルフが好きなのかい？」

「いえ、やったことありません」

「じゃあ、どうして行くんだい？」

「昨日、急にリチャードに誘われましてね」

ふうんと鼻を鳴らし、ばあさんは梨をひと切れつまんで口に放った。

「リチャードには気をつけたほうがいいよ」

「え？　何がです？」

「あの男は、ああ見えて、結構野心家だからね」

冗談を言っているのかとおれは笑って聞いていたが、口をもぐもぐさせながら、ばあさんは存外真面目顔である。

「どうしてそんなことわかるんです？」

「リチャードが先生くらいの歳だった頃から知っているからね。そりゃあ、わかるさ。親御さんたちの噂も、いろいろ耳に入ってくる。誠実そうな顔をしていて、その実、相当したたかな男さ。本当は上に何人もいたのに、上手に校長さんに取り入って、いつの間にか教頭に納まってしまったからね。あれはかなりの野心家だよ」

ずいぶん自信ありげに自説を進めるばあさんだが、おれにはどうもピンとこない。何か実際知っていることでもあるんですか？　と訊ねると、ばあさんはあっさり首を振った。

「別に。でも、見てりゃわかる」

実に説得力に欠ける回答である。言いがかりもいいところである。年寄りの言うことには間違いないとばあさんは自信満々で湯呑みに茶を注《つ》ぐが、おれに言わせれば、この世で年寄りの先入観ほど始末の悪いものはない。

何かリチャードへの弁護の言葉を考えながら茶をすすっていると、真ん中をよく見て振るんだよと突然ばあさんが言いだした。しばらくしてやっと、リチャードの話はとっくに終わって、ゴルフのアドバイスが始まっていることに気づき、話を切り上げるのにえらく難儀した。

県庁の前でリチャードに車で拾ってもらい、打ちっ放しに向かった。

生まれて初めてのゴルフである。クラブの握り方もわからなければ、スイングの仕方もわからない。そんなおれにリチャードは柔らかな笑みを絶やさず、一から丁寧に教えてくれる。自分は一球も打たず、せっせとアドバイスを送ってきてくれる。これは人徳である。ばあさんにもぜひ見てもらいたい。ようやくひととおりのことを教えた後に、やっとリチャードは自分のクラブを手にした。ボールの前にすっと立ち、優雅にアイアンを振り抜く。ボールは美しい軌道を描いて、ぐんぐん空へ飛んでいく。

楽しいんだか楽しくないんだかよくわからなかったが、リチャードに言わせると、初めてにしてはなかなかの出来らしい。とにかくボールに当たると真っすぐ飛ぶのがいいとしきりにリチャードは褒めるが、無意識の結果を褒められたところでうれしくも何ともない。

二時間、打ちっ放しをした後、リチャードは少し汗を掻《か》きましたね、風呂に行きませんかと誘ってきた。久しぶりに身体を動かして、背中や二の腕が早くも痛くなっていたので、それもいいかなとうなずくと、リチャードは車で奈良健康ランドというところに連れて行ってくれた。途中、リチャードはこのへんは天理《てんり》といいまして、あちこちに古墳があるので私もよく調査に来るんですと説明をしてくれた。あれも古墳なんですよと窓の外を指差され顔を向けると、田んぼと民家の間にこんもりと小山が見える。え？　あれが古墳ですか？　と思わず声を上げると、ええ古墳ですとリチャードは静かにうなずく。このへんの古墳は大和古墳群と言いましてね、飛鳥《あすか》と並んで古墳が多い地区でもあるんですとリチャードは専門家らしい深い声色で語った。

奈良健康ランドはいわゆるスーパー銭湯というやつだった。いきなり鹿のロゴマークに出迎えられ、少々気分が塞《ふさ》いだが、風呂は大いに気に入った。重さんの家の風呂は、家自体が古いこともあって、膝を抱えて入らなくちゃいけないほど浴槽が狭い。久しぶりに広い風呂で手足を伸ばしたら、これが実に気持ちよかった。昼時だからか客も少なく、調子に乗って誰もいない湯舟で泳いでいたら、後から入ってきたリチャードから行儀が悪いと咎められ、たいそう恥ずかしかった。

サウナでじっとり汗を絞り出していると、遅れてリチャードが入ってきた。しばらく黙って互いに壁のテレビを眺めていたが、

「先ほどから気になっていたのですが、先生の胸元のものは何ですか？」

とリチャードが訊ねてきた。

「ああ、これですか。これはその……お守りみたいなもんです」

おれは胸から下げた勾玉を持ち上げた。少しでも状況がよくなればよいと、紐もついていることだし、お守りだと思って身につけていたのだ。もっとも、つけて間もなく鹿に話しかけられたり、何一ついいことはない。

「勾玉の形をしてますね、おもしろい。でも、どうしてまた、そんなものを身につけているのですか？」

そういえばリチャードは歴史の教師だったと、おれは実家の母が鹿島神宮のお札の代わりに送ってきたいきさつを手短に説明した。

「なるほど――じゃあ先生は鹿島神宮の近くにお住まいだったのですか？」

「ええ、そうなんです」

「今は福原先生のお宅に一緒に住まわれているんですよね。確か、福原先生のお宅は春日大社の近くでしたよね」

「県庁の裏手のあたりです」

「鹿島神宮から春日大社なんて、まるで武甕槌命《たけみかづちのみこと》みたいですね」

一度聞いただけではとても聞き取れない難しい名前を、リチャードはさらりと口にした。以前、母から同じような名前を聞いたような気がするから、きっと鹿島大明神の名前を言ったのだろう。それにしても、大明神が奈良にやってきたことをちゃんと知っているとは、さすが歴史の教師である。

「これって本物の勾玉なんでしょうか？」

蒸気で湿った白い表面を撫《な》でながら、おれは何とはなしに訊ねた。

「それは弥生時代、古墳時代に作られたものという意味ですか？」

「ハア、まあそんなところです」

「そうですね――」リチャードは流れ落ちる頬の汗を拭った。「普通、勾玉の原料は翡《ひ》翠《すい》・瑪《め》瑙《のう》・水晶・ガラスといったあたりが主流ですね。なので色も青や緑といったところでしょうか。だから、ううん、白ってのはあまり……見たところ水晶やガラスというわけでもなさそうですし――ちょっとそれ、よろしいですか？」

リチャードが手を差し出してきたので、おれはお守りを首から外して手渡した。リチャードは表面を丹念に撫で、天井の電球にかざしたりしていたが、

「これは……鹿ですね」

とうなずきながら天井から顔を下げた。

「鹿？」

「鹿の角を細工したものです。なるほど、こういう形にするのも趣が出ていいですね。今度、知り合いの土産物屋の主人に言ってみようかな――」

目尻に笑みを浮かべ、手のひらの勾玉を眺めていたリチャードだったが、

「これ、どこで手に入れたとか聞いていますか？」

と急に真面目な顔に戻って視線を向けてきた。

「いえ、知りません。いきなり送りつけてきたうえに何だか勘違いもあるようですし――きっと訊ねてみたら、散歩の途中で拾ったとかひどいことを言われる気がします」

「そんなことはないですよ。先ほどのお話だと、とても信心深いお母様のようですし、きっと霊験あらたかなものなのでしょう。どうぞこれからも大事に扱ってください」

鹿と聞いて何だか嫌な気持ちになったが、一方で褒めてくれるリチャードの口ぶりに悪い気もせず、くすぐったい気分で勾玉を受け取った。

ふと気がつくと、リチャードの顔が茹《ゆ》でタコのように赤い。

「教頭、大丈夫ですか。ずいぶん顔が火照《ほて》ってますよ」

心配になって声をかけると、リチャードは「ええ……サウナはやっぱり得意ではないようです」と立ち上がり、お先に失礼しますとふらふらした足取りで出て行った。得意じゃないなら最初からやめておけばいいのに、妙なことをするもんだと思いながら、おれはあと二分と壁の時計をぐっと睨んだ。

＊

県庁の前でリチャードの車から降ろしてもらった。腕の時計は午後三時を指していた。家には帰らず、おれはその足で春日大社に向かった。

県庁前の坂を上ると、大仏前交差点にたどり着く。左手には東大寺の南大門、その先には大仏殿、参道は大勢の人々で賑《にぎ》わっている。おれは東大寺を背に横断歩道を渡り、向かいにある春日大社に進んだ。

　春日大社の森は古い。鹿島神宮の森も荘厳ではあるが、広大な分、さらに深みが増しているような気がする。鬱蒼《うっそう》と茂る木々に光を遮られ、しんと静まった森をのぞいていると、何やら人知の及ばぬ雰囲気を感じる。単に古いという言葉では到底表現できない何かがある。木を集めて森という字を作ったのなら、古という字を三つほど重ねないとこの厳《おごそ》かさは表せないような気がする。

　二の鳥居の手前にある売店で鹿せんべいを買った。売店の前でうろうろとしている鹿が目ざとくそれを見つけ近寄ってきたが、おれはほとんど走るようにして逃げた。まだまわりには大勢、参拝客がいる。もしも、こんなところで鹿に話しかけられたりしたら、とても普通に振舞えそうにない。

　鹿せんべいを手に、おれは参道脇の低い石垣に足をかけ、古ぼけ苔《こけ》むした灯籠《とうろう》の間を抜けて森に入った。

　薄暗い森の地面に、やわらかい陽射しがぽっかり円を描いていた。その円の内側で、母子の鹿がのんびりと木の葉の絨毯《じゅうたん》に寝そべっていた。おれの足音に驚き、いったんは跳ね起きたが、鹿せんべいを示すと二匹はためらいながらもゆっくり近づいてきた。

　鹿がおれを警戒するように、おれも大いに鹿を警戒している。ほとんど後退《あとずさ》るようにして、おれは鹿せんべいを差し出した。首を伸ばし、鹿はせんべいを口に挟むとむしゃむしゃと平らげた。二匹に交互に与えると、鹿せんべいはあっという間になくなってしまった。

せんべいをやり終えても、おれはその場に立ち続けた。鹿も黙っておれの前に立っている。森は静かである。鳥のさえずりが木々を抜けていく。鹿が話しだす気配はない。鹿は首を下げておれの様子をうかがっている。これから話し始めるつもりなのか、それともまだ何かくれるものと期待しているのか、嫌な緊張がおれと鹿の間に横たわっている。

鹿は人と視線を合わせることを嫌うので、おれから顔を背けている。だが、視界の隅で常におれを捉えている。おれが少しでも動くと、あさっての方向を向いているはずの大きな黒目が神経質に反応する。おれは張り詰めた気持ちのまま、森を覆う木々を眺めている。やがて、子鹿が動きだしたのにつられ、親鹿はつまらなそうにおれに尻を向けた。そのまま、二匹の鹿は一度も振り向かず去っていった。

売店に戻り、また鹿せんべいを買った。売店の前にたむろするいかにも人慣れた雄鹿たちに、せんべいを振舞った。我先にと大柄な鹿が群がってきた。二束買ったせんべいは、あっという間になくなった。せんべいがなくなっても、鹿たちはおれの周囲から立ち去ろうとしない。なかにはもっとよこせと鼻をこすりつけてくる輩《やから》もいる。服によだれのあとがついて気持ち悪かったが、それでもおれはその場に立ち続けた。隣で、おれがせんべいをやるのを見ていた外国人観光客が、せんべいを買って配り始めた。それを見た鹿たちは、潮が引くように移動していった。「ごちそうさま」とおれに声をかける鹿は、もちろん一匹もいない。

おれは売店の前を離れた。今来た道を軽い足取りで戻った。自然と笑みが浮かんでくるのを抑えることができない。

どうやら、おれは大丈夫らしい――。

考え直すと、どこまでも馬鹿馬鹿しい話だった。まったく、おれは何に怯《おび》えていたのだろう。鹿がしゃべるはずはないのである。

オイチ、ニとリズムを取って、陽気に玉砂利を踏みしめる。左手に飛火野《とぶひの》と呼ばれている広大な原っぱが見えてきた。おれは参道脇の自動販売機で缶コーヒーを買って飛火野に入った。

徐々に陽は沈み、空はきれいな夕焼けを迎えそうな雰囲気だ。丘のように隆起した、起伏ある地形の合間を縫って小川が流れている。おれは小川を見下ろす場所に、そこかしこに撒《ま》かれている鹿の糞を慎重に避けて腰を下ろした。

一つの問題が解決して、非常に心が晴れ晴れしている。飛火野の空が大きいように、おれの心にも久しぶりに雲間から陽が射している。おれは缶コーヒーの蓋《ふた》を開け、さっそく次の問題に取りかかることにした。

実は奈良健康ランドからの帰りの車中、おれはリチャードから剣道部の顧問になってくれないかと急に話を持ちかけられていた。

リチャードの話はこうである。剣道部には、指導経験のある先生が辞められてから、もうかれこれ四年、正式な顧問がいない。今は練習場所が同じこともあって、合気道部の先生に掛け持ちで顧問をしてもらっているが、今年の合気道部は非常に優秀で、このたび全国大会に出場することが決まった。先日、顧問の先生から、来月の全国大会に備え合気道部の指導に集中したいとの申し出があった。剣道の経験がないにもかかわらず四年も我慢して顧問を続けてくれた先生の申し出を、ここは受け入れてあげたいと思う。そこでどうだろうか、先生ここは一つ、二学期の間だけでも剣道部の顧問を引き受けてもらえないだろうか――。

突然のリチャードの申し出に、もちろんおれは困惑した。正直なところ、迷惑だと思った。おれはこれ以上、学校のことに首を突っこみたくない。剣道なんてやったことがありません、とてもじゃないが顧問の大役など果たせません――心底困った顔でおれは答えた。だが、これには少しばかりウソがある。実はおれは高校時代三年間、剣道部に所属していた。初段の肩書きも持っている。リチャードが剣道部と口にしたとき、何か調べでもしたのかと一瞬ヒヤリとしたくらいだ。もっとも、三年間剣道部に在籍したら誰でも初段は取れる。

何とか要請を断ろうとしたが、リチャードは何のかのと巧みに話を曲げて、いつの間にか話を出発点に戻してしまう。先生はゴルフの筋がいいから、きっと剣道の筋もいいと思いますと、まるで関係ない話を持ってくる。幸い、車が県庁前に到着したことで、話はいったん中断した。

「急な話で申し訳ありません、本当はもっとゆっくりお話ししようと思っていたのですけれども――」

別れ際、リチャードはしきりに言い訳をしていたが、それなら苦手なサウナでわざわざ勾玉の話なんかせず、部活の話をすればよかったのにと思いながら、おれは今日一日の礼を伝えて車を降りた。

缶コーヒーをぐいと飲み干した。飛火野の空を、雀の群れが忙《せわ》しげに横切っていく。言うまでもなく、おれは部活の顧問なんてやりたくない。おれに剣道の指導ができるとも思えないし、部員の生徒たちとうまくやっていける自信もない。帰りの車中でリチャードは、今回の大和杯はご存知のとおり、本校で行われるので、剣道部の生徒たちの活動もきちんとサポートしてあげたい——と話していた。実に正論である。職員室を見回しても、四十代以下の男性教師で部活の顧問になっていないのは、おれしかいない。もう暦は十月、藤原君がオリンピック級に盛り上がると豪語していた大和杯まで、あと三週間を切っている。これはあまり悠長に考えている暇もなさそうだ。

「神無月だよ——先生」

そのとき、どこかで聞いた声が背後から響いた。一瞬硬直したのち、おれは弾かれたように振り返った。

いつぞやのように角の立派な鹿を二匹連れ、雌鹿がすぐ背後に立っていた。鹿はゆっくり首をもたげ、短く、

「びい」

と鳴いた。

二

「どうして昨日はさっさと逃げた？　話すことがあるのにそんなことでは困る」

鹿は実に迷惑そうな口ぶりでおれを咎めた。

「まったく、何でこんな頼りなさそうな男が……まあ仕方がない、これでも先生なんだから」

そう言って、鹿は首を振った。いや、ちょうど首を振ったように見えた。

「おい、聞いているのか？」

鹿は後方にひねったままのおれの顔を、遠慮なくのぞきこんだ。潤《うる》んだ黒目がじっとおれの顔に注がれていた。これまで何匹もの鹿にせんべいをやってきたが、こんなふうにわざわざ視線を合わせてくる鹿なんて見たことがない。

聞いているか聞いていないかと言えば、聞いているに決まっている。だが、おれが聞いているのはいわゆる「声」ではない。つまり、耳の鼓膜を振動させた結果、伝わってきた「音波」ではない。これは単に、やはり衰弱していたおれの神経が奏でる誤った声にすぎない。

なぜならば、どう考えても鹿が人間の言葉を話すわけがないからである。たとえ鹿が人間並みの知恵を持っていたとしてもだ。というのも鹿の口の骨格では人間の言葉を発音できない。例えば犬は絶対に「い」と発音できない。前方に向かって突き出た犬の口の骨格では、「い」の発音に必要な唇を左右に引くという動作ができない。ついでに「R」の発音も無理である。あんなべろべろと長い舌を持つシェパードが、口の中で器用に舌を丸められるとはとても思えない。

ところが、鹿はべらべらとおれに話しかけてくる。おれは言いようのない暗澹《あんたん》とした気分になりながら、鹿の顔を見つめた。鹿が話すたび、ちょうどいい具合に口が開く。まるで本当にしゃべっているかのようである。おかしな話である。もう一つおかしなことがある。それは鹿の声が非常に渋い中年男の声に聞こえるということだ。なぜに雌鹿の口から、ハスキーな中年男の声が聞こえるのか。

とりあえず、ここは走って逃げようと思い、顔を正面に戻したところで、おれはギョッとした。背後の鹿を避け、前方の小川を飛び越えようというおれの目論見《もくろみ》を見透かしたように、すでに鹿が三四、対岸で待ち構えていたのである。しかもどれも頭に見事な角を生やした屈強な雄鹿ばかりである。

「今日は逃げてもらっちゃ困るんだよ。長い話じゃないから、もう少し座っていておくれ」

おれはおそるおそる振り返り、

「し、鹿せんべいは持っていないぞ」

と鹿に向かって両手を上げた。

「そんなものいらない。お前が食っておけ」

鹿はにべもなくおれの言葉を突っぱねると、

「いいか、よく聞くんだ、先生」

と渋い中年声を一段低くして語りかけてきた。

「先生は〝運び番〟に選ばれた」

まるでその言葉にうなずくように、雌鹿の背後で雄鹿の立派な角が揺れた。

「先生はこれから京都に行く。そこで渡されるものを無事にここに届ける。それが〝運び番〟の役目だ。どうだ？　とても簡単な役目だろ？」

こいつは何を言っているのだろうと思いつつ、知らぬうちにおれは訊ね返していた。

「わ、渡されるって……何を？」

「〝目〟だ」

「は？」

「まあ、お前さんたちの言葉で言うなら宝だな。神宝《かむだから》というやつだよ。奈良に順番が回ってきたんだ。だから先生に取りに行ってもらう」

まるで意味のわからない内容にもかかわらず、何もかもが決まっているかのような雰囲気で鹿はおれに語りかけてくる。妙に腹立たしい気分になる。

「言っていることがさっぱりわからない」

おれはぶっきらぼうにつぶやいた。

「大丈夫、お前さんは何も考えなくていい。シカるべきときに、シカるべき相手から渡される」

ハハアとおれはうなった。洒落のうまい鹿である。

「シカし、相手って誰だ」

おれも対抗して洒落を交えてみた。何だか馬鹿馬鹿しい雰囲気である。だが、鹿はまったく素知らぬ様子で、

「狐《きつね》だ。といっても、実際は先生と同じく人間が〝使い番〟としてやってくるだろうが」

と生真面目に返してくる。

「き、狐？」

「そう、京都の伏見稲荷《ふしみいなり》の狐だよ」

おれは少々呆れ始めていた。おれの神経の回路がダウンしているからこそ聞こえてくる話であれ、どうも奇想天外すぎる。衰弱するのは勝手だが、少々悪ふざけが過ぎているような気がする。

「ちくしょう、何てことだ。こいつはどえらい神経衰弱だぞ――」

思わず悲嘆が声となって外に出た。

「ちがう、ちがう。お前さんは神経衰弱じゃない。これは幻聴でもないし、幻覚でもない」

「この台詞《せりふ》もみんな、おれの頭の中が作り出したものか……よくできているなまったく」

「ああ、つくづく鬱陶《うっとう》しい先生だな」

急に鹿は前足で地面を叩いた。いかにも「参った」というように首を振り、ついでに鼻から息をぶうっと放った。

「仕方がない。少々手荒いが、ぼんくら先生の目を覚まさせるには、いちばん手っ取り早い」

鹿は独り言のようにつぶやくと、一歩後ろに下がった。代わりに、背後に控えていた大柄な雄鹿が頭を下げ、角を向けてゆっくりと迫ってきた。

「お、おい。待て、待てってて」

おれは慌てて立ち上がろうとした。だが、腰を浮かす時間も与えられぬまま、おれは網のように広がった巨大な角に、じりじり前方に押し出された。小川を飛び越えようにも、対岸には同じく鹿が角の壁を作っている。そのとき、少し浮き上がったおれの尻を、ずんと勢いよく角が突き上げた。おれは悲鳴とともに飛び上がった。飛び上がったついでに、二メートルほど下を流れる小川に斜面を滑るようにしてずり落ちた。

膝下まで川に浸し、おれは呆然と空を見上げた。両側から挟みこむように、一匹の雌鹿と五匹の雄鹿がおれを見下ろしていた。

「痛かっただろう、先生？　これは先生の妄想じゃないんだよ。我々は今、ここにいる。先生は私の言葉を聞いている。わかるか？」

雌鹿は相変わらず渋みある中年男の声で、諭すように語った。

「いいかい、先生。先生は選ばれたんだ。選ばれたからには、きっちり役目を果たしてもらわないといけない。もしも役目を果たさないと、世の中が大変なことになる。〝運び番〟の任を全《まっと》うするんだ。近いうちに先生は京都に行く。そこで、伏見稲荷の狐から大事なものを渡される。もっとも、実際は女から手渡されるだろうが」

「女？」

鹿を見上げ、おれは思わず声を上げた。

「〝使い番〟は女と決まっている。別に難しいことは何もない。お前さんはただ、渡されるものを持ってきさえすればいいのさ」

「渡されるって……何を？」

「だから言っただろう、〝目〟だよ」

「それだけじゃわからない」

「宝だよ。我々にとっても、お前さんたちにとっても大切な宝だ」

「何だ、その……宝ってのは？」

「別に先生は知らなくていい。袋に入れて渡されるだろうから、そのまま持って帰ってくるんだ。そういえば、人間の言葉でも呼び名ができたと聞いたが、何と言ったっけな？　サンカク……とか何とか、まあ、とにかくつまらない言葉だったな――」

言葉を区切り、鹿は上からじっとおれをのぞきこんでいたが、

「どうだい？　いい加減、信じたかい、先生？」

と訊ねてきた。鹿の後ろで、空が薄ら茜《あかね》色を帯びつつある。

「何をだ」

「目にしたもの、耳にしたものすべてだよ」

「わからない」

おれは正直に答えた。

「フン、ずいぶん慎重だね。まあ、いい。そういう慎重さもどこかで役に立つかもしれない。とにかく、狐から渡されたものを持ってこい。〝運び番〟の役目はそれだけだ、いいな」

鹿は渋みのある声をさらに低め、

「それじゃあ頼んだぞ、先生。また会おう」

と最後に付け加えた。

その言葉を合図に一匹、一匹と鹿が視界から消えていった。

膝下までを冷たい川の水に浸したまま、おれは呆然と空を見上げていた。思い出したかのように、鹿に突かれた尻がじんじんと痛み始めた。

＊

週明け、職員朝礼のあと、リチャードに剣道部の顧問への就任要請を受ける旨を伝えた。朝礼の前、合気道の顧問の教師から直々に頼まれてしまったら、さすがにもう逃げることはできない。相手に二つの部を任せておいて、自分は何もしないでいるなどできるはずがない。リチャードはおれの申し出を満面の笑みで受け入れ、何度もありがとうございますと繰り返した。

席に戻って藤原君に、剣道部の顧問になったことを伝えると、

「ぜひ、いっしょに大和杯でいい成績を残しましょう。今回はまさに我々のホームでやるわけですからね、無様《ぶざま》な試合は見せられませんよ」

といきなり現実的な話を持ち出され、大いに気が滅入った。

昼休み、運動部の顧問をしている教師が集められた。その場でリチャードから、おれが正式に剣道部の顧問に就任したことが発表された。加えてリチャードは、今週の土曜日に、大阪・

京都・奈良の女学館の運動部顧問による、大和杯に向けての親睦会が行われることを告げた。会場は京都のいつもの場所、大会の円滑な進行を図るためにも、ぜひ全員の参加をお願いしたいとのことだった。最後にリチャードは、当日集まった大和杯は、私が車で責任をもってこちらに運びますと告げて、ミーティングは終了した。

席に戻り、おれは要領を得なかったリチャードの最後の部分の言葉について、藤原君に説明を求めた。

「ああ、それは各クラブの優勝カップを、リチャードが奈良に持って帰るという意味ですよ」

藤原君はイスの背もたれに寄りかかり、大きく伸びをしながら答えた。

「つまり、テニスならテニス、バドミントンならバドミントンというように、各競技ごとに大和杯と呼ばれるカップがあるわけです。まあ大和杯っていっても、このくらいの小さな、よくある優勝カップですけどね。リチャードが言っていたのは、去年の大和杯で大阪と京都が勝ち取った優勝カップを、大会に備えてこちらに運んでおく、ということですよ。去年は開催校の京都がほとんどの大和杯を獲《と》ってしまいましたからね。ウチはたったの二つでした。だから、リチャードの荷物はずいぶん多くなるでしょうね」

「開催地が圧勝するなんて、まるで国体みたいだね」

「やはり応援の力というのは偉大です。他校は出場する部に所属している生徒しか参加できないですから、開催校の応援はそりゃあ圧倒的です」

「聞けば聞くほど本気の大会だなあ」

「そうですよ。だから、先生も剣道部の顧問、がんばってくださいね」

おれは藤原君の激励を聞き流し、

「そういえば京都女学館ってどこにあるの？　京都市内？」

と訊ねた。

「そうですよ。二条城の少し北のあたりにあります。実はどの女学館も、昔、都の宮殿があった近くに建てられているんですよね。ウチは平城宮跡が隣にあるでしょう。大阪女学館は大阪城の近くの難波宮《なにわのみや》跡の隣にあります。京都女学館は平安京の大内裏《だいだいり》があった場所の近くにあります。どうしてそんな場所ばかり選んで建てたのか、一度大津校長に訊いたことがあるんですが、校長もよくわからないと言ってましたね。前の理事長だった校長の親父さんがすべて決めたそうですが。まあ、とにかく変わった人だったらしいですよ、先代は」

「じゃあ、リチャードが言っていた、親睦会をやる京都のいつもの場所って、京都女学館のこと？」

「いいえ、校長のご実家の料理旅館のことです。大和杯の前の親睦会は、いつもそこでやると昔から決まっているんです」

「そうか。そういえば校長って京都の人だったね」

「〝このは〟という名前の旅館です。結構、有名なところなんですよ。今は校長のお姉さんが女将《おかみ》をやっています」

確かパンフレットがあったはずと藤原君は、引き出しを探り始めた。

「どこにあるの？　その〝このは〟って？」

「伏見です、京阪電車の伏見稲荷駅を降りて少し歩いたところです」

引き出しに向かったまま、藤原君は答えた。

「あれ、どうしたんですか？」

しばらくして面を上げた藤原君は、おれの顔を見た途端、不審の声を上げた。いや、なんでもないよと頭を振り、おれは藤原君から折り畳まれたパンフレットを受け取った。

「狐《こ》のは」

表紙には大きく店の名前が記されていた。

もう少しで声を上げてしまうところだった。〝このは〟と聞いて、勝手に〝木の葉〟あたりを想像していただけに、狐の文字は完全に不意打ちだった。

「ああ、そうだ。先生は知っていますか？　剣道部は三校ともに創立時からある、校内でいちばん古い運動部なんですよ」

「う、うん……そんなこと前に言っていたねえ」

おれは適当に返事をしながら、パンフレットを開いた。「お稲荷様のお膝元、まごころこめての御もてなし」という字の横に、朱塗りの神社の正門前にそびえる狐の石像の写真が載っていた。

「この前、校長とリチャードが喫煙室で話しているのを横で聞いていたんですけど、先代の理事長が大の剣道好きで、六十年前、京都・大阪・奈良の女学館を同時に創立したとき、真っ先に作ったのが剣道部だったそうですね。だから大和杯も初めは三校の剣道部の交流戦から始まったそうです。でも、当初は大和杯という名称じゃなかったんです。というか、その名をつけるにつけられなかったというか――」

何だか急に元気がなくなって、どういうこと？　と訊き返す気も起こらない。藤原君は合いの手を待っている様子だが、おれがいつになってもウンともスンとも言わないので、一人で勝手にウンとうなずいて話を再開した。

「優勝の証《あかし》が、カップじゃなかったんですよ。カップじゃなくて、優勝プレートだったんです。確かに大和板じゃ変ですものね。やっぱり大和杯じゃないと様になりません。その後、陸上部や柔道部が設立され、優勝カップも作られたことで、晴れて大和杯という名称になったんです。でも、剣道部だけは今も創立当初からのプレートを優勝校に授与しているそうです。恥ずかしながら、僕もそんな話、まるで知りませんでした。呼び方も独特で、何でも、各校の剣道部内ではサンカクという愛称で呼ばれているらしいですよ」

「何だって――？」

急におれが声を上げたものだから、藤原君は取り出したばかりの大事なかりんとうの瓶を危うく落とすところだった。

「な、何ですか、急に」

「今、サンカクとか言わなかった？」

「え、ええ、そうですよ。サンカクです。見た目が三角形の形をしているからだそうです。校長が言うには、京都・大阪・奈良の三つの女学館の関係をシンボライズしたものらしいですけど」

「そ、そのサンカクってのは今どこにあるの？」

「そりゃあ、もちろん京都ですよ。理事長のお膝元だけあって、京都は創立当時から剣道の名門として有名なんです。インターハイの常連ですし、全国制覇の経験もあります。とてもじゃないけど、ウチなんかは敵《かな》いませんよ——あっと失礼」

とんだ失言とばかりに藤原君は首をすくめてみせたが、そんなこと気にしている場合ではない。

「ひょっとしてそのサンカク……今度の京都での懇親会に、誰かが持ってくるの？」

「そりゃ、そうですよ。そのための親睦会でもあります。何でも、プレートに彫られた絵がずいぶんユニークらしいですね——」

途中から、藤原君の声はすっかり聴覚から消え去っていた。京都の伏見稲荷にある〝狐の尻〟にサンカクを取りに行く——とても、偶然の符合とは思えない。かといって、必然の結果と思うのも、それ以上におそろしい。何だか寒気がした。昨日、鹿に突かれた尻の部分が、思い出したかのようにじんじん痛み始めた。

「どうしたんです、先生？　さっきから顔色が悪いですよ。大丈夫ですか？」

気がつくと、藤原君が心配そうにおれの顔をのぞいていた。

「かりんとうを食べると血の巡りがよくなるらしいですよ。もう少しどうです？」

そんな話は聞いたこともないが、ケロリとした顔で瓶を差し出す藤原君に、ああ、おれはこの先生の能天気さにだいぶ救われているかもしれないと思いながら、不味いかりんとうをあともう少しいただいた。

＊

家に戻ると、ばあさんが手紙だようと封筒を渡してくれた。裏返すと母からである。奈良に来てから、母にはまだ一度も手紙を出していない。電話もしていない。要は現状を説明するのが嫌なのである。母には、奈良には大学の研究室の研修で行くとしか言っていない。たとえ手紙を書いたとしても、生徒とのいざこざから始まって、鹿との語らいを含め、どれ一つとして正直に話せる内容はない。せいぜい話すことができるのは、送られたお守りを身につけていることくらいである。

きっと連絡しないことを詰《なじ》る内容だと思うと気が重い。とりあえずカバンに放りこむと、それを目ざとく見つけたばあさんに、

「こら、親からの手紙はすぐに読まなくちゃいかん」

と叱られた。仕方がないので居間で封を開けた。隣では重さんが夕刊を読みながら、

「十月に入って、東のほうでずいぶん地震が多いねえ。地震は怖いから嫌だね」

とのんびりつぶやいている。

母からの手紙は相変わらず、字が達者すぎて読みにくい。予想に反しておれのことはほとんど書いていない。福原様に失礼のないようにしろとか、茶碗に米粒をつけたまま食事を終えるなとか、小の用を済ませた後には必ず便座を下ろせとか、洗濯物はちゃんと裏返して出せとか、その程度である。あとはすべて自分の話が書いてある。少し祖父のことも付け加えてある。

おれは便箋を畳み、封筒に戻した。どうやら、祖父も母も元気な様子である。元気じゃないのは、おれだけの様子である。手紙の最後には、近頃地震が多くて困る、十月は大明神さまも留守にしているから、大明神さまに早く帰ってきてほしいものだと書いて締めてあった。結局、おれの学校のことには一切触れぬままである。連絡をよこせという言葉もない。いちいち詮索されるのも億劫だが、こうも気にされないのもそれはそれで不満に感じるから、人の心とは妙なものである。

「お母さんの腰は治ったって？」

ちょうど夕刊を読み終え、新聞を下ろした重さんが訊ねてきた。

「ええ。あともう少しかかるそうですが、大丈夫みたいですよ。そういえば、最近、向こうじゃ地震が多いんですか？　手紙に書いてあったんですが」

「そうそう、十月に入ってからよく新聞で目にするよ。どれも小さな地震だけど、毎日続くから、ちょっと気味が悪いよね。東には先生の鹿島大明神がいるのに、どうしたものかな」

新聞を畳み、重さんはニヤニヤしながらおれに視線を返す。

「おれじゃありませんよ。母の鹿島大明神です。それに今は大明神は留守ですよ」

「え？　どうしてだい？」

「神無月だからですよ。どの神様も出雲に集合をかけられて、出払っているんです」

「そうか――だから神無月って言うんだよね。そりゃマズいね。大なまずが暴れてしまうじゃない」

「大丈夫です。恵比寿《えびす》がいますから」

おれはおさない頃より母から聞かされた話を重さんに語った。十月に鹿島大明神が出雲に行っている間は、大明神の命を受けて留守を恵比寿が守る。しかし、恵比寿の力は大明神より劣るので、大なまずがときどき暴れることがあるのだ――。

「なるほど。恵比寿様の力が足りないから、今は少しなまずが暴れているわけだ」

「そんなの関係ないですよ。関東大震災は九月一日ですから。ばっちり大明神もいたはずです」

本当だ、そのとおりだねと重さんは笑う。夕食の支度ができたよと告げるばあさんの声に、おれと重さんはソファから腰を上げる。

今日の夕食は栗ご飯である。おれは重さんに剣道部の顧問に就いたことを伝えると、重さんはきっといい経験になるよと顧問への就任を歓迎してくれた。

「先生は剣道をやったことがあるのかい？」

とばあさんが訊ねるので、高校時代に剣道部に所属していたことを話した。ばあさんは道理で先生はいつも姿勢がよろしいはずだとむやみにうなずいていた。

「今週末、大和杯の親睦会があるんです」

重さんがすぐさま〝狐のは〟でかい？　と返してきた。そうですとおれがうなずくと、あそこの料理はとてもおいしいらしい、でも僕は美術部だから、いつになってもお呼びがかからず残念だと重さんはとてもくやしがった。

「そうだ、先生が剣道部なら、マドンナといっしょに仕事をすることになるね」

「何です、そのマドンナってのは？」

「京都女学館の剣道部の先生だよ。とてもきれいな人だから、先生方からマドンナって言われているんだ」

「へえ、重さんでもきれいだと思うんですか」

「僕は女の人は誰でもきれいだと思うよ。でも、マドンナはずいぶん素敵だね」

重さんは小鉢のもずくをすすりながら、真面目な顔でうなずいた。ふと学校の薄暗い廊下ですれ違った女性の顔が浮かんだ。あれがマドンナではないか——なぜか不思議な確信があった。

「しかし、マドンナってあだ名もずいぶん時代がかってますね。まるで『坊っちゃん』みたいだ」

おれは急に浮き浮きとした気分が湧き上がるのを感じながら、良い香りを放つ大粒の栗を口に放りこんだ。言葉の意味がつかめずキョトンとしている重さんの隣で、ばあさんが、

「先生、『坊っちゃん』とは何ぞなもし」

とニヤニヤしながらもずくをちゅるると吸い上げた。

三

近頃、不思議なことが多い。

鹿のことは言うに及ばないが、生徒たちとのことも然《しか》りである。

というのも、生徒からの嫌がらせがパタリとやんだ。1－Aの教室に入っても、もはや黒板の文字はおれを迎えない。まるで期限が存在していたかのように、十月に入ってから急に大人しくなった。攻撃的な雰囲気がすっかり影を潜めた教室で、おれは実にスムーズに授業を進めることができる。

職員室ではリチャードから「先生、生徒たちとの問題も解決したそうですね。すばらしいです」と褒められた。そう言われると、こちらも身構えていた気持ちが、自然と解れてくる。例えば1－Aに授業に向かうと、教壇の前で生徒が教師に注意を受けている。どうやら授業中、携帯型ゲーム機をやっているところを見つかったらしい。だが、年配の古文の女性教師は自分が取り上げたものが何なのかよくわかっていない様子なので、これは電子辞書ですよと適当に誤魔化して生徒に返してやった。生徒が今にも泣きそうな顔をしていて、ずいぶん気の毒に思えたからだ。生徒は驚いた顔でこっちを見ていた。まぎらわしいから今度からはちゃんと辞書を引けというおれの言葉に、生徒はハイと大きくうなずいて席に戻っていった。

衣更《ころもが》えを迎え、教室の色合いも落ち着いたものに感じられる。夏服から冬服へ、制服が替わるように、生徒たちの心模様も変わるものなのだろうか。よくわからない。もっとも、生徒たちとのいざこざが収まろうと、相変わらず腹の具合は悪い。悪いといえば、堀田の様子も気味が悪い。今朝など階段の踊り場で、出会いがしら「おはようございます」と挨拶をされた。いったいどういう風の吹き回しなのか、さっぱりわけがわからない。

奈良公園・春日大社にはあれから近づいていない。鹿の件に結論を出すことを、おれは留保している。鹿が本当にしゃべったのか、それともすべてはおれの衰弱した神経の産物なのか。無理を通すか、道理を通すか、事態は複雑である。もっとも神経衰弱はいつかは治る。しかし、鹿が話したのなら世界の歴史が変わる。世界の歴史はこのままが良い。

顧問に就いた剣道部は、正直なところ何をしたらいいのかわからない。学校には体育館が大小二つある。小さなほうの第二体育館に、合気道部の顧問の教師に連れられて入ったとき、これは何かの冗談なのかと思った。なぜなら、稽古着《けいこぎ》姿の部員が三人、呑気に素振りをしているだけだったからだ。素振りが終わったところで部員を集め、これで全員かと訊ねると、背の高い主将らしき女子生徒が、ハイ全員ですとあっさり答えた。馬鹿にしてると思った。こんな部にわざわざ顧問など要《い》らないだろうと思った。合気道の顧問が、先生、掛かり稽古をするときはこっちに防具がありますのでと裏の倉庫に案内してくれた。いつもあの人数でやっているのですかと訊ねると、そうですよと教師は答えた。ちゃんと教えてくれる顧問がいないのです、入部する生徒もいないでしょう——と教師は倉庫の扉を開けながら言った。なるほど道理だと思った。

「大和杯って個人戦ですか？」

マットや跳び箱が納めてある倉庫の風景に懐かしさを感じながら、おれは訊ねた。

「いえ、団体戦です」

「じゃあ、三人だと大会に出場できないでしょう」

「ええ、できません。おそらく大会が近づいたら、どこかから二人、臨時部員として連れてくるのでしょう。毎年の光景ですが、不憫なことです」

ハハアとうなずいたきり言葉が続かないまま、おれは埃臭《ほこりくさ》い倉庫に入った。

最近使っていませんが、これが男性用の防具ですと合気道の顧問が奥のほうから胴と面を引っ張り出してきた。薄ら白い埃をかぶった防具を手に取ると、胴の部分がちょうど正面にやってきた。見ると何かの絵が描《か》いてある。おれは手のひらで胴の表面をこすった。埃の膜の下から鹿の絵が出てきたとき、おれは思わずわっと声を上げてしまった。

何事かとのぞいてきた教師が、

「ああ、ウチの学校の防具は全部そのデザインですよ。ほら、そこにも並んでいるでしょう」

とおれの背後を指差した。振り返ると、壁際の正方形のマスに区切られた棚に、整然と防具が並んでいる。それら胴の表面には、いずれも軽やかに跳ねる鹿の絵が描かれていた。

「剣道部はいちばん歴史が古いせいか、いろいろユニークでしてね。ウチだけじゃなく、京都女学館と大阪女学館にも同じように胴に絵柄が入っているんです。京都の胴には狐の絵が、大阪の胴には鼠《ねずみ》の絵が描いてあります。おもしろいでしょう」

おれは防具を棚の上に置いた。手のひらの埃を払って、咳《せき》をするふりをして倉庫を出た。空気が悪いですからねと倉庫を出てきた顧問は、それでは剣道部をよろしくお願いしますと頭を下げて、体育館の残り半分を使って練習をしている合気道部のもとへ戻っていった。

壁に立てかけてあったパイプ椅子を開いて座り、面をつけた人形に打ち込みの練習をしている生徒たちをぼんやり眺めた。頭の中で、「びい」と鳴いた雌鹿が走りだし、やがて胴に描かれた鹿に姿を変え、跳ねる鹿の絵はいつの間にか狐となって、最後は〝狐のは〟のパンフレットに載っていた狐の石像に姿を変えた。知らない間に、妙な輪の中にどんどん取りこまれていくような気がする。

視線の先で、先ほど主将と名乗った女子生徒が面を打った。勢いのある踏みこみに床がだんと鳴り、人形がかぶる面の上に竹刀《しない》が跳ねた。

＊

近鉄奈良駅の入口に立つ行基《ぎょうき》像の前で、藤原君を待っていた。

平日とはちがい、土曜日の駅前はさすがに賑やかである。朝から天気もよく、まさに秋の行楽日和で、目の前を奈良公園帰りの団体客が続々と通り過ぎていく。リュックを背負った老夫婦が、お土産に柿の葉寿司をしこたま買っている。

時計を見ると、約束の午後三時半である。藤原君はまだ来ない。仕方がないので円形ピラミッドのような噴水台のてっぺんに立つ小柄な行基像を眺めていた。すると行基像の向こうに商店街のアーケードから堀田が自転車を牽《ひ》いて現れるのが見えた。

学校が休みなので堀田は私服姿である。下はジャージに長袖のTシャツというラフな格好で自転車を押している。商店街を出たところで、自転車にまたがった。おれは声をかけるべきか否か激しく逡巡《しゅんじゅん》した。

だが、おれの心配をよそに、堀田はそのまま前方の横断歩道を渡る様子である。ホッとしたとき、急に自転車の前輪が角度を変えてこちらを向いた。顔をそらす間もなく、正面で堀田と目が合った。

「あ」

声は聞こえずとも、堀田の口がそう言っていた。

堀田はおれの二メートル手前で自転車を止めた。思わず止めてしまったがどうしようという困惑の表情がはっきりと顔に出ている。

「よう」

ぎこちなく手を上げたおれに、堀田は視線を合わさず、くぐもった声で「こんにちは」と頭を下げた。何だ鹿に乗っているんじゃないのかと皮肉を言ってやりたい気持ちを抑え、

「このへんに家があるのか」

と穏やかに訊ねた。

「ええ、紀寺町《きでらちょう》です」

ハハアとうなずくも、紀寺町がどこにあるのかわからない。

「ここで何しているんです？」

「これから大和杯の打ち合わせに京都に行くところだ」

「京都へ？」

「そうだ、伏見稲荷だ」

へえ――堀田の口から声が洩れた。なぜだか、うれしそうな響きに聞こえた。もっともこれまで不機嫌な声しか聞いていないので、単にそれが普通の表情なのかもしれないが。

「誰か待っているんですか？」

「そうだ。あ、来た来た」

堀田はおれの視線の先に顔を向けた。人ごみの向こうで藤原君が手を振っていた。

「わ――かりんとう兄弟」

堀田が小さな声でつぶやいた。

「かりんとう兄弟？」

「先生たちのあだ名ですよ。いつも職員室で二人並んでかりんとうを食べてるから」

「そんなに食べていない。とうか、そんなに食べられない」

おれは強く否定したが、堀田は「打ち合わせがんばってください」と妙なエールを残して、さっさとペダルに足をかけた。途中、笑顔で手を振る藤原君に会釈して、堀田は建物の陰に消えていった。

「すいません、待ちました？」

頭を掻きながら、藤原君はひょこひょこやってきた。学校ではYシャツにネクタイというスタイルでやっているので、休日の私服姿の藤原君は初めてである。パーカーに今どきのリュックを背負った姿はどこから見ても大学生である。とても、歴史の教師で二歳の娘さんがいる人物には見えない。

「さあ先生、行きましょう」

やっこさん、やけにうれしそうである。聞くと〝狐のは〟での飲み食いが今から楽しみなんだそうだ。まるで重さんと同じである。

「そんなにおいしいの？」

「ええ、タダでうまいメシを食べられる機会なんて、そうはありませんからね」

京都行きの近鉄電車に乗った。シートに二人並んで座っていると、藤原君が、

「そういえば、さっき堀田がいましたね」

と話しかけてきた。

「ウン、行基像の前でばったり会ったんだ」

「良かったじゃないですか、仲直りできて」

「フン、おれときみのことをかりんとう兄弟とか、相変わらず失礼なこと言っていたぜ」

「かりんとう兄弟ですか？」

藤原君は素頓狂な声を上げた。怒りだすのかと思いきや、兄弟ならどちらが兄なんでしょう、年齢なら先生ですが、かりんとう歴なら僕ですよね――とか呑気なことを言い始めた。おれは返事をする気にもなれず、窓の外をずっと眺めていた。線路に沿って彼方に背の低い山々の稜線が走っている。晴れた空に浮かぶちぎれ雲が、巨大な斑点となって山肌《やまはだ》に影を落としている。なかなか雄大な眺めである。

「まあ、そんなことを言ってくれるということは、もう仲直りしたってことですね。いやあ良かった、良かった」

「だから別に仲直りなんかしてないって」

「今でも、僕は腑《ふ》に落ちないんですよ。先生のクラスで日本史を教えているから、僕も堀田は知っています。堀田はあんなふうにクラスを扇動して、先生を攻撃するような子じゃないですよ」

「あ。やっぱりあれって堀田が仕組んだの？」

「そうらしいですよ」

「フン、いろいろよく知ってるね」

「エヘヘ、お隣のクラスですからね、少しは話が聞こえてきます」

「まったく碌なやつじゃないよ、堀田は」

「何か理由があったんじゃないですか？　知らない間に、堀田を傷つけるようなことをしていたとか」

「おれが原因だって言うの？　冗談じゃない」

「今の子は繊細ですからね。何がどう作用するかわかりません。慎重にいかなくっちゃいけませんよ」

そんなの知らないよとおれは腕を組んでむっつりふくれた。

途中、京阪電車に乗り換え、ふたたび並んで座席に腰を下ろした。そうそう、剣道部のほうはどうなんです？　と藤原君が訊ねてきたので、おれは先日倉庫で見た防具の話をした。

「へえ、そんなところにまで使っていたんですか。知らなかったなあ。まあ、ウチの学校のシンボルが鹿ですからね」

「え？　そうなの？」

「そうですよ。校章にだって使ってあるじゃないですか」

藤原君はリュックから今日のために配られていた「第六十回大和杯実施要綱」の冊子を取り出した。よく見ると、表紙には校章が三つ並んで印刷されてある。

「ああ、本当だ。鹿だね、これ」

おれは三つのうちの真ん中の、今や見慣れた奈良女学館の校章を改めて眺めた。「奈良」の二文字を囲む丸い太枠の外側に、鹿の角らしき紋様が巡らされている。こんな場所にまで、すでに鹿のやつらは入りこんでいたのである。そりゃあ、胴の表面に絵が描きこまれるはずだ。

「こっちが京都女学館です。どうです？　狐の顔に似ているでしょう」

藤原君が指差す校章は確かに、「京都」の文字を逆三角形のフレームが囲んでいて、上部には耳らしきものもついている。

「まあ、狐に見えないこともないけど……何だか怪しいなあ。そもそも京都ってそんなに狐のイメージが強いの？」

「ううん、どうでしょう……奈良の鹿に比べたらずいぶん劣るとは思いますけどね。やはり、校長の実家が伏見にあったのが大きかったんじゃないですか？　伏見といったら京都伏見稲荷大社、お稲荷さんといったら狐ですから」

「ふうん……そういうものかなあ。で、最後のこれが大阪女学館だ」

「そうですね」

「……これのどこが鼠なの？　どう見たって普通の桜の花びらじゃない」

他の二校と同様、校章の真ん中に「大阪」と大きく記されてはいるが、まわりを囲むのは桜の花びらである。実に品のいい意匠である。どう見ても、鼠の気配は感じられない。

「確かに鼠はいませんね――」

やけに真剣な顔で表紙を睨んでいた藤原君だが、急に「あっ」という大きな声を上げた。

「何？　どうしたの？」

「先生、色ですよ、色」

「色？」

藤原君は三つ横に並んだ校章を順に指で追った。黒、黒、最後の大阪女学館の校章だけが少しくすんだ淡い色合いになっている。

「ネズミ色ですよ、ネズミ」

そんな馬鹿なと笑うつもりで顔を上げた先に、勝ち誇った表情で鼻の穴を開いている藤原君の顔を認め、おれは少々たじろいだ。

「印刷の調子が悪かっただけじゃないの？」

「いえ、思い返してみたら、学校案内パンフレットでも大阪女学館の校章はネズミ色にプリントされていた気がします。そうかあ……そういうことだったんだ」

一人でうんうんと藤原君は勝手に納得しているが、おれは到底納得する気になれず大阪女学館の校章を睨んでいる。

「奈良の鹿と京都の狐は、まあわかるよ。でも、何で大阪女学館が鼠なの。だいたい、藤原君はそんな話、これまで聞いたことあったの？」

「いえ、一度もありませんよ」ケロリとした顔で、藤原君は首を振った。「京都女学館の校章だって、狐の顔に似ているなあと僕が前から勝手に思っていただけの話です。あ、でも、ウチの校章が鹿と関係があるのは確かですよ」

おれは黙って藤原君から離れ、腕を組んだ。次は伏見稲荷ぃというアナウンスが車内に響いた。何だか無性に腹が立つ。もう少しでネズミ色説を信じてしまうところだった自分にも腹が立つ。

「校章との関連はわかりませんが、他校の胴に狐や鼠が描いてあったということは、やはり何かしら意味があるんじゃないですかね。〝狐のは〟で、他校の先生方に訊いてみたらいいんですよ」

冊子をリュックにしまいながら、藤原君は何食わぬ顔で話を続ける。

「そうだ、マドンナに訊いたらいいじゃないですか。同じ剣道部なんだから、きっと知っているでしょう。先生はマドンナをご存知ですか？　長岡《ながおか》先生って言うんですけれども――」

マドンナという言葉に、つい反射的に顔を向けてしまった。

「重さんから聞いたけど、マドンナってそんなに美人なの？」

「福原先生もそう言ってました？　それなら折り紙つきでしょう。ウチの学校にもあれくらいきれいで若い先生がいたらいいんですけどねぇ」

奥さんも娘さんもいるのに、藤原君もなかなか剣呑なことを言う。

「そうかあ……今日は南場《なんば》先生も来るんだ。南場先生、まだマドンナのことが好きなのかなあ――」

「誰？　その南場先生って」

「大阪女学館の剣道部顧問の先生ですよ。マドンナが京都に赴任したときからぞっこんで、一時かなり積極的にアタックして、見事に玉砕したって噂です。まあ、確かに長岡先生に南場先生じゃあ、釣り合わないよなあ――」

長岡先生という名前に、やはり薄暗い廊下ですれ違った女性の姿が重なる。陽の光が鮮やかに、その横顔を照らし出している。

先生、着きましたよという声に、おれは窓に顔を向けた。あちこちの柱や壁を朱色に塗りたくった、ずいぶん派手なプラットホームが窓の外に滑りこんできた。

電車を降りると、正面に伏見稲荷大社と大きく書かれた看板が壁にかかっていた。看板の中央に描かれた鳥居の両脇で、目尻の赤い二匹の白狐がじっとおれを見つめていた。

駅を出て、藤原君のあとについて歩いた。

途中、これが伏見稲荷大社ですと左手にある大きな鳥居を指差された。巨大な朱塗りの鳥居の向こうに真っすぐ坂道が続き、その先にまた大きな鳥居がそびえている。これが全国約四万社の稲荷神社の総本宮です、と藤原君は胸を張って紹介した。苦い気持ちで鳥居を見上げていると、あ、写真撮っておきますか？　と藤原君がリュックからカメラを取り出した。いいよいらないと藤原君の背中を押して先を促した。駅に降りたときから、そわそわした気分が抜けず、どうにも落ち着かない。これから行く先で、狐の〝使い番〟が現れたらどうしようと思う一方で、そんなもの現れてたまるかとも思う。思いがせめぎ合うほど、不安は募る。腹の具合も何だか怪しい。

カメラを取り出したまま、藤原君は何やら不満げな様子である。見ると手元に、ずいぶん立派なものが収まっている。どうしたの、一眼レフなんて持ってきちゃってと訊ねると、いやあ、リチャードから全体写真を撮ってくれと頼まれたんですよ、実は僕、高校時代はカメラ部でして——と自慢げにカメラを撫でた。どうです、練習がてらに一枚？　としつこく迫るので結局、大鳥居をバックに一枚撮った。写真部の腕がどんな具合か見せてよとカメラをのぞくと、デジカメじゃないから見られませんよと断られた。

「何？　まだフィルムを使っているの？」

「そうですよ。フィルムには、デジタルじゃ出せない味わいがあるんですよ。ちなみに僕はこれを高校時代から使っています」

　と愛おしそうにカメラを撫でてみせた。

〝狐のは〟は伏見稲荷の鳥居を過ぎて五分ほどの場所にあった。大津校長のご実家は代々ここで料理旅館を営んでいたんですと藤原君は塀越しに立派な蔵を見上げ、説明してくれた。何で料理旅館の人間が、女子校を三つも創ったんだろうねとおれが洩らすと、本当に何ででしょうねと藤原君も首を傾げた。

　塀沿いにしばらく歩き、ようやく入口にたどり着いた。門に掲げられた大きな額に、「狐のは」と黄色で書かれた達者な字が躍っていた。打ち水の撒《ま》かれた玄関先には「大和杯親睦会御一行様」というプレートが見える。おれは藤原君に悟られぬよう、指先に唾をつけ、そっと両の眉をなぞった。「眉唾」という言葉がある。その昔、狐は人に化けるとき、相手の眉毛の本数を数えたそうだ。眉に唾をつけて寝かせておけば本数を数えられず、狐に化かされずに済む――おさない頃、母に教えてもらった話だ。馬鹿馬鹿しいと思いつつも、湿った指先で眉を丹念に撫でつけてから、おれは〝狐のは〟の門をくぐった。

　玄関に入ったが、誰も出てこない。奥のほうでざわついた声はするが、受付に人の気配は感じられない。正面には大きな松を描いた屏風《びょうぶ》が立てられている。古めかしい木目の床が天井の光を鈍く照らし出している。沓脱石《くつぬぎ》はゆったりと幅広く、壁際の靴箱の上には人形やらお面やら壺やら、渋い色合いの品々が置いてある。いかにも老舗《しにせ》といった風情《ふぜい》である。
すいませんと声を上げたが、やはり誰も出てこない。藤原君と二人、どうしたものかわから
ず玄関に突っ立ったままぼんやりとした。ふと右手の壁に、額に入った古めかしい絵が掛かっ
ているのに気がついた。太った恵比寿のような男性が右手に蛤《はまぐり》、左手に鰹《かつお》を抱え、白鳥にのっ
かっている絵である。母の部屋で見た鹿島大明神と同じ匂いを感じていると、隣から藤原君が
顔をのぞかせ、ああ、いわかむつかりのみことですねと早口言葉のように唱えた。
「え、何？」
「磐鹿六雁命《いわかむつかりのみこと》ですよ。料理の神様です」
藤原君は絵の隅を指差した。そこには漢字で磐鹿六雁命と書かれてあった。さすが歴史の教
師だねと難しそうな名前を目で追ったが、鹿という字を見つけた途端、嫌な気分になった。眉
につけた唾の効果が、早くも四散した気がした。
「何この人、鹿と関係があるの？」
「別にないですよ。ただの名前です。元は天皇の家来だった人ですから」
フウンとうなずくも、いきなり出鼻をくじかれた気分である。もう一度、眉に唾をつけよう
かと考えていると、「おこしやす」と急に声がかかった。屏風の前にいつの間にか、着物姿の
女性が立っていた。
「先生、こちらが〝狐のは〟の女将さんです。大津校長のお姉さんでもあられます」
藤原君の紹介に背の低い、ずんぐりとした体型の女将が、ゆったりと頭を下げた。柔和そう

な表情の持ち主ではあるが、くっきりと描かれた眉のラインや、口紅の濃さからは、いかにもやり手の女将といった印象を受ける。校長とは、背が低いところと、目が細いところくらいしか似ていない。女将は目尻に深い笑みを湛《たた》え、いつも弟がお世話になっておりますともう一度、丁寧にお辞儀をした。おれも慌てて、とんでもないですこちらこそと頭を下げる。

「先生方もだいぶいらっしゃってますよ」

女将に先導されて、臙脂《えんじ》色のカーペットが続く廊下を進んだ。みしみしと鳴る床に微妙な勾配の変化を感じながら、おれはどこか祖父の家と似た古い建物の香りを楽しんでいた。だが、窓の外に広がる中庭と大きな蔵の風景を眺めたとき、いけないいけないと急に我に返った。ここは敵地である。おれは心の手綱を引き締め、鋭い目つきで前方を睨みつけた。

「こちらでございます」

「ミサキの間」と書かれたプレートの下で女将は立ち止まると、襖《ふすま》を音もなくすっと開けた。ちょうど向こう側で、襖を開けようとしていた人物が、急に目の前に人が現れたせいで「あっ」と声を上げた。

おれはそこに、以前、学校の廊下で出会った女性の顔を認めた。

「あ、長岡先生――」

藤原君が隣で声を上げた。

長岡先生は一瞬恥ずかしそうな表情を見せたが、すぐさま笑顔に戻って、

「あら、こんにちは、藤原先生」

と会釈した。次いでおれに向き直った。

「こんにちは」

右肩から垂れたウェーブのかかった髪を押さえ、女性は会釈をした。

「こんにちは」

「以前――学校でお会いしましたね」

「はい、一度、廊下で」

おれは胸の高鳴りを抑え、なるたけ平静を装って答えた。

広間の中から、じゃあ、そろそろみなさん席に着いてくださいというリチャードの声が聞こえてきた。ちょっと失礼しますと頭を下げ、長岡先生はおれの脇をすり抜け、廊下に出ていった。心地いい香りが遅れて訪れ、おれは思わず振り返った。

あれ、初対面じゃなかったんですか？　と藤原君が不思議そうな声を上げた。マドンナさんは相変わらずおきれいでと女将が感心の声を上げげた。藤原君と並んで、長岡先生の姿勢のいい後ろ姿を見送っていたが、そのまま長岡先生がトイレに入るのを見て、二人慌てて視線をそらし、座敷に足を踏み入れた。

＊

「第六十回大和杯親睦会」は、午後五時ちょうどに始まった。

開催校ということで今日の幹事であるリチャードが広間の正面に立ち、「これを機会に、各校顧問の先生方の親睦が深まり、また、十日後に迫りました、奈良女学館にて開催される、記念すべき第六十回目の大和杯が、成功裏に行われることを心より願います」とよく通る声で挨拶したのち、三十分ほど当日のスケジュールに関するレクチャーが行われた。もっとも、大半の話が「進行の手順はほぼ例年どおり、詳細は大和杯当日の各部ミーティングで」という形で済まされ、「京都女学館、大阪女学館の大和杯をお持ちになられた先生方は、あとで別室にカップをお届けください」とリチャードが最後に一同に呼びかけたのち、場はさっそく宴会へと移行した。

「ミサキの間」のテーブルには、「柔道部」「バスケットボール部」「陸上部」と部ごとに立て札が用意されている。おれは「剣道部」の立て札のある机に座布団を敷いて座っている。どの部も京都・大阪・奈良の顧問の教師、三人乃至《ないし》四人でテーブルを囲んでいる。剣道部のテーブルには、おれとマドンナと南場先生の三人が座っている。「ミサキの間」全体では、五十人ほどの教師が席に着いている。

テーブルには、藤原君が絶賛し、重さんが垂涎《すいぜん》した料理が次々と運ばれてくる。きっとどれも上等の京料理なのだろうが、いまいち味がわからない。確かにうまいのだろうが、味わうことに集中できない。頭の中には狐の〝使い番〟の一件が居座っている。目の前にはマドンナが座っている。もっとも、狐のことなど単なる言い訳で、目の前のマドンナの存在が、おれが先ほどから落ち着いて料理を味わうことができない、すべての原因である。

全員での乾杯のあと、マドンナは京都女学館で数学の教師をしている長岡ですと改めて自己紹介をした。藤原君と同じ年に赴任したとのことなので、歳は二十五歳あたりだろう。マドンナと言われるだけあって、やはり相当な美人である。決して派手な顔つきではないが、知性を感じさせる秀でた額、穏やかそうな眼差し、控えめな笑みが常に漂う口元、どれも落ち着いた風情が漂っている。どこからともなく立ち昇る、えもいわれぬ気品がある。初めは古臭いネーミングだと思ったが、なるほどマドンナとは言い得て妙である。そこには確かな「華」がある。心に留めずにはいられない、静かなれど奥深い余韻がある。

「先生は剣道の経験はおありですか？」

マドンナの問いに、おれは高校時代に少し齧った程度ですと答えた。マドンナは自分は四歳から剣道を始めて、大学も体育会の剣道部に所属していたと言った。

「大学は数学と剣道の毎日でした。昔から計算が好きで、今も紙と鉛筆があれば何時間でも数式の計算を始めてしまいます。今日も電車の中でずっと数式を解いていました」

とマドンナは右手で宙《そら》に式を書く真似をした。

「おかしいでしょう？」

「いえ、そんなことありません」

内心だいぶ変わっていると思ったが、おれは真面目な顔で首を振った。

「先生は奈良に来てどのくらいですか？」

「三週間ほどです。まだ来たばかりです」

「担任をなさっているのですか?」

「はい、一年生の担任をしています。二年生の物理と化学も教えています」

「一年生のクラスが担当なら、生徒たちもみんなかわいいでしょう」

「いえ、ちっともかわいくなんかありません。碌でもない連中ばかりです」

おれはどこまでも真面目に答えたのだが、マドンナはそれを冗談と捉え、軽快な笑い声を上げた。

「奈良公園や春日大社には行かれましたか?」

「ええ、散歩で何度か。家が近所なものでして」

「先生はやっぱり鹿がお好きですか?」

いきなりの鹿の話に少々面食らったが、これもおれが奈良に住んでいるから気を遣ってくれたのだろう。もっとも、マドンナの配慮はうれしいが、鹿はどこまでも鹿である。正直に嫌いですと答えると、あら、どんなところが? とマドンナは首を傾《かたむ》ける。まさか勝手にしゃべるところだとは言えないので、図々しいところがいけませんと答えると、マドンナも、私も鹿は服を嚙んでくるからあまり好きではありませんと言った。何だか妙なところで気が合う。もっとも、どういうときに鹿に服を嚙まれるのかはよくわからない。

鹿は駄目ですが、奈良のお寺はとても好きですとマドンナは言った。マドンナによると、同じ昔の神社仏閣でも、京都に比べ奈良のそれは力強さがあって良いのだそうだ。おれが学校の廊下で出会った日も、マドンナは東大寺の大仏を見物してから三校定例会に臨んだのだという。

そのとき、東大寺の大仏が立ち上がると約三十メートルの身長の持ち主であることを知り、いったいどのくらいの速さで歩くのだろうと後で計算したところ、東京までだいたい七時間で着くことがわかったとマドンナは言った。

「おかしいでしょう？」

マドンナはコップを片手に、恥ずかしそうに笑った。先ほどからかなりのピッチでコップのビールを空けているが、すっと伸びた長い首筋は未だまぶしいくらいに白い。さすがは体育会出身である。

さて、テーブルにはもう一人、人物がいる。マドンナに続いて自己紹介をした人物は、大阪女学館の南場ですと低い声で告げて、その大きな頭を下げた。たわしのようにこわい毛がびっしりと頭頂部を覆っていた。年は三十五歳くらいだろうか。頭も肩も胸も、身体のパーツ何もかもが大きい。しかし上背がないものだから、非常にアンバランスに見える。底の土が硬いせいで横に広がってしまった大根に似ている。もっとも、ずいぶん日に焼けた肌をしているので、大根というにも違和感がある。

南場先生は自己紹介を終えると、これまで奈良に顧問がいなかったから、いつも長岡先生と二人で準備をしていたが、今回からは先生も加わるから楽になって良いとしきりに繰り返した。何だかこれまでの顧問の不在を咎められているような口ぶりだったので、腑に落ちない気もしたが一応謝っておいた。南場先生は、自分は体育の教師をしていると言った。マドンナに注ぐビール瓶を持つ、逞《たくま》しく発達した腕を見て、なるほどとおれは納得した。小学校から剣道に励み、現在は五段を取得しているという。マドンナも四段だと言っていたから、どちらも大したものである。とてもじゃないが、自分の経歴を並べて披露することなどできない。

マドンナは自分はあまり剣道を教えるのが上手ではないのかもしれないと言った。南場先生が熱心に助言をするのを聞きながら、おれはすっかり落ちこんでしまった。何せ二人が口にする目標は、インターハイ出場とかとんでもないレベルである。一眼二足三胆四力《いちがんにそくさんたんしりき》と南場先生が剣道の基本をしきりに唱える手前で、とても顧問の役目を果たせそうにないと思った。三人しかいない部員に、剣道について教えられることなど何もないおれ。同じ剣道部の顧問として、三人し席をともにすることが、二人に対して何か失礼にあたるような気がしてくる。

ところで、藤原君が電車の中で言っていたのはどういうことだろうと、途中、おれは興味深くマドンナと南場先生とのやりとりを見守った。藤原君の言によると、南場先生がマドンナにぞっこんで、しかも一度はアタックして玉砕済みだという。真面目に剣道の指導論を闘わせている二人から、そのような痕跡は微塵《みじん》も感じられない。いかにもその風景は中堅の教師と、若い教師との教育に関する議論といった様子である。もっとも、おれに男女の間の細かい心の機微を捉えられるとは思えない。ひょっとしたら内心大いに気まずくとも、互いに割り切って話をしているのかもしれない。どれほど強力な磁場が目の前にあろうとも、その存在を肉眼で確かめることはできないのだ。

酒が進むにつれ、「ミサキの間」の喧騒《けんそう》はいよいよ高まってくる。教師たちが酔っ払ってしまう前に、リチャードが「大和杯を持ってこられた先生方は、隣の部屋にお持ち寄りください」と触れて回っている。見るとリチャードはちっとも酔っていない様子である。そういえば、リチャードは酒がまったく駄目で、それだから打ちっ放しに誘われたのだった、などと思い返していると、唐突に「サンカク」の文字を思い出した。完全に失念していたものだから、いきなり横面を張られたようにびくりと身体が波打った。

「シカるべきときに、シカるべき相手から渡される」

飛火野で鹿が洒落を交えて語った言葉。しかも、サンカクとやらを渡してくる相手は狐の〝使い番〟の女だという。おれは腰を浮かせて、「ミサキの間」を見回した。女性の教師は意外と多く、十五人から二十人はいる。目の前にも一人いる。もしも、本当に狐の〝使い番〟などというものが現れるのなら、マドンナがその〝使い番〟である可能性がいちばん高い。何せサンカクである。マドンナがいくら剣道の指導に自信がないとこぼそうと、去年の大和杯でサンカクを勝ち取ったのは京都女学館なのだ。今日、リチャードに渡すため、マドンナはそのサンカクをここへ持ってきているはずなのである。

おれはマドンナにサンカクのことを訊ねようと思った。ついでに、胴に描いてあるという狐や鼠の話もしようと思った。だが、南場先生との指導論のやりとりはいよいよ佳境に入り、一向に言葉を挟む隙が見当たらない。

話が終わる様子もないので、ここは先にトイレにでも行っておこうかと立ち上がると、意に反して足元がずいぶんおぼつかなくなっていた。

「先生、大丈夫ですか？」

マドンナの声に、大丈夫ですと片手を上げて応じるが、視界に映る手の甲は赤い。一方、マドンナは依然白い顔のままケロリとしている。隣の南場先生が大いに赤黒く変わっているだけに、余計にその白さが強調される。まったく大した酒豪ぶりである。

トイレで用を済ませ「ミサキの間」に戻る途中、一つ手前の部屋の襖が開いていた。無意識に視線を向けると、リチャードが畳の上に並べられたダンボール箱を前に、手元の紙に何か書きつけていた。

「あ、先生、いいところに来てくれました」

おれの姿に気がついたリチャードが、「無事、全部揃いましたので、ガレージに運ぶのを手伝ってくれませんか」と畳のダンボール箱を指差した。

ハアとうなずいたおれの前で、リチャードは大きなボストンバッグにどんどんダンボール箱を詰めていく。一辺二十センチほどの箱には「バレーボール部大和杯」や「ソフトボール部大和杯」とマジックで書きこまれている。五つほど詰めこんだところで、それじゃあ、先生これをお願いしますとボストンバッグを手渡された。

「先に玄関で待っていてください」

とリチャードに促され、おれは臙脂色のカーペットが続く廊下を、バッグを担いで玄関に向かった。酔いのせいで足元が少々ふらつく。どうも大学にいたときより、酒に弱くなった気がする。「ミサキの間」の喧騒はいよいよ激しく、廊下にまで歓声が響いている。教師とは、よほど日頃の鬱憤《うっぷん》が溜まっている人種らしい。

玄関で靴を履いて待っていると、しばらくして両肩からボストンバッグを提げたリチャードが現れた。カバンが重かったのか、ずいぶん顔が紅潮している。持ちますよとリチャードからバッグを一つ受け取り、門を出て道路を挟んだ場所にあるガレージに向かった。

「それではこれで、私はお先に失礼します。先生は戻って、みなさんと楽しんでください」

バッグを車に積み終えると、リチャードはエンジンをかけ、車に乗りこんだ。

「ところで先生、大丈夫ですか？」

窓を下ろすと、リチャードは急に訊ねてきた。何が大丈夫なのかよくわからなかったが、酔いのことを訊かれているのだろうと、

「ええ、大丈夫です」

と答えると、リチャードはそれは良かったと笑顔でうなずき、「じゃ、僕はこれで」と軽く手を振って車を発進させた。何もかもがあっという間で、おれはリチャードの車のテールランプが見えなくなって初めて、あのバッグの中に「サンカク」が含まれていたことに気がついた。

何だか狐に化かされたような気がした。眉毛にそっと触れてみた。もちろん眉はすっかり乾いていた。

＊

妙な気分のまま、〝狐のは〟に戻った。手渡されるも何も、実物を一瞬たりとも見ぬうちに、

「サンカク」はさっさと他の大和杯と一緒に奈良に運ばれていってしまったのだ。何だか大いに空振りをした気分である。もっとも何に空振りをしたのか、自分でもよくわからない。

〝狐のは〟と書かれた額の下をくぐり、敷石を伝いながら、ようやく夢から醒めた気がした。

これで鹿の話は終わりである。あまりに呆気ない最後のような気がする。だが、これ以外、起こり得るはずもない結末である。やはり鹿の話はウソだった。いや、そもそも、鹿の存在からしてウソだったのだ――どこか憑《つ》き物が落ちたような気分で廊下を進んだ。鹿の出来事を否定することはすなわち、おれの神経衰弱の実在という新たな問題を浮上させるが、不思議と暗い気持ちはしない。むしろ軽やかな気分さえ感じつつ廊下を進むと、「ミサキの間」の入口にマドンナが立っていた。

「あら、先生どこに行っていたんですか？」

マドンナはおれの顔を見つけるなり、訊ねてきた。リチャードの荷物を運ぶ手伝いをしていましたと答えると、

「いつになっても帰ってこないから、どこかで倒れているんじゃないかと心配していたんです。だいぶ酔っ払っていらっしゃったみたいだから」

とおれの顔を見上げ笑った。近くでのぞいたマドンナの瞳は、ずいぶん透き通っていた。笑みを浮かべる目尻の横には、小さなほくろがあった。

マドンナがおれのことを心配してくれていたことに、変にむず痒《がゆ》いものを感じていると、

「先生、ちょっとよろしいですか」

とマドンナがおれを呼んだ。

「はい、何でしょう」

「先生にお渡ししたいものがあるのです」

急に真面目な顔に戻ってマドンナは告げた。何を渡されるのかと首を傾げたとき、

「シカるべきときに、シカるべき相手から渡される」

という言葉が唐突に蘇った。

急に胸の鼓動が高まると同時に、おれは混乱した。すでにここにサンカクはないはずである。では、マドンナは何を渡すというのか。読み終えたはずの本に突然続きのページが現れたような居心地の悪い感触を覚えた。マドンナは「ミサキの間」の隣にある、先ほどリチャードが荷物をまとめていた部屋の襖を開け、さっさと中に入っていった。おれはそっと人差し指を舐《な》め、眉を撫でつけてから、マドンナに続いて部屋に入った。

部屋の隅で、マドンナはこちらに背を向け、荷物から何かを取り出していた。壁際に並ぶカバンやバッグから見て、この部屋は教師たちの荷物置き場になっていたらしい。

「先生、これをどうぞ――」

マドンナは立ち上がると、おれの前にすっと茶色いものを差し出した。見ると、それはＡ４サイズの封筒だった。

おれは無言で封筒を受け取った。無意識のうちに、袋に入れられて渡されると鹿が言っていたことを思い出した。封筒はとても軽い。中身が入っているのかわからないほどである。大き

さだけなら、プレートの形をしているという「サンカク」が入っていてもおかしくない。しかし、この軽さである。封筒を裏返すとセロハンテープで封がされている。さっそく開けようとすると、

「先生、さっきから何だか顔が蒼白いですよ。酔っ払っているんでしょう。失《な》くされたら困りますから、家に帰ってから開けてください」

とマドンナに手を押さえられた。マドンナの手はひんやりとして冷たかった。マドンナは少し首を傾け、「家に帰ってから見てくださいね」と繰り返し、そっと手を離すと、先生戻りましょうとさっさと部屋から出ていった。

部屋の真ん中に取り残され、しばらくぼんやりとした。封筒の「京都女学館」の隣に印刷された狐の校章がじっとおれを見つめていた。右の手首に未だマドンナの体温を感じながら、おれはそっと眉毛を撫でた。


宴会は午後十時に閉会した。

おれは酔いの回る頭を引っ提げ、隣にはさらに酔っ払った藤原君を連れて帰路についた。

「ミサキの間」に戻ったおれに、マドンナはまるで何事もなかったように酒を勧めてきた。南場先生は、今年こそ大阪が大和杯をいただきますと鼻息荒く抱負を語った。おれは機を見て胴の件を訊ねたが、確かに狐と鼠の絵が胴に描かれているが、その由来はわからないと二人とも揃って首を振った。南場先生は、鹿と狐はまだいいが、鼠は何だか格が落ちると不平を鳴らし

ていた。マドンナは何も言わず、笑いながらコップを傾けていた。途中から、藤原君が隣に来て大いにやかましくやり始めた。賑やかな場の雰囲気に釣られてついつい杯を重ねると、すっかりおれも酔っ払ってしまった。足腰の立たない藤原君を担いで〝狐のは〟を出ると、マドンナにお二人は仲がよろしいですねと笑われ、たいそう迷惑した。

マドンナとは京阪電車の伏見稲荷駅まで一緒に歩き、お互い別の方向の電車に乗った。

「それでは再来週の大和杯で」

去り際、マドンナは丁寧にお辞儀をして、カンカンと鳴り始めた踏切の向こうに走っていった。スカートからのぞく、細く白い足が線路を渡っていくのを見守りながら、おれは早く大和杯が来ればよいと何度も思い返した。

藤原君とは近鉄奈良駅でお別れした。電車の中でずっと眠り続けていた藤原君の携帯を借りて、奥さんに電話した。これからご主人を奈良駅からタクシーに乗せて帰らせますと告げると、何度もすいませんと謝られた。奥さんは、穏やかな口調ながら「いつも馬鹿なもので困ります」と静かに怒っている様子だった。タクシーに押しこみ送り出したが、半目を開けシートにぐったり沈んだ藤原君の姿は、何やらもやしが萎《しお》れているかのような眺めだった。

家に戻ったとき、すでに十二時を過ぎていた。一階の電気は消えて、ばあさんはもちろん、重さんも寝てしまった様子である。二階の自分の部屋に戻ってベッドに腰を下ろし、カバンから封筒を取り出した。

マドンナの言を守り、おれはまだ封を開けていなかった。おれは手元の封筒としばし睨み合った。開けるのが待ち遠しくもあり、また怖くもあった。

軽く深呼吸をした。酒を帯びた息が鼻のまわりでくすぶった。おれはセロハンテープの封を剝《は》がし、封筒をのぞいた。中には薄っぺらい紙が三枚入っていた。封筒を逆さにして紙を取り出した。一枚目には、手書きで「去年の大和杯で使った表のフォーマットです。良かったら今年もコピーして使ってください」と短く書きしたためられていた。紙をめくると、二枚目には京都・大阪・奈良の三校の名前が記された対戦表が、三枚目にはマス目が空白となった試合前に提出するメンバー表が印刷されていた。

ぽかんとして、ベッドの上でしばし放心した。一枚目に戻って、マドンナの女性らしい小づくりな字を眺めながら、そりゃそうだよなと心でつぶやいた。

紙をまとめ封筒に戻し、ベッドに大の字に寝転んだ。

何がどうなっているのか、考えることすら億劫《おっくう》だった。どこまでも人騒がせな夜だった。封を開けるときに緊張したせいか、急にのどの渇きを感じた。おれはベッドから身体を起こすと、ばあさんや重さんを起こさぬよう、急な勾配の階段を音を立てずに下りた。近所の自動販売機で冷たいものでも買おうと玄関から出たとき、思わずおれは足を止めた。

目の前に大きな黒い影がうずくまっていた。まるでおれを迎えるかのように、影はゆっくりと首をもたげた。

闇に浮かぶ鹿の頭のシルエットから、

「さあ、渡してもらおうか――先生」

という低く渋い声が、静かに夜の闇に響いた。

＊

鹿はゆっくりと近づいてきた。

玄関先の外灯の明かりを受け、雌鹿の頭が光の傘の内側ににゅっと現れた。

「取りに来たよ、先生」

おれは思わず一歩、後退った。背中に触れた引き戸のガラスがカタリと音を立てた。

「何を突っ立っている。伏見稲荷で狐から〝目〟を渡されただろう。わざわざ取りに来てやったんだ。さっさと渡してもらおう」

「お……お前が言っているのは紙のことじゃない……よな？」

おれは何とか声を振り絞って答えた。

「紙？　ふざけているのか？　なぜそんなものが宝になる」

そりゃそうだ、おれも馬鹿なことを言ったものだと思った。

「じ、じゃあ、そんなものはもらっていない。狐の〝使い番〟にも会っていない」

鹿が一瞬、身体を震わせた。真っ黒な瞳が外灯の明かりを吸いこんで、異様な輝きを放ち始める。

「本当か……？」

「ああ、本当だ」

「何も渡されなかったのか――？」

「そうだ。おれが渡されたのはオーダー表だけだ」

「オーダー表？　何だそれは？」

「ただの紙だよ」

「そんなはずはない――。〝使い番〟は必ず現れたはずだ」

おれは強く首を振った。

「おれはお前が言うようなやつには誰一人会わなかったし、何ももらわなかった。断っておくが、おれのせいじゃないぞ。おれは誰が狐の〝使い番〟かも知らなかったんだからな――」

言葉を重ねるうち、何だか腹が立ってきた。なぜ鹿がこうも勝手にしゃべって、勝手にあれこれ命令してくるのか。どう考えても、自然の摂理に反している。挙げ句が神宝とやらを持ってこなかったと詰られる。とことん理不尽である。

「なあ、鹿さんよ。お願いだからもう出てくるのはやめてくれないか。おれはもう、お前が本物なのか、幻覚なのか、正直なところよくわからない。いや、別にお前が実在していてもいい。本当にしゃべるんなら、好きにしゃべったらいい。ただ、おれの前に現れるのはやめてくれ。そうだ、鹿せんべいを一年分くれてやる。だから、金輪際《こんりんざい》おれに話しかけないでほしい。頼む、もう勘弁してくれ」

おれは両手を合わせ、鹿の前で頭を下げた。強く目をつぶって十秒数えた。このまま顔を上げたとき、鹿の姿が消えていますようにと強く念じた。

「奪われた――」

低さを増した声におれは思わず顔を上げた。もちろんそこには変わらず鹿がいる。

「奪われたって……何を？」

心の底からがっかりしながら、おれはつい訊ねてしまった。

「〝目〟だ。こののろまめ。目の前で奪われて、何も気づかなかったのか？」

いつも寝てばかりの鹿にのろまだなんて言われたくはない。おれは声を荒らげた。

「ちょっと待て。おれが悪いのか？　ふ、ふざけるんじゃない。だいたい、おれは伏見稲荷に学校の仕事で行ったんだ。〝使い番〟だ、〝運び番〟だ、神宝だ、お前の言うわけのわからない話に付き合う理由なんて、ハナからこれっぽっちもありはしない。だいたい、お前の話じゃ、おれは何もしなくても狐の〝使い番〟から何かを渡されるはずだったろう。だが、実際は誰も来やしなかった。さんざん出鱈目《でたらめ》を並べたのはお前のほうだ。なのに、どうしておれがのろま扱いされなくちゃいけない？　まったく冗談じゃない」

鹿は風の音を聞くかのように耳を立てた。まるで動じた様子もない。憎らしいほど落ち着いている。

「先生、よく聞け」

おれの言葉が終わるや否や、鹿が押し殺した声を上げた。静かなれど、言いようのない凄《すご》みがそこに漂っていた。

「別に我々は構わないんだ。確かに失われるものもあるだろうが、お前たちが失うものに比べれば微々たるものだ。いいか、勘違いするんじゃない。先生は我々のために働いているんじゃない。お前たちのために、我々が働いてやっているんだ。なるほど神宝を私のところに持ってくるかどうかは、先生の勝手だ。だが、持ってこなかったとき訪れる結果は、とてもじゃないが、先生一人の力で覆《くつがえ》せるものじゃないぞ。悪いことは言わない。神宝を取り返せ。神無月の終わりまで、まだ時間はある。それまでに私のところに〝目〟を届けろ」

鹿の声は地を這《は》うようにいよいよ低く響く。そこには聞き流すことのできない異様な迫力がある。

「な、何なんだ――？　その〝目〟ってのは？」

「この世の宝だ。お前さんたちの命をずっと守ってきた宝だよ」

「それがサンカクなのか？」

「ああ」

「それが奪われた」

たかが剣道部の優勝プレートに、ずいぶんな価値があったものである。

「そうだ」

「……誰に？」

「決まっているだろう、鼠だ」

ぽかんとしておれは鹿の顔を見つめた。

おれは大きなため息をついた。一気に拍子抜けした気分だった。

奈良の鹿に、京都の狐――今度は鼠ときた。これではまるで剣道部の胴の絵柄と同じである。そうか――おれは俄《にわ》かに得心した。やはり、これはおれの妄想だ。胴の話をあらかじめ聞いていたからこそ、鹿がこうして馬鹿な話を始めたのだ。

「もう、いい。わかった」

おれは鹿の顔の前に手のひらを向けた。

「お前の正体はやっぱりおれだ。お前はおれの頭が作った妄想だ。まったく神経衰弱もここまでくると、見事なもんだな」

鹿はおれを見据え、これ見よがしに舌打ちした。どう舌を動かしたのかは知らないが、本当にチッという音が聞こえてきた。

「ああ――まったくどうしようもない人間の愚かさだな。自分たちは偉くなったつもりでいるが、真実はまるで逆で、お前たちは日に日に底なしに阿呆になっている。そうやって現実から逃げることが、自分で自分の首を絞めることになるとどうして気づかない。本当に腹の立つ連中だ。最初から頼りないとは思っていたが、ここまでとはな――もはや、仕方がない」

鹿は一歩足を進めた。首を前に突き出し、いきなりおれの手のひらに、鼻をぐいと押しつけた。冷たい感触に、おれは慌てて手を引っこめた。外灯の明かりを受け、鹿の唾液が手のひらで光を放っていた。

「残念だが、先生。お前さんは〝運び番〟として失格だ。印をつけさせてもらったよ」

顔をしかめ、シャツに手の甲を擦《こす》りつけるおれを、鹿は冷たい眼差しで見上げた。

「何だ、印って？」

鹿はおれの問いかけには答えず、

「いいか、先生――鼠から〝目〟を取り戻すんだ」

と強い調子で告げた。

「鼠から取り返す？　フン、どうやってその鼠に会う？　下水道か、路地裏か？　鼠捕りを仕掛けるのか？」

「ちがう。〝目〟を奪っていったのは人間だ。鼠の〝使い番〟だ」

「狐の〝使い番〟の次は、今度は鼠の〝使い番〟か？　まったく次から次へ、よく出てくるもんだ。それもまた女と決まっているのか？」

おれは冷笑を浮かべ、鹿の言葉を聞き流した。

「鼠の〝使い番〟が女である必要はない。まあ、今のお前さんに何を言っても無駄だろう。気が変わったら……といっても印を見て嫌でも変わるだろうが、その気になったら講堂跡に来い」

「講堂跡？」

「大仏殿の裏の、先生と初めて会った場所だよ」

鹿は踵《きびす》を返した。ちょうど正面に尻がやってきて、肛門から小さな糞をこれ見よがしに噴き出した。排泄を終えると同時に、鹿は「びい」と短く鳴いた。そのまま黒いシルエットが転害門の方向に消えていくのを、おれは呆然と見送った。

しばらく立ち尽くした後、引き戸を開けた。四つ辻の手前に自動販売機のネオンが淡く光っていたが、家の中に戻った。とてつもなく頭が重く感じられた。二階に上がって、シャツとズボンを脱いで布団をかぶった。うつ伏せに寝たせいで胸のお守りが肋骨に当たって痛かったが、寝返りを打つ間もなく、おれは眠りに陥った。

四

目が覚めて、時計を見ると午前十時を過ぎていた。

すわ遅刻かと布団を跳ね上げたが、今日が日曜日だったことに気づき、もう一度頭を枕に沈めた。頭の奥で軽い痛みがくすぶっている。まだ、少し酒が残っているらしい。

階段を下りると、居間で新聞を読んでいた重さんが、

「先生が寝坊なんて珍しいね」

とさっそく声をかけてきた。

おれは苦笑だけ返して、洗面台に向かった。重さんの言うとおり、自分でも珍しいことだと思った。もちろんおれもときには寝坊をするが、一度も目が覚めぬままこんな時間まで寝ていたことはそう記憶にない。

昨日の〝狐のは〟は楽しかったかい？　という重さんの声に、ええ楽しかったですよと答える。料理はおいしかった？　という声においしかったですよと返す。うらやましいなあという重さんのぼやきを背中に、台所の食卓で洗濯物を畳んでいるばあさんからフェイスタオルを一枚いただいた。

タオルを首にかけて、洗面台に向かう。洗面台の蛇口をひねり、乱暴に顔を洗う。タオルで顔を拭《ふ》き、歯ブラシに歯磨きチューブをつけていると、台所でばあさんが、今朝玄関を出たらいきなり鹿の糞が落ちていた、朝から気分が悪いったらありゃしないと重さんにこぼしている声が聞こえた。

まだ霧がかかっている頭の中で、何だか自分に関係する話のような気がしながら歯ブラシを口に突っこんだ。刹那《せつな》、鹿の肛門からぼろぼろと糞がこぼれ落ちる絵が蘇り、おれは反射的に顔を上げた。

そのまま――じっと目の前の鏡を見つめた。

何かが変だった。おれはじろじろと自分の顔を見回した。ほどなく、おれの視線はある一カ所で止まった。おれは歯ブラシを動かす手を止めて、その一点を見つめ続けた。

台所でばあさんが、まったく今日はウンがあってもツキがない日だと、一人クエッ、クエッと笑っていた。おれは歯ブラシから右手を離し、ゆっくりと頭に持っていった。ちょうど耳と頭頂部との中間のあたりで手を止め、そこにあるものにおそるおそる触れた。不思議な手触りだった。経験したことのない手触りにもかかわらず、おれはそれが「耳」であることを、確実に理解していた。昨日まで「耳」があった場所を撫でてみた。本来そこにあるべき手触りは訪れず、髪の毛にしては密度がありすぎる、異様にふさふさとした毛の感触がおれを迎えた。

うつむいて、歯ブラシを口から取り出した。まだ碌に歯を磨いていなかったが、歯ブラシを洗い、口を漱《すす》いだ。タオルで口のまわりを拭いながら、なるべく何も考えないよう努めた。

もう一度、顔を洗った。近頃、おれはあれやこれやですっかり参ってしまっている。寝呆けた頭で、妙なものを見ることは人間、往々にしてあることだ。丹念にタオルで顔を拭いた。途中、決して鏡は見なかった。目頭と目尻は特に強すぎるくらいに拭いた。一つ深呼吸をして、おれはゆっくりと正面を向いた。

蒼褪《あおざ》めた自分の顔を見つめながら、おれは考えた。

どうして――鹿の耳が生えているのだろう。

手を伸ばし、おそるおそる鹿の耳に触れた。側頭部から斜めに向かって勢いよく突き出た耳は、間違いなく、この奈良に来てすっかり見慣れた鹿の耳だった。一方、おれが二十八年間見慣れた耳は、こげ茶色の短い毛並みに変わっていた。撫でてみても、どこまでも見知らぬ毛触りが指先に残った。おれは鹿の耳の横で、指を鳴らしてみた。次いで昨日まで耳があった場所で、指を鳴らしてみた。おれは聴覚が、完全に鹿の耳の位置に移っていることを認めざるを得なかった。

台所からばあさんが食事の用意ができたとおれを呼ぶ声がした。おれは思わず、どこか隠れる場所はないかと周囲を見回したが、すぐさま何かがおかしいと気がついた。この洗面台にたどり着くまで、おれは重さんとばあさんと顔を合わせている。だが、二人は何も言ってこなかった。たまたま目に映らなかっただけなのか？　確かにある朝、居候の男が鹿の耳を生やして起きてくるとは夢にも思うまい。しかし、これだけ目立つものに気づかぬことなどあり得るだろうか。

おれはしばらく鏡を見つめたのち、首にかけたフェイスタオルを頭にのせ、台所に向かった。

「すいません、こんな中途半端な時間になってしまって――」

ばあさんが冷蔵庫から出した小鉢を並べている前で、おれは席に座り、そっとタオルを頭から取った。

「あらやだ、先生」

間髪を容《い》れず上がった大きな声に、おれは思わず腰を浮かせた。

「何だか酒臭いよ。いったい、どれだけ昨日、飲んできたんだい」

ばあさんはしかめ面で、おれの顔をじろじろ眺めた。

「あの……おれの顔、どうでしょう？」

「どうでしょうって、いつもの先生の顔だよ。何だい朝っぱらから」

「変なのがついてませんかね」

「変なのって？」

「これです」

あまりにもばあさんの反応が鈍いので、おれは思いきって鹿の耳をつまんでみせた。

「どうです？」

「どうですって言われても……」

ばあさんは困った表情で、おれの指先を眺めている。

「じゃあ、おれの耳はどこです？」

「そこにあるじゃない」

「そこってどこです？」

「寝坊のせいで、今日は変な先生だよ」

よしておくれよと手を振って、ばあさんは笑いながら、コンロにかけた味噌汁の鍋に戻っていった。

仕方がないので、居間の重さんのところに向かった。重さんの前に座って、

「すいません、おれの耳を引っ張ってくれませんか」

と率直に頼みこんだ。

新聞を読み終えたばかりの重さんは、大いにたじろいでいたが、

「ど、どうしたの。どこか痛むのかい？」

と新聞を机に置いておれの顔をのぞきこんだ。

「え、ええ……少し腫《は》れているような気がするんです。ちょっと引っ張ってみてくれませんか？」

腫れているのなら、引っ張らないほうがいいんじゃない？　と返してくる重さんに、なるほど正論だと思いながら、「いいんです。とにかく引っ張ってください」と強く頼みこんだ。重さんは「わ、わかったよ」と、困惑しながらも、おれの左耳に指を近づけた。間違いなく「人間の耳」があった部分が引っ張られる感覚がした。

「ち、ちょっとそのままこっちに来てくれますか。あ、手は離さないで」

おれは重さんに左耳を引っ張らせたまま、洗面台の前に向かい、すぐさま鏡をのぞきこんだ。重さんの指先は「人間の耳」があった場所に生える毛の間に埋まっていた。おれは右側の耳を探ってみた。指先に触れるのは毛の感触ばかりである。重さんに右耳も引っ張ってくれと頼んだ。鏡の向こうで、重さんの指の先が毛の間に消え、確かに右耳が引っ張られる感覚があった。だが、重さんのあとに自分で触れても、やはり耳の感触は見つからない。最後に鹿の耳の部分を触ってもらった。重さんの指は鹿の耳をすり抜けていった。おれは鹿の耳をつまんだ。確かに指の感触がある。しかし、重さんの手は耳をすり抜けていく。

気味の悪そうな顔をしている重さんに礼を言って食卓に戻った。机に置かれた湯呑みの番茶をひと口含んで、思いきってばあさんに訊ねてみた。

「ここのところに――が見えませ」

鹿の耳が見えないかという肝心なところで急に声が出なくなって、おれは思わず咳きこんだ。ばあさんがおやおや、風邪でも引いたのかい？　と心配そうな声で訊ねてくる。すいません、大丈夫ですと謝り、気を取り直して、

「おれの頭の上に鹿の耳が見えませんか――」

と訊ねようとして、おれは驚いた。声が出ない。まさかと思い、息を吸いこんだが、やはり声が出ない。

「ごはんは少なめでお願いします」とは言える。しかし、続いて「朝起きたら鹿の耳が生えていました」とは言えない。喉《のど》が声の出し方を瞬間、忘れてしまうのだ。

嫌な予感が胸に去来する。おれは思いきって「ある日、鹿がしゃべりかけてきた」だの、「鹿の〝運び番〟になった」だの、「狐の〝使い番〟は女だ」だの、これまで決して人に話そうとしなかったことを矢継ぎ早に披露しようとした。しかし、無駄だった。鹿の話をしようとすると、まるで約束していたかのように、声が出なくなってしまうのである。

「どうしたんだい、先生？　まだ酔っているのかい？」

ばあさんが心配そうな顔で塩鮭を運んでくる。いえ大丈夫ですと答えて、おれは少し落ち着こうと、食卓に置かれた小瓶から梅干しを一粒取って口に含んだ。

「あれ、梅干し変えましたか？」

「いや、別に昨日までと同じだよ」

「何だかしょっぱくなっているような気がするけど。気のせいかな」

おれは首をひねりながら、塩鮭の身に箸を入れた。塩鮭の皮を剝がしながら、おれは暗い気持ちに沈んだ。どうやらおれは一段と酷《ひど》い神経衰弱に陥ってしまったようだ。幻覚・幻聴に加え、その現状を人に告げられないという強烈な自己暗示にまでかかっている――。

ごはんと一緒に口に放りこんだ塩鮭はずいぶん辛かった。どうも今日は舌が敏感になっているらしい。ばあさんは向かいの席で編み物を始めている。老眼鏡越しに編み目を数えながら、昨夜《ゆうべ》、伊豆沖で大きな地震があってねとばあさんが教えてくれた。伊豆に住む重さんの親父さんも、電話でかなり揺れたと言っていたらしい。

「いつか大きなやつがドカンとくるんじゃないかと思うと怖いね」

ばあさんは編み物を置くと、「竈馬《かまどうま》と地震は嫌いだよ」とつぶやいて、湯呑みにお茶を足してくれた。

食事を終え、二階に戻った。日がな一日寝て過ごした。風呂に入るとき、思いきって洗面台の鏡をのぞいた。ひょっとして元に戻っているのではないかというおれの淡い望みを嘲笑うかのように、二つの耳が憎らしいほどぴんと横に突き出していた。

*

「先生、昨日から何だか無口だね」

赤信号で車を停車させ、重さんは落語ＣＤの音を落として訊ねてきた。

「ええ、鹿の耳が急に生えてきましてね」

とは言いたくても言えないので、代わりに、

「そういえば、大仏殿の裏手に空き地があるでしょう。あそこって呼び名がありますか？」

と訊ねてみた。

「裏手って南大門と反対側ってこと？　確か昔の講堂があった場所じゃなかったかなあ？　草むらに礎石が並んでいるやつだよね」

「ええ、それです」

「うん、講堂跡だね。それが、どうしたの？」

いいえ、別にと言っておれは黙りこんだ。少なからず衝撃が訪れていた。おれはあの場所が講堂跡だなんて、まるで知らなかった。なのに、鹿は講堂跡に来いと言った。おれの脳が勝手に組み立てた台詞にしては、少々説明がつかない。

「講堂跡だと何かまずかった？」

重さんが心配そうな声を上げるので、いえ、散歩でよく行くもんですから何なのか気になってましてと適当に答えておいた。

「いよいよ来週は大和杯だね。去年は京都女学館に見に行ったけど、とても盛り上がって楽しかったなあ。そういえば、剣道部の出場選手は決まったかい？　部員、三人しかいないんでしょ」

「そうなんです。団体戦らしいんで、あと二人どこかから見つけてこないと」

信号が青に変わり、重さんは車を発進させる。おれは落語の音量を上げる。スピーカーからは米朝《べいちょう》の『ぬの字鼠』が流れている。これまで二度三度聞いて、おれも好きな演目だったが、このタイミングで鼠はいただけない。おれは黙って早送りのボタンを押した。

窓の外に平城宮跡が見えてくる。サイドミラーには物憂げに窓ガラスに頭を預けるおれの顔が映っている。耳に力を入れてみた。鏡に映った鹿の耳が羽のようにくりくり動き、おれは心の底から悲しみを感じた。

ガレージで車から降りて、生徒たちの間に交じって校舎へ向かう。大勢の生徒が重さんに挨拶していく。そのうちの三分の一くらいがおれにも挨拶していく。誰も「先生、鹿の耳がついていますよ」とは言ってこない。

職員室に入ると、机に荷物を置いて、真っすぐリチャードの机に向かった。

「すいません、教頭——」

新聞を広げ眺めていたリチャードが、豊かに波打つ銀髪を持ち上げた。

「ああ先生、先日はおつかれさまでした。あの後も、楽しんでいただけましたか？」

汲《く》み上げ湯葉は相変わらずおいしかったですね、私はお土産にちりめん山椒を買って帰りました、あそこのちりめん山椒はなかなか有名なんですよ、などと呑気に続ける教頭の言葉を遮り、

「あの、大和杯のことで少しお訊ねしたいのですが」

と切り出した。

「はあ、何でしょう？」

「サンカクのことなんですが」

「サンカク？」

教頭は訝しげに眉をひそめた。

「ええと、サンカクというのは剣道部の優勝プレートのことです」

「ああ――」

リチャードはことさら大きな声を上げて、うなずいた。

「そういえばそんな呼び方をするんでしたね。そうだった」

「そのサンカクをちょっと見せていただけないでしょうか」

「どうしてです？」

リチャードは新聞を畳みながら訊ねてきた。

「いえ……大和杯に挑むのも初めてなものですから、実際に自分の目でどんなものなのか見ておきたいなと思いまして……。ついでに剣道部の生徒たちにも見せてやって、やる気を引き出すことができたらいいな……とも思いまして」

とっさに考えたウソにしては、悪くない出来だと思った。大和杯まで、サンカクはここで保管するだけなのだから、貸し出すことぐらい造作ないはずだ。

ところがリチャードは、

「なるほど」

と机の上に両手を合わせ少し考える素振りをした後、

「せっかくの先生の熱意に水を差すようで申し訳ないのですが、それはちょっと難しいですねえ」

とゆっくりとした口調で返してきた。

「え？　どうしてですか？」

「サンカクは我が校にないからです」

おれはリチャードの顔を真正面から見つめた。

「でも、〝狐のは〟から持って帰ってきたんじゃ……」

「確かに集まった大和杯は、私が責任をもってこちらまで運びました。しかし、あの荷物のなかに剣道部のものは含まれていなかったのです。他の部はすべて集まったのですが、剣道部だけ渡してもらえなかったのです」

「渡してもらえなかった？　どういうことです？」

「何でも修理が必要な部分が見つかったとかで、〝狐のは〟では渡せないと事前に長岡先生から連絡がありまして。まあ、剣道部のプレートは、六十年使っている年代物ですから、ガタがくるのもやむを得ません。なのでサンカクは今、我が校にはないのです」

頭の上のスピーカーから朝礼開始五分前の予鈴が鳴った。おれは無言でリチャードにお辞儀をして、自分の席に戻った。

この学校にやってきて、こんなに昼休みが待ち遠しいと思ったことはなかった。

昼休み、おれは弁当をさっさと食べ終え、時間が過ぎるのをじりじりと待った。ばあさんの作ってくれた弁当は、やはり味付けが塩辛くなっているような気がする。機会があったら、それとなくばあさんに伝えようと考えていると、ようやく藤原君が職員室に戻ってきた。

「どこ行っていたの？　もう、弁当食べちゃったよ」

「外のうどん屋に行っていたんです。カミさんが今週は弁当作ってくれないと言うもんですから」

「どうして？」

「〝狐のは〟から泥酔して帰ってきたことを、えらく怒られましてね」

「電話じゃ、やさしそうな声の方だったけどなあ」

「先生にはご迷惑をおかけしたみたいで、本当にすいません」

「いいよ。どうせ覚えてないんでしょ」

　これはお礼ですといつもより多めにかりんとうを手渡され、一本齧りながら、壁の時計を見上げた。昼休みの終了まであと十五分。おれは机の上にマドンナからもらった茶封筒を用意した。卓上の電話を引き寄せ、封筒に記載された京都女学館の番号をダイヤルした。京都・奈良・大阪三校ともに同じ時間割で進行しているので、ちょうど今頃、マドンナも昼食を終え一服している時間のはずである。

　取次ぎの男性が電話に出たのち、ほどなく受話器より明るい女性の声が響いた。

「あ、先生。先日はおつかれさまでした。とても楽しい親睦会でしたね――」

　跳ねるようなその声を聞くと、自然とマドンナの笑顔が浮かんでくる。おれは封筒の件のお礼と、フォーマットを大和杯で使わせてもらうことを伝えた。マドンナはわざわざありがとうございます、でもよく考えたらファイルをそちらのパソコンに送ったらよかったですねと笑った。時間がないので、おれはさっそく本題に入った。

「あの、すいません、サンカクのことについておうかがいしたいのですが」

「サンカク？」

不審そうなマドンナの声に、おれは少々慌てた。

「あの――大和杯の優勝プレートのことです」

ああ、とマドンナは声を上げた。そういえば、そんな呼び方でしたね、確かに三角おむすびみたいな形ですものねとマドンナはまるでリチャードと同じ反応を返してきた。どうやらサンカクという名称はあまり一般的な呼び方ではないらしい。

「修理に出していると教頭から聞いたのですが」

「ええ、そうなんです。保存の仕方が悪かったのか、〝狐のは〟に持って行こうと前日に資料室から取り出したら、錆《さび》が見つかっちゃって。銅製なのですが六十年も経つと、やはり劣化は避けられないみたいで――」

それがどうかしましたか？　とのマドンナの問いに、実は大和杯に向けて部員の生徒たちにプレートを見せて発奮させようかと思ったんです、おれもまだ一度も見たことがないのでどんなものなのか興味もありまして――などと適当な理由を並べ立てた。

「それだったら、〝狐のは〟で言ってくださったらよかったのに」

受話器の向こうでマドンナの声がひと回り大きくなった。

「え？」

「〝狐のは〟に持参していたんです。教えてくれたら、お見せできたのに」

「でも……リチャ――いえ教頭は受け取っていないと言ってましたよ」

「はい。〝狐のは〟では、小治田教頭ではなく南場先生にお渡ししましたから」

南場先生？　思いもしない名前が出てきて、おれはつい「何で？」と間抜けな声を出してしまった。

「修理のことを南場先生に相談したら、『よし僕が預かりましょう』と言ってくださったんです。大阪の道具屋筋に、トロフィーや盾なんかの景品を扱っている腕のいい職人さんの店があって、そこに修理をお願いしてくれるとかで」

「じゃあ……サンカクは、今は南場先生がお持ちなんですか？」

「ええ、そうです。でも、南場先生も相当酔っ払っていたから、ちゃんと持って帰ってくれたのか心配。一応、大和杯の当日までに修理を終えて、南場先生がそちらに直接持って行く約束になっているんですけど――」

あ、すいません、そろそろ授業が始まりますのでというマドンナの声に、おれは慌てて礼を言って電話を切った。

受話器に手をかけたまま天井を睨んだ。思いもしない展開だった。どこまでも意地悪く、サンカクはおれの手を避けて遠ざかっていく。まるで意思を持っているようだと思ったとき、

「〝目〟を奪っていったのは人間だ。鼠の〝使い番〟だ」

という鹿の言葉が唐突に蘇った。ならば、南場先生が鼠の〝使い番〟だというのだろうか？

おれはしばらく考え、首を振った。くだらない。どう考えても馬鹿げている。

放課後を待って、大阪女学館の職員室に電話をかけた。南場先生は今、部活の指導に出ているので、帰ってきたらかけ直すよう伝言しておくとのことだった。それから一時間半待ち続け、ようやく午後七時になって南場先生から電話がかかってきた。部活から帰ってきたら、ちょうど学年会議が始まってしまい云々《うんぬん》と、南場先生はくどくどと電話が遅れた理由を説明する。途中でおれはしびれを切らし、

「あの、サンカクのことをお訊ねしたいのですが」

と切り出すと、南場先生は、

「あ、サンカクですか。それがどうかしましたか？」

とサンカクという言葉に戸惑うことなく返してきた。長岡先生から修理のことを聞いたのですが、本番に間に合うのかどうか気になりましてと伝えると、南場先生は、

「昨日、さっそく修理に出してきたところです。大和杯には何とか間に合うとのことなので、当日にはきれいになったものをご覧になれますよ。といっても、今年こそはウチが勝ちますから、そのまま大阪に持って帰ってしまいますけどね、ワハハハ」

と屈託のない豪快な笑い声を返してきた。

「あの――南場先生」

「はい、何でしょう」

「サンカクって――目に似てますか？」

「目って、目玉のことですか？　いやあ三角形ですから、どう見ても目には似ていませんかねえ」

そりゃ、そうである。おれも馬鹿なことを訊いたもんだ。

「あ、でも目玉はあることはあるなあ」

「え？　どういうことです？」

「表に狐と鹿と鼠の絵が描いてあるんです。あ、これって先生が〝狐のは〟でおっしゃっていた胴の絵と同じですね。だから、まあ目があると言えばあるかなあ……」

何でそんなこと訊くんです？　と訝しそうな様子の南場先生に、曖昧に笑って誤魔化して、お礼を言って電話を切った。

重さんはすでに帰っていたので、一人で学校を出た。ライトアップされた朱雀門を見上げ、南場先生が鼠の〝使い番〟なのだろうかなどと考えた。新大宮駅から電車に乗った。向かい側の窓には、鹿の耳を生やした男がしょんぼり座っていた。

＊

おれは梅干しを食べていた。

少々、塩気がありすぎるのでお茶が飲みたいなと思ったら、すっと隣から湯呑みが差し出された。あ、ありがとうございますとばあさんに礼を言おうとしたら、そこにマドンナの顔があった。なぜかマドンナは炬燵《こたつ》に入っていて、気がつくとおれも炬燵に入っていた。突然ワハハと大きな笑い声が聞こえてきて顔を向けると、マドンナの対面で南場先生が赤黒い顔でビールのグラスを傾けていた。

ぽりぽり音が聞こえてくるので正面を向くと、今度は藤原君がかりんとうを食べている。何だか妙な会合だと思いながら地面に手をつくと、ひんやり冷たい。見ると地面が銅でできている。おれは炬燵から立ち上がった。自分の足元を見下ろしたとき、大きな鹿の絵が描かれていることに気がついた。嫌なものを見てしまったと振り返ると、炬燵が消えて、四畳くらいの大きな三角形のプレートの端に自分が立っている。他の二つの角には、マドンナと南場先生が立っている。マドンナは少し地面から盛り上がった狐の絵を踏んづけてニコニコ笑っている。南場先生は鼠の絵の前で屈んで、絵に向かって何か話しこんでいる。南場先生の手には同じ三角形の形をしたプレートがあり、それを絵の鼠に差し出そうとしている。

南場先生に近づこうとすると、急に地面がぐらぐら揺れだした。ああ、そういえば近頃、地震が多いのだっけと思い返していると、揺れの原因は中央で藤原君が野放図に踊っているせいだということに気がついた。

地面はいよいよ激しく揺れる。頭の上にかりんとうの瓶を掲げ、藤原君はご機嫌に踊り続ける。思わずよろけた拍子に、ちょうど足が鹿の顔を踏んだ。

「びぃ」

鹿の顔が抗議の声を上げたところで、ようやく夢から醒めた。

枕元の電波時計はぴたり六時を表示していた。

起き上がり、まだ暗い一階に下りた。明かりをつけて、洗面台の前に立った。どうせ今日も目障りな耳が迎えるのだろうと鏡を見て、おれは凝固した。

ゆっくりと鼻に手を持っていった。

鏡に映った鼻は何だか黒っぽい。何かついているのかと目を凝らしたが、そうではない。鼻そのものが黒い。

おそるおそる鼻の表面に触れた。湿った指触りに思わず手を引っこめた。

何てことだと思った。

鼻が――鹿になっていた。

顔も洗わず二階に戻り、服を着替えて家を出た。シャツのボタンをはめながら、転害門に向け走った。途中、家の前の掃除をしている女性に出会ったが、おれの顔をちらりと見たきり、何事もなかったようにふたたび箒《ほうき》を動かし始めた。

勢いよく走ったはいいが、大仏池のあたりで息が切れて、その後は歩いて講堂跡に向かった。空にはようやく陽が昇り、東の山の端が白み始めたばかりである。

おれは人気《ひとけ》ない原っぱを進んだ。原っぱに並ぶ礎石の一つに石碑がのっかっていた。おれは何気なくその石碑の前に立った。石碑には「講堂趾」と大きな字で刻まれていた。

あたりを見回したが、鹿の姿はない。やはりいるはずないかと思ったとき、五十メートルほど離れた一本の木の下に雌鹿が一匹、寝そべっているのを見つけた。木の枝が傘のように開いて、その下で静かに首をもたげこちらを見つめている。まるで絵のような風景で、ほとんど神々しくさえある。

鹿はゆっくりと起き上がった。次の瞬間、後ろ足を蹴り上げたと思うと、こちらに向かって一気に駆けてきた。上体が崩れず、あくまで足のバネだけで跳ぶ鹿の肢体の美しさにぼんやりしていると、あっという間に目の前までやってきた。

二メートル手前で鹿はぴたりと停止した。礎石の間に静かに立つ雌鹿に向かって、おれは頭を下げた。

「すまない。おれが悪かった。これを止《と》めてくれないか。このとおり降参だ」

たとえ相手がしゃべらずとも、身体の色・大きさ、背骨に沿って流れる黒い毛筋、その顔つきから、いつの間にかおれは鹿を判別できるようになっていた。

「何のことだ？」

果たしていつもの低い声が聞こえてきた。おれは顔を上げた。黒い大きな瞳がおれを正面で見据えていた。

「これだ。この顔だ。おとといは耳が生えて、今日は鼻だ。この前の夜、おれの手に触れたとき、呪いをかけたな？」

「呪いじゃない。ただの印だ。その証拠に、他の人間はお前の身体に何の変化も感じていないだろ？」

「それにこの口だ。おれはお前や自分のことを、人に話すことができない」

「それは初めて先生に会ったときからだよ。ただ、先生がこれまで試そうとしなかっただけだ。私の存在をべらべらしゃべられるわけにもいかないからな」

「話すもんか。話したって、誰も信じやしない。おれはただ、顔を元に戻してほしいだけだ。おれは鹿になりたくない――。頼む、元に戻してくれ。いや、お願いします。戻してくださ い」

　おれはもう一度頭を下げた。足元の草の葉に、小さなバッタがじっとうずくまっていた。

「どうして私にそんなお願いをする。お前のなかで、私はただの妄想だったはずだ」

「もう――お前の存在を信じるよ。おれはサンカクという言葉も、ここが講堂跡ということも何も知らなかった。あげくが鹿の耳に鹿の鼻だ。おれはこんな妙ちきりんなことを考えつくような脳の持ち主じゃない」

　顔を上げると、鹿はじっとおれを見つめていた。

「〝目〟を取り戻すんだな。話はそれからだ」

　冷たい口ぶりで、鹿はおれの願いを突っぱねた。

「どこにあるかは……わかっている。だが、すぐには手に入らない」

「ホホウ、鼠の〝使い番〟を見つけたんだな。やるじゃないか、先生」

「〝使い番〟かどうかはわからない。だが、今は奈良にはない」

「どこにある？」

「大阪だ」

「なるほど。確かに鼠のねぐらだ。それはいつ、手に入る？」

「二十日だ。その日にサンカクは奈良にやってくる」

「どういうことだ？」

「その日に、おれの学校で剣道の大会が行われる。サンカクは大会に優勝した学校に授けられる」

「何だ。大事なものをそんなことに使っていたのか。相変わらず人間とはどうしようもない連中だな。ちゃんと保管しておくようにと狐も言っていたと思うが……。まあ、仕方がない。二十日ならまだ大きなことにはならないだろう。だが先生、もう失敗は許されないぞ。今度こそ、手に入れるんだ」

　おれは黙ってうなずいた。

　もちろん、本当はサンカクを手に入れる自信なんてない。しかし、ここで三人しかいない剣道部の実情を鹿に話して何になる。

「一つ教えてほしい」

「何だ？」

「お前のいう〝目〟とは、いったい何なんだ。なぜ神宝とやらは、狐から鹿に渡されなくちゃいけない。鼠はなぜそれを奪う？　いや、そもそもお前は何者だ。どうして人の言葉が話せる？」

鹿は自分の足元を見つめていたが、急に顔を近づけ、ちぎるようにして草をむしゃむしゃと食べ始めた。

辛抱強く返事を待つおれを試すように、鹿は草を食《は》み続けていたが、ふいと顔を上げると、

「時間がかかるよ」

と歯を左右に移動させながら答えた。

「構わない」

鹿は前足を少し折り曲げ、音もなく草の上に腰を下ろした。

「この話を人間にするのは百八十年ぶりだな――」

鹿は首をもたげ、ゆっくりと空を見上げた。その優美なしぐさに、この鹿はずいぶん美しいなと今さらながら気がついた。

家に戻ると、七時半を過ぎていた。

「どこへ行っていたの？　心配したよ」

すでに朝食を終えた重さんに、ちょっと講堂跡でぼんやりしてましてと答え、急いで支度をした。

学校への車中、ばあさんが作ってくれたおにぎりを頰張っていると、重さんが急に富士山の話を始めた。

何でも富士山の裾野《すその》の両端には、待ち針のようにアンテナが刺さっているらしい。それは富

士山の膨らみを監視するための装置なのだという。富士山の膨らみに変化がない限り、待ち針の先端同士の距離は一定である。しかし、富士山が内側から膨らむと待ち針が外に傾き、互いの距離が遠くなる。

「どういうことです？　富士山が膨らむって？」

「内側のマグマの量が増えたってことだよ。ニキビが大きくなるようなもんじゃないのかな」

「どうしてそんなこと、急に話しだすんです？」

「最近、富士山が膨らんできているんだってさ。まだ数十センチだけど、アンテナとアンテナとの距離が開いていているって今朝のテレビで言ってたよ。火山性の地震も微弱ながら観測されて、最悪、噴火の可能性も否定できないって――。まあ、そのへんはいつものテレビの手で、実際は何も起こらないんだろうけど、近頃やけに地震が多いからね。ちょっと怖いよ。とにかく、平和で静かなのがいちばんだ。その点、落語の世界はいつも平和だからいいね」

重さんは呑気に話をまとめると、落語のＣＤのスイッチを入れた。

おれは頬が強張るのを感じながら、サイドミラーに視線を移した。おにぎりを手に、鹿の耳に鹿の鼻をした男が蒼白な表情でこちらを見つめていた。

＊

放課後、第二体育館に向かった。

第二体育館は剣道部の他にも、卓球部、新体操部、バトン部が使っているので、剣道部の活動は火曜と木曜、第一、第三金曜日に限られている。

体育館に入ると、剣道部員たちが素振りをしていた。主将の声に合わせて、回数を唱えるのだが、全員で三人しかいないものだから、はなはだ士気が上がらない。それでいて同じ体育館の半分を使っているので、隣で二十人以上が型の稽古をしている合気道部に申し訳ない気がしてくる。

素振りが終わったところで、おれは主将の生徒を呼んで大和杯について訊ねた。参加に必要な五人が集まるか訊いたところ、三年生の生徒が一人参加してくれるが、あと一人のめどはまだ立っていないという。誰だその三年生はと訊くと、去年一人だけいた先輩だという。何だお前、二年生だったかと思わず声を上げると、ウチの学校の部活は二年生までです、そんなことも知らなかったのですかと白い目を向けられた。聞くと現在の剣道部の構成は二年生が二人、一年生が一人なのだという。あと一人はどうするんだと訊ねると、剣道は経験者じゃないと誘ってもなかなかウンと言ってもらえない、と主将は暗い顔で答えた。四人じゃ戦えないだろう、何とかしろとおれがハッパをかけると、先生は一年生の担任でしょう、顧問だったら一人くらいクラスから連れてきてくださいと逆に迫られ、大いに困った。

ところで先生は剣道ができるのですか？　と急に訊ねてくるので、曖昧にウンとうなずくと、それじゃあ先生、私たちに教えてくださいときた。この学校に入ってまだ一度も専門的な指導を受けたことがないという主将の切実な訴えは、なかなか胸に響く。しかし、おれ自身、何らそのスキルを有しない。うろうろと泳ぐ目線に、経験の無さを素早く見抜いたのだろう。教えてくれなくても掛かり稽古でいいから付き合ってほしい、男の人が相手というだけで私たちだけでやるのとはだいぶちがうからと言ってきた。ずいぶん頭の良い主将である。

剣道をやめてもう十年が経つ。こちらも稽古をするつもりでやれば何とかなるかもしれないと、一応うなずいておいた。稽古着がないなとつぶやくと、そのくらい買って用意してくださいとピシャリとやられた。

わかった用意しておくと約束して体育館を出た。グラウンド沿いの通路を歩いていると、トラックを集団になって走っている陸上部の連中の姿が見えた。長距離走のメンバーなのだろうか、手足の長い生徒を先頭に、トラックから離れ、グラウンドの出口から平城宮跡の原っぱに向け走り去っていった。近鉄線の線路を電車が警笛を響かせ通過していくのが聞こえる。何度も同じ高さに挑戦している高跳びの選手を眺めながら、果たしてあんな剣道部で、サンカクを手に入れることができるのだろうかと思った。

今朝、鹿はおれに向かってこう言った。

先生、サンカクを手に入れないと、この国は滅ぶよ――と。

鹿はその耳が気に入らないのかと訊ねた。

気に入るも何もちがうだろうと答えると、失礼なやつだと鼻からフンと息を吐き出した。後ろの音もよく聞こえるから、人間の耳より便利だぞなどと勝手なことを並べてくる。おれが礎

石に腰掛け、返事をせず足元の草を引きちぎっていると、

「それじゃ、〝目〟について話すかな」

とつまらなそうにもう一度鼻をフンと鳴らした。

「その前に少しいいか」

「何だ、話の腰を折るなよ」

「どうしてお前は、雌鹿なのに声も話し方もおっさんなんだ？」

おっさん？　鹿は大仏殿を仰いでいた顔を急にこちらに向けた。

「失礼な言い草だな。私はおっさんじゃない。この声は私が〝鎮め〟の役目を任されたときの声だ。そのとき私は春日で最も力を持つ、誇り高き雄鹿だったのさ。だが、私も不死身じゃない。身体はいつか衰え、滅びる。そのたび、なるべくおさない子に魂を乗せ替える。それが今回はたまたま雌だったということだ。まあ、前回も雌だったかな。あ、その前も雌だったな。雌は人間にモテるから、今の時代は得なんだ。エサもたくさんもらえる。雄は寄ってたかって押さえつけられて角を切られたり、子供たちに怖いと泣かれたり碌なことがない」

ふざけているのかと思ったが、鹿はどこまでも真面目な顔で語ってくる。もっとも、鹿の不真面目な顔を見たことはない。

「そ、それって生まれ変わるということか？　じゃあ、これまで何回生まれ変わってきたんだ？」

「さあ、細かくは覚えていない。何せ千八百年前からやってきたことだから」

以前、重さんから鹿の寿命は雄が十五歳、雌が二十歳くらいだと教えてもらったことがある。間を取って十八歳とすると、目の前の鹿は百回目の生を享《う》けているということになる。何だかとてつもない話である。

草の上に腰を下ろした鹿は、ときどき臀部《でんぶ》のあたりに鼻を突っこみ、毛づくろいしながら話を始めた。千八百年前から続く、〝鎮め〟の儀式にまつわる長い長い歴史について、低く渋い声で語り始めたのである。

妙なことだが、それはおれが知っている話だった。

もちろん、すべてを知っていたわけではない。知っていたとしても、おれはそれを本当の話と思ったことはない。だが、それは間違いなく、おさない頃、おれが母からよく聞かされた話だった。

鹿は言った。我々はこの地でずっと、やつの動きを鎮めてきた、と。やつ？　と思わず声を上げたおれに鹿はゆっくりと告げた。

なまずだよ――。

鹿は言った。先生の鹿島大明神は、なまずの頭を押さえている。我々はなまずの尻尾《しっぽ》を押さえている。だから、地中の大なまずは動くことができず、普段はたいへん大人しくしている。だが、それは偶然といえば偶然の結果である。というのも、鹿島大明神は別になまずの動きを封じようなんて思っていない。おそらくそんなこと、これまで思ったこともあるまい。大明神はただあそこの場所が好きだからいるだけである。自分が居座った下になまずの頭があることすら、ひょっとしたら気づいていないかもしれない。もっとも神など、どれもそんないい加減なものである。

　ときどき、大明神もふらっと行き先も告げず旅行に出かけることがある。なまずも普段、大明神に頭を踏みつけられているものだから、もはや諦めの境地に入り、無駄に動いたりはしない。ほとんど眠って過ごしている。だが、ときどき寝返りを打つように身体を動かす。そのとき、頭の上に何もないことに気づくことがある。すると、ここぞとばかりになまずは暴れる。日頃の鬱憤を晴らすかのように暴れる。東のほうでとてつもなく大きな地震が起きるときは、たいてい大明神がどこかに遊びに行ってしまったときだ。大社の分霊から聞いた話だと、百年前の関東での大地震のとき、旅先から帰ってきた大明神は、あたりの惨状を目にして、空が落ちたのかと鹿島神宮の鹿たちに訊ねたらしい。自分の下になまずがいたことをまるで知らなかった証左である。

　我々はこの地でなまずの尻尾を押さえている。我々は鹿島大明神と違い、なまずの尻尾を押さえるためにここにいる。旅行はしない。旅に出たところで、車に轢《ひ》かれるか、人間に撃たれて死んでしまうのが関の山だ。ここにいたら、エサをもらえる。大事にしてもらえる。ここは極楽だ。他の連中からもいつもうらやましがられる。

「他の連中？」

「狐と鼠だよ」

　折り曲げていた前足で地面を突き、鹿はゆっくり立ち上がった。

「奈良の鹿、京都の狐、大阪の鼠――〝鎮め〟の役を任された者どもの名だ。この三者でなまずの尾の動きを封印してきた。この地で〝鎮め〟の任を受けて、すでに千八百年になる」

草むらにはおよそ二メートルの等間隔で礎石が並んでいる。鹿は地面から木の葉をくわえると、礎石の上にそっと置いた。さらに木の葉をくわえ、隣の礎石に置いた。

「世の中のものはすべて、三点で支え合って初めて安定するのだよ」

鹿は三枚目の木の葉を礎石に置いた。直角三角形を描く礎石の上に、木の葉が三枚、かすかな風を受けてふるえている。

「六十カンシ、つまり六十年に一度の神無月、〝目〟は一つの場所から次の場所へと遷《うつ》される――。〝目〟の力を借りて、我々はなまずの動きを鎮める。〝目〟とは言ってみれば、ねじを締める道具のようなものだ。三本のねじをしっかり締めてこそ、蓋《ふた》も用を成す。だが、ねじはいずれ弛《ゆる》む。なまずも常にじっとしているわけじゃない。ときには癇癪《かんしゃく》も起こす。だから、六十年に一度の神無月、鹿から鼠、鼠から狐、狐から鹿へ、〝目〟を遷すことによって、我々はねじを新たに締め直す」

「なぜ神無月なのかって？　当たり前だろう。神々がいないからだ。神々は我々がなまずを鎮めていることなど何も知らない。もしも〝目〟が、神々の知るところになってみろ。あっという間に取り上げられてしまう。それが何を意味するかなど考えもせず、神々はさんざん遊んだ挙げ句、飽きたらそこらへんに打ち棄《す》てて二度と戻っては来まい。だから神無月、神々が留守の間に〝目〟はこっそり遷される。〝目〟の力は神無月にのみ発揮される。なるほど神宝という呼び方は正しくないのかもしれない。神には内緒の宝なのだから」

「この地で〝目〟の力を用いてから、すでに百八十年が経つ。封印の力も相当ガタがきている。どうも近頃、なまずの機嫌が悪いらしく、動きがやけに活発だ。東のほうじゃ、最近地震が多いそうじゃないか。先生も聞いているだろう？」

おれは物理の教師である。自然科学の真理を探究する学びの徒である。地震は地下のプレートの移動による地層のひずみが原因となって起こる。決してなまずが暴れて起きるものではない。だが、おれの完璧《かんぺき》な正論も、実際にしゃべる鹿を目の前にして、悲しいほどに空しい。

「わかったろう。先生は〝目〟を取り戻さなくちゃいけない。一度、解けた封印はもう元には戻らない。正確には、元に戻す力を持った者がいないと言うべきかな。まあ、それはそれで、なまずはさんざん暴れてから、この地を去るだろうから、後顧《こうこ》の憂いはなくなるかもしれない。だが、長い間わけもなく封じこめられて、やつの恨みも骨髄《こつずい》に徹している。間違いなく一度この国は滅ぶ。尻尾を捕まえていたって、これまでもあちこちでとんでもない大地震を起こしてきたんだ。移動が自由になったなまずはどこにでも行ける。そうなると鹿島大明神の力も及ばない」

涼やかな朝の空気は緩やかな風となって頬を撫でていく。急に色づき始めた木々の葉がそよそよと揺れている。しかし、おれの丸まった背中には汗がじわじわ伝わっている。

「鼠から〝目〟を取り戻せ、先生。もう神無月の半分が過ぎようとしている。封印は確実に弛んできている。なまずの様子からすると、神無月の間もあまり呑気には構えていられない。もしも月を越えたら、自《おの》ずと〝目〟の力は閉ざされる。そうなるとすべてが手遅れだ」

いつの間にか、口の中がからからになっていた。残った唾を何とか掻き集め、ごくりと呑みこんだ。

「ま、待ってくれ」

「何だ？」

「それなら、どうして鼠が邪魔をするんだ？　だって……鼠も、なまずを封印する役目を担った仲間なんだろう？」

「仲間？　誰がそんなことを言った。鼠と仲間だったことなんて、一度もない。誰があんなむさくるしい、小ズルい嘘つきババアと仲間になるものか。頼まれたって、こっちから願い下げだ」

急に語気を強めた鹿の様子におれがたじろいでいると、鹿はブウと重いため息をついてみせた。

「だから、喧嘩なんだよ」

「ハア？　何だって？」

「あの鼠のババアは昔から、とにかくひどい被害妄想の癖があって、おまけにヒステリーなんだ。私と狐が組んで自分の悪口を言ってると勝手に勘違いして、毎度喧嘩をふっかけてくる。あれは何度……確か五度前のことだったかな？　そうだ、私が鼠に〝目〟を渡したのだから五度前の神無月だ。あのときも、あのババア、最後まで〝運び番〟を選ばず、危うく封印が外れるところだった。封印し直しても、なかなかなまずが鎮まらず、おかげでずいぶん世の中は物騒なことになった。まったく千八百歳のババアのくせに、子供なんだ。自分だって力を失いかねないのに、一度ヒステリーを起こしたら前後の見境なく無茶をする。私は喧嘩と〝鎮め〟の役目は分けて考えるべきだと思っているが、向こうはそうは思っていない。まったく、面倒なことだ。だから今度もいつもの嫌がらせだ」

ひどい話だと思った。畜生同士のくだらない喧嘩のせいで、この国が滅ぶのである。

「そ、そんな無責任な話ってあるか」

「無責任？　ちがう。言っただろう。これは別に我々のためにやっていることじゃない。お前さんたち、人間のためにやっているんだ。我々は別に、なまずが暴れても困りはしない。そのときは山が我々を守ってくれる。すべては人間だよ。人間のために、我々は千八百年もこんな妙なことを続けてきたんだ。だから感謝されこそすれ、無責任などと言われる筋合いはない。昔のことをすっかり忘れ、のほほんと暮らしている人間のほうがよほど無責任だ」

「じ、じゃあ何で、お前たちは人間のためにそんなことをしているんだ？」

「頼まれたからだよ」

「頼まれた……って、誰に？」

鹿は急に後ろ足を耳の横に持ってくると、器用に足を動かして、立ちながら耳の裏を掻き始めた。掻き終えて、話を再開するのかなと思いきや、また気忙しく掻き始めた。話がしたくないときはただの鹿に戻るらしい。まったく都合のいい鹿である。

時計を見ると、いい加減戻らないといけない時間である。訊きたいことはそれこそゴマンとあるが、このままでは学校に遅刻してしまう。ばあさんや重さんもそろそろ心配しているだろう。

「そもそも、どうして——お前はしゃべることができる?」

「言葉を忘れていないからさ。昔は他の動物たちのなかにも、人の言葉を話すことができるやつはたくさんいた。だが、ときが経つにつれ、動物は人間の言葉を忘れていった。何しろ人間は嫌われているからな。私の場合は〝目〟の力を借りているから、今も忘れずに済んでいる」

「じゃあ、ここにいる鹿はどいつも人の言葉を話すのか?」

「いや、話さない。私だけだ。だから、他の鹿に教えてやっている。人間の前ではお辞儀をしろとな。そうすれば人間はエサをくれるぞと言ってね」

おれは思わず小さな声で笑ってしまった。初めて、鹿を案外悪くないやつなのかもしれないと思った。

時計をのぞくともう午前七時十五分を過ぎてしまっている。

「最後に一つ、教えてくれ。おれは——元の姿に戻れるのか?」

鹿は首をもたげ、じっとおれを見つめていたが、

「〝鎮め〟の儀式が無事終わったら、一つだけお前の願いを叶えてやる。元の姿が望みなら、それを願えばいい。どんな希望も叶えられるだろう」

と低い声を響かせ重々しく告げた。

「だが、その姿も悪くないと思うぞ。何せ鹿は世の中で最も美しい動物だ」

おれは黙って立ち上がった。やはり、碌でもない鹿だと思った。


高跳びに挑戦を続けていた生徒は、七度目の挑戦でバーを飛び越えた。おれは背中を丸め、職員室に向け歩き始めた。

サンカクを取り戻すことができるのかどうか、おれにはまるで自信がない。今のままでは京都女学館、大阪女学館の剣道部に歯も立つまい。今すぐ南場先生に修理を頼んでいる店を訊き出し、無理矢理サンカクを奪ってしまおうかとも思う。だが、そんなことをして、サンカクがただの銅のプレートだったときはどうする？　誰もいない講堂跡に、おれがサンカクを手にぽつんと立っている絵が浮かぶ。当然、事件になる。とてもじゃないが人に説明できることじゃない。

職員室に戻ると、今日は部活が休みらしい藤原君が、せっせとテストの採点をしていた。

「あのさ、ちょっと教えてほしいんだけど」

「何ですか？」

「六十カンシって何？」

何です藪《やぶ》から棒に？　と答案用紙から顔を上げる藤原君に、いや生徒に訊かれたんだけど、よくわからなくてねと答えると、藤原君はおもむろに赤ペンでわら半紙の隅に「六十干支」としたためた。

「つまり、干支《えと》ですよ。十干十二支《じっかんじゅうにし》のことです。甲《こう》・乙《おつ》・丙《へい》から始まる十干に、子《ね》・丑《うし》・寅《とら》の十二支を組み合わせると、十と十二の最小公倍数、すなわち六十通りの組み合わせができます。昔はこれを年を数えるときに使ったんです。先生、丙午《ひのえうま》って聞いたことあるでしょう？」

「知ってるよ。迷信があるやつでしょ。その年に子供を産んだらよくないとか何とか」

「それです。丙午も六十年周期でやってきます。昔の人は本当に丙午の話を信じていたんですよ。昔の出生数グラフを見ると、六十年ごとにガクンと数字が下がりますからね。あと還暦がそうです。還暦のお祝いは六十歳でしょう。まさに暦が元に還《かえ》ったわけです」

「なるほど、そういうことだったんだ」

すごいね、物識《ものし》りだねとおれが褒めると、他にもいろいろな歴史用語に使われていますよ、近いところでは戊辰《ぼしん》戦争でしょう、庚午年籍《こうごねんじゃく》・庚寅年籍《こういんねんじゃく》でしょう、あ、壬申《じんしん》の乱ってのもありますね、そうそう、おもしろいところでは甲子園もそうです、ええ球場の、甲子《きのえね》の年に建てられたんです――と調子に乗ってあれこれ並べてくる。

藤原君の講釈を右から左へ聞き流しながら、おれは鹿の言葉を思い返した。五度前の〝目〟の受け渡しのとき、大きなトラブルがあったようなことを鹿は言っていた。五度前ということは、三百年前ということだ。

「ねえ、今からちょうど三百年前に何か物騒なことってあった？」

「これまた、ずいぶん唐突な質問ですね。三百年前といったら……江戸時代中期ですから、確か新井《あらい》白石《はくせき》の正徳《しょうとく》の治が始まる少し前ですかね。何です？　物騒なことですか？　政治は安定していたはずですよ。ちょっと待ってください、他に何かあったかなあ――」

藤原君は赤ペンを鼻と上唇の間に挟み、いたく間抜けな顔で、机に積んだ本の中から資料集を抜き取り調べ始めた。

しばらくして、

「ああ。これは大変だ」

という声が藤原君の口から洩れた。思わずつぶやいてしまったのだろう。その拍子に、藤原君の鼻の下から赤ペンが落ちた。

「何？　どうしたの？」

「物騒も物騒、日本じゅうが震撼《しんかん》です」

藤原君は拾った赤ペンで、細かい字がびっしりと並ぶ年表の一点を指差した。おれは顔を近づけた。そこには、

十一月　富士山、宝永《ほうえい》の大噴火

と書かれてあった。

「どうして、そんなこと急に訊くんです？」

藤原君の声がやけに遠くに聞こえる。あれ、先生、何だか顔色が悪いですよ、どうしたんです？　藤原君が資料集を閉じて、おれの顔をのぞきこもうとしたとき、

「先生、生徒が呼んでいますよ」

と別の女の教師が声をかけてきた。

この学校では、生徒は勝手に職員室に入ることはできない。必ず、入口で教師を呼ぶことになっている。大丈夫だから、テストに戻ってと無理矢理話を終わらせて、おれは席を立った。生徒からの呼び出しなんて珍しいこともあったもんだと、あまり力が入らない足で入口に向かった。

ドアを出たところに、生徒が一人、待っていた。生徒の顔を見たとき、何かの間違いで呼ばれたかとつい、

「おれでいいのか？」

と訊ねてしまった。相手はウンとうなずき、「これ」と何だか不貞腐《ふてくさ》れたような声とともに一枚の紙を差し出した。見ると部活の入部希望書である。内容を読んで、おれは思わず「本当か？」と甲高い声を上げてしまった。

相手は少し強張った表情で、首を縦に振った。なぜか、どこか腹を立てているような様子に見えた。ついでに、ひどく顔色が悪かった。ちょうど赴任した日、生徒指導室で、その顔を間近に見て同じ感想を抱いた覚えがある。互いが少し離れた瞳には、やけに強い光が宿っている。これもまた見覚えがある。

「剣道部に――入部します」

おれの顔を見上げ、野生的魚顔とともに堀田イトは言った。

五

更衣室で着替えていると、藤原君がやってきて、

「わ、先生、ものすごく強そうだ」

と大げさな声を上げた。

「変じゃないかなあ？　思ったより安くて、上下で五千円で買えちゃったんだけど、もう少し高いほうが良かったかな」

「いえ、立派なものですよ」

バドミントン部の指導に行くのだろう。白のジャージに着替えながら、ニヤニヤしてこちらを見ている。

鏡の前に立って、稽古着姿の自分を映してみる。生徒たちと同じ、衣・袴《はかま》ともに紺のものを買った。高校卒業以来、十年ぶりに袖を通したが、案外覚えているもので、迷うことなく着付けることができた。高校時代と比べても、ほとんど体型は変わっていない。ただ、顔だけが大いに変わっている。二日前の朝は、黒い鼻がついていただけだったものが、口の部分も含め徐々に前方に押し出されてきている。おまけに鼻自体もどんどん大きくなってきた。今や顔の真ん中に、大きな栗の実がついているかのような眺めだ。さらに今朝、頭部に髪の毛からのぞ

く短い角を発見した。これから伸びてくるのだろうか。まったく、考えるだけで気分が悪い。

鹿の話を信じようと信じまいと、鹿化は着実に進行していく。いくら鹿の話が荒唐無稽《こうとうむけい》であれ、鏡に映った姿だけは一つの真実である。

「そうそう、それでどうなの？　今年のバドミントン部はいけそうかい？」

ジャージに着替え終えた藤原君は、ロッカーからラケットを取り出すと大きくうなずいた。

「ええ、今年の二年生はなかなかいいんですよ。個人・ダブルスともに狙《ねら》えるんじゃないかと期待しています。でも、先生のところは厳しいですねえ。何せ完全無敵の京都女学館の壁が立ちはだかっていますから」

「完全無敵？　ずいぶん持ち上げるね」

「別に持ち上げていませんよ。事実ですから。実はさっきまで、大和杯の過去の戦績のファイルを読んでいたんです。信じられない話ですけど、京都女学館の剣道部は過去に大和杯で負けたことがないんです」

「負けたことがない？」

「ええ、一度も」

「……その話、本当？」

ロッカーから竹刀を取り出す手を思わず止めたおれに、藤原君はあっさりうなずいた。

「そうです。京都女学館はこれまで大和杯ぶっちぎりの五十九連覇中です」

〝狐のは〟で南場先生の鼻息が荒かったのも、今年こそは京都の牙城《がじょう》を崩したいと思っているからでしょうね――と続ける藤原君の声が遠くに響く。おれは黙って竹刀のビニールの封を開けながら、指導に自信がないのですなどと言っていたマドンナは相当の曲者だと思った。

「じゃあ――サンカクは創立から六十年ずっと京都にあったわけだ」

「ええ、道理でサンカクのプレートを見たことがなかったわけです。さすがは京都女学館です。最近は出場を逃していますが、インターハイの常連だけあって、大学に入っても体育会の剣道部に行く生徒が多く、三年生が引退せず、メンバーのほとんどを三年生で固められるのも強みです」

　何てことだと思った。五十九連覇などという冗談のような数字ももちろん穏やかではないが、何よりサンカクが六十年京都にあり続けたということがショックだった。

　結果は後からついてくるものですが、お互い良い大会にしましょうと笑顔でラケットを振る藤原君と別れ、おれは体育館に向かった。わざわざこんな稽古着を買った自分が、急に馬鹿馬鹿しく思えてきた。サンカクを手に入れるためには、六十連覇を狙うとんでもない相手を打ち破らねばならない。稽古着の感触にまだ慣れない人間が率いる剣道部にできることとは思えない。

　これは本当に、サンカク強盗に入らなければならないかもしれない――重い気持ちとともに体育館に入った。三人の部員がのどかに素振りの練習をしている風景に、さらに気分は沈みこむ。素振りが終わったところで、おれは主将を呼んだ。一年生が一人入部することになったが、まだ来ていないかと訊ねると、主将は首を振った。本当ですかそれ？　と逆に疑わしげに目を細める主将に、本当だ、練習の曜日もちゃんと伝えてあるとうなずいた。もっとも、おれ自身が堀田が来るのかどうか半信半疑だから声に張りがない。ところで、前に言っていた三年生はどうなんだ？　と訊ねると、先輩は週末に模試があるそうで、大会の前日しか練習に参加できないと実に現実的な返事が戻ってきた。

「大和杯で優勝できるかな」

おれの質問に、主将はきょとんとした後、無邪気に破顔した。無理でしょう、京都には今月行われた国体の代表に選ばれた選手もいるんですよと何度も手を振った。

さっそく、主将が打ちこみ稽古をするから太刀《たち》を受けてほしいと言ってきたので、倉庫に行って防具を取ってきた。胴の表面の埃を払うと、跳ねる鹿の姿がくっきり現れた。まったく、四六時中、監視されているような気がする。

手拭いを頭に巻きながら、高校時代はこの作業が苦手だったと思い返していると、視界の隅に白い稽古着の姿が映った。今も隣でぶ厚い掛け声を発している合気道部の生徒だなと思いながら、手拭いの上から面をつけた。面の内側の埃っぽい空気とともに、懐かしい圧迫の感触が顔を覆った。

「あの――」

声をかけられ横を向くと、白い袴が見えた。正座をしているので、面の狭い視界からは腰のあたりまでしか見えない。そういえば、合気道部は上は白だが、袴は紺だったはずだと思いながら視線を上げると、そこに堀田の顔があった。

「よろしくお願いします」

おれは少々呆気に取られながら、上下ともに真っ白の剣道着に身を包んだ堀田を見上げた。

おれが声を出すよりも早く、歓声を上げて駆け寄ってきた主将に肩を抱えられ、堀田は他の部員のところに連れて行かれてしまった。堀田が部員の一人一人に短く会釈しているのが見える。話を終えたら戻ってくるのかと思いきや、堀田はそのまま主将とともに倉庫に続く出口へ向かって行ってしまった。

後ろでくくられた堀田の髪が左右に揺れている。上下ともに紺の主将の横にいるものだから、なおさら堀田の白は映《は》える。職員室に入部届を提出しにきたとき、剣道をやったことはあるのかというおれの問いに、堀田は「別に」と面倒そうに首を振った。稽古着は自分で用意しろよと言うと、堀田はハイと返事をしていたが、色を告げるのを忘れていた。別に何色でも構わないが、上下白というのはいかんせんよく目立つ。ずいぶん思いきった買い物をするやつだと、主将に比べだいぶ小柄な堀田の後ろ姿を眺めていると、先生お願いしますと声がかかった。

すでに竹刀を手に生徒が一人、立ち上がっておれを待っている。おれは慌てて籠手《こて》をつけると、そういえば高校時代は「あまし小手」が得意だったなどと思い出しながら、おうと声を出して立ち上がった。

おれは竹刀を構えている。おれから打ちこむことはしない。生徒が面や小手を打ってくるのを、素直に受ける。素振りもせずにいきなり防具をつけたのだから、これくらいがちょうどいい。

生徒は「や、面」「や、小手」と次々に技を繰り出してくる。相手の打ちこみを受けながら、おれは早くも憂鬱《ゆううつ》な気分に陥っていた。もっとも女子の竹刀を受けたことはこれまで一度もない。当然、男子に比べ、スピード・パワーともに劣ることはあるだろう。だが、それを差し引いても、これはひどい。十年、剣道から離れていたにもかかわらず、数度受けただけで太刀筋が見えるほどである。このレベルで、すでに開催まで一週間を切っている大和杯に向け何ができるのだろうと考えた。掛け声から竹刀がやってくるまで、ずいぶん遅い。簡単に首を振って竹刀をよけることができる。これで大阪や京都に勝てるとは到底思えない。

三分ばかりの打ちこみをしただけで、相手は簡単にへばってしまった。憮然《ぶぜん》としてコートの真ん中に立っていると、防具を抱えた堀田が帰ってきた。すでに胴と垂《たれ》をつけていた主将と並んで壁際に座ると、堀田は防具の紐を解《ほど》き始めた。防具のつけ方を教えてやるのかなと見ているると、主将はさっさと面をつけ立ち上がった。堀田は別に困った様子も見せず、やけに難しい顔で胴の表面を睨んでいる。

主将は一礼をして、おれの前に進んだ。蹲踞《そんきょ》をして刃を交えた。竹刀の先の落ち着きを見て、この子は強そうだと思った瞬間、「ヤッ面」と鋭い掛け声とともに打ちこんできた。主将は背が百七十センチ近くあるので、打撃に迫力がある。小手・面の連続技を豪快に打ってくるのを受けながら、良くて主将が一勝するくらいだろうかとさびしく星勘定をした。

主将の打ちこみ稽古が終わると今度は堀田がやってきた。他の部員に手伝ってもらったのか、すでに防具をつけ終えていた。

「とりあえず、好きに打ってこい」

おれの言葉にうなずいて、堀田は前に進んだ。蹲踞をして刃を交える。これまでのやりとりを見ていたのか、戸惑う様子も見せずに自然に振舞う。初めてにしてはずいぶん静かな構えだなと思ったとき、

「ぱん」

と正面に軽い衝撃を受けた。

一瞬、何が起きたかよくわからず、壁際で主将や他の生徒が呆気に取られてこちらを眺めるのを見て初めて、堀田に打ちこまれたと気がついた。

慌てて振り返ると、堀田は何事もなかったかのように、同じ姿勢で正面に構えている。おれが声をかけようとしたそのとき、

「本気でかかってきてください」

という堀田の声が聞こえた。

どう返事をしようか戸惑っていると、

「本気でお願いします」

と堀田はふたたび声を上げた。静かな声に気圧され、おれはうなずいた。うなずいた瞬間、白い堀田の稽古着の残像がかすかに視界の隅を横切り、

「ばちん」

という音とともに胴を抜かれていた。

おれは咄嗟《とっさ》に振り返った。何だこれは？　混乱しながらも竹刀を強く握り直したとき、間を詰められぬよう、離れながら振り返ったにもかかわらず、すでに次の堀田の打撃がおれの面を叩いていた。そのまま、堀田はおれにぶつかってきた。二十センチ以上身長差があるとは思えない強い圧力に、反射的に押し返そうとしたときふっと相手の力が抜けた。あっと思ったとき、すでに身体は前方につんのめっていた。思わず竹刀から左手が離れた。次の瞬間、右籠手を強《したた》かに打たれ、竹刀が飛んだ。呆然として振り返ったおれの喉元目がけ、すでに次の竹刀が容赦なく繰り出されていた。面をずり上げるかのように繰り出された突きを真正面に受けて、おれはものの見事、後方に吹っ飛んでいた。

楕円に区切られた視界に、堀田の胴で跳ねる鹿の絵が、やけに鮮やかに映った。じっとこちらを眺めている堀田の面が一瞬視界を過《よ》ぎった後、天井を覆う鉄骨の骨組みが一面に広がった。

＊

週末、藤原君と旅に出かけた。

リュックサックを背負って、中にばあさんに作ってもらった弁当を詰めこんでの日帰り小旅行である。

金曜日の部活を終え、更衣室で藤原君と着替えをしていると、どうです先生、週末ちょっと出かけませんか？　と藤原君が急に誘ってきた。

近頃、どうも先生は顔色が悪い、休み時間もしょっちゅう手鏡ばかり見ているのは、ご自分でもそのことを気にされているからだと思う、予報によると週末は天気が良いみたいなので一つ遠足にでも行きませんか？　太陽を浴びたら顔色も少しは良くなるでしょう、先生はまだ奈良に来て家と学校の往復ばかりで他の場所を知らないだろうから、ぜひ僕が案内して差し上げたい、鹿以外にも奈良には見どころがあることをぜひお伝えしたい――とやけに熱心に誘ってくる。

「見どころって何？　お寺とか、あまり興味ないよ」

「寺じゃありません。もっと古いものです」

藤原君は汗ばんだ豆顔をタオルで拭くと、自信ありげに薄い胸板をどんと叩いた。

待ち合わせは近鉄奈良駅の行基像前に午前十時、リュックを背負ってきた藤原君と改札に向かった。

「何もないねえ」

およそ一時間半電車に揺られ、近鉄吉野線飛鳥駅を出たときの、おれの正直な一声だった。

「これでも七世紀あたりは日本の中枢がある場所だったんですよ。先生、大化の改新は知っているでしょう」

「聞いたことあるね」

「現場の最寄り駅がここです」

やけに得意そうに語る藤原君だが、おれがまるで反応しないのを見ると残念そうに「こっちです」と肩を落として先を歩き始めた。

駅前の店で自転車を借りた。他にも観光用のレンタルサイクルの看板をあちこちに見るから、そういう場所柄らしい。

藤原君と自転車を並べ、車もほとんど通らない坂道を登っていく。左右は田んぼが続き、竹に覆われた小山がところどころ顔を出している。どこまでものどかである。背中の丸まったばあさまがカゴを背負って、畦《あぜ》を歩いている。どこかで見た風景だなと考えていると、奈良健康ランドに向かうリチャードの車からの眺めに似ていることに気がついた。もっとも、こちらのほうが断然田舎の風景である。赤いトンボが小刻みにコースを変えて飛んでいく。空には薄い雲がきれぎれになりながら、ゆったり棚引いている。風はほとんどない。

十分ほど延々と坂道を登る。バドミントン部の指導を真面目にやっているだけあって、藤原君はなかなかの健脚である。一方おれは腕・肩・背中と、たった二日の部活にもかかわらず、かたきのように筋肉痛が襲ってきて、ペダルを漕ぐ足を踏ん張るたび、小さくうめき声を上げている。

「ここがキトラ古墳です」

坂から細い脇道に入ったところで、藤原君は自転車を止めた。

「ただの山だね」

おれは切り立つように迫ってくる林を見上げ率直な感想を述べた。

藤原君はリュックから、いつぞやの一眼レフを取り出すと、一枚ぱしゃりと収め、じゃ、次行きましょうと来た道を戻り始めた。

「え？　これで終わりなの？」

そうですよとあっさりうなずく藤原君に、中に入ったりできないの？　と重ねると、そんなことしたら捕まりますよと真面目な顔で返された。

歓声を上げて、下り坂を一気に駆け下りた。行きが大変だったぶん、帰りは実に爽快である。坂道を、自転車は怖いくらいにスピードを上げて突き進んでいく。耳が風を切るのを感じる。もちろん、耳とは鹿のそれである。連中は走っているとき、こんな風の音を聞いているのかと思うと、今さらながら不思議な気がする。今朝の洗面台では、頭の角が五センチの長さに成長しているのを確認した。しかし、頭にタオルを載せると、角はすうと消えてなくなる。タオルを取ると、ふたたび角が顔を出す。馬鹿な手品みたいである。

認めたくないことだが、すでにおれの顔から人間の面影は五割がた消えてしまっている。こんなことでは、そのうち自分の顔すらも忘れてしまいそうだ。近頃、部屋の机の前に写真を一枚貼った。藤原君が伏見稲荷の鳥居の前で撮ってくれた一枚だ。迷惑そうな顔でおれが写っている写真を眺め、ふたたびこの顔に戻れるのだろうかと思う。決して造作は良くないし、確かに少し線が細い気もする。しかし、少なからず愛着ある顔だ。悲しい気持ちがこみ上げる前に、おれは写真から視線をそらす。おれは早く人間に戻りたい。

藤原君の次の目的地は高松塚古墳だった。高松塚古墳もキトラ古墳と同じく白い建物に墳丘の片側を覆われていた。先ほど、おれが中に入らないのかと訊ねたのも、この物々しい構えを見てのことである。藤原君によると、建物は古墳内部の石室の湿度を下げるための装置らしい。石室内部にすばらしい壁画を見つけたはいいが、人間が持ちこんだカビが繁殖して今や壁画が消えかかっているのだという。白い建物からは太いダクトが幾本も延びている。のどかな丘陵に突然現れたいかめしい風景は、身体じゅうを機械につながれた、病状も末期の老人を連想させて何だかせつない。

敷地内にある資料館で、古墳内部に描かれていたという壁画のレプリカを見た。あれが当時の美人だったんですよと藤原君が指差す先には、目の細いおちょぼ口のずいぶん下膨れの顔をした女性たちが描かれていた。学校にパンを売りに来ているおばさんみたいだねとおれが感想を述べると、藤原君が同感ですと重々しくうなずいた。

「もしも、この時代にマドンナがいたら、どうなるんだろう? やっぱり美人には思われないのかな。だって、目は大きいし、おちょぼ口じゃないし、頬もしゅっとしているし、この絵とはまるで正反対じゃない」

藤原君はううんとうなったきり、腕を組んで考えている様子だったが、

「なら、ライバルが少なくなって好都合ですよね。そのときは、僕がさっさと結婚しちゃいます」

とまるで見当違いの内容を言いだした。

あ、そんなこと言うの？　奥さんに言っちゃうよ、じゃあ、先生はどうなんです、放っておくんですか？　放っておくわけないだろうよ、あ、先生引っかかりましたね、やっぱり先生もマドンナのことが好きなんだ、何言うの、そんなんじゃないよ、じゃあ、もし飛鳥時代にちっとも人気がないマドンナがいたら放っておくんですか？　放っておくわけないだろう、ほうらやっぱり、何がほうらだよ——壁画の前で言い合いを始める我々のかたわらを、同じく見学に来ていた老夫婦が笑いながら通り過ぎていく。それを見て、我々は顔を赤らめ口を閉じる。

「でも、マドンナには好きな人がいるそうですよ」

一拍置いて控えめに発せられた藤原君の言葉に、おれは思わず、え？　と声を上げた。

「去年、南場先生がマドンナに告白をしたとき、マドンナは想っている人がいるので、と断ったそうです」

「何で藤原君がそんなこと知ってるの」

「教師の世界なんて本当に狭いものです。毎日同じことの繰り返しですから、こういう話題はおそろしいほどあっという間に伝わるんです」

おれは南場先生の日焼けした幅の広い顔を思い浮かべた。マドンナに告白した勇敢さは認めてあげたいが、いかんせん南場先生が鼠の〝使い番〟かもしれないと思うと同情する気は起こらない。

誰だろうね、マドンナが想いを寄せる果報者ってとおれがつぶやくと、藤原君は心配しなくても僕と先生じゃないことだけは確かですとすぐに憎まれ口を叩いてきた。うるさいよと脇をぐいと小突いて、さあ次へ行こうとさっさと資料館を後にした。

猿石、鬼の雪隠《せっちん》、鬼の俎《まないた》、亀石——どこの田舎にでもあるような細い道の先々に妙な石が置いてある。亀石などは民家の軒先を借りるようにして、じっと目を細めうずくまっている。おれと藤原君が手をつないでも囲えないほどの大きさに、何でこんなもの作ったの？　と訊ねると、藤原君はわからないと首を振った。藤原君の「わからない」は考古学的にわからないということである。藤原君によるとこのあたりでは巨石を用いた石造物がたくさん見つかっているが、文献資料も少なく、そのほとんどがどういう目的で作られたのか未だはっきりしないのだという。どれくらい昔のものなの？　と訊ねると、ざっと千四百年くらい前のものですと返ってきた。それは仕方がないとおれもうなずいてみせる。

石舞台古墳に隣接する公園で昼食にした。鹿化が始まってから、ばあさんの弁当がやけに塩辛く感じられる。重さんに訊いても、別にそんなことはないという。ということは、おれの味覚の問題ということか。最近は肉類も急に苦手に感じてきた。野菜炒めを食べていても、肉よりもピーマンを先に探す始末だ。さらには便の問題がある。あれほど頼りなかった腹の具合はどこへやら、近頃は鹿の糞のようにぽろぽろした便ばかりが出てくる。これがどういうことを指すのかわからない。結論づけるのがおそろしいので、あえて考えない。

弁当のごはんの中央に埋まった梅干しを脇にのけて、ごはんをかきこんでいると、隣で藤原君が、どうです？　このへんの遺跡はユニークでしょう？　と復活した愛妻弁当を片手に訊ねてくる。ウン、何というか変だよね、まるでちがう国の文化みたいな気がすると答えると、藤原君は大きくうなずいて、まだまだわからないことがたくさんあります、後ろの石舞台古墳だってあれだけ大きいのに誰が埋葬されたのかはっきりしていません、それだから調べる楽しみがありますとやけに凜々《りり》しい歴史家の顔で語った。

「でも、藤原君は実際に土を掘って調べるのはゴメンなんでしょう？」

エヘへと歴史家は急に締まりのない表情に戻ると、発掘はとにかく退屈なんです、土を掘るだけの果てしない作業ですからね、やはりリチャードは大したものです、ああ、飛鳥時代にタイムスリップして三十分でいいからこのへんを散歩できたらなあ、これから百年かけてわかることが一瞬にしてわかるのに——とずぼら極まるアイデアを披露して、藤原君は赤いタコ・ウインナーを口に放りこんだ。

「これだけ大きなものを造っていても、わからなくなるんだ」

おれが背後の石舞台古墳を振り返りつぶやくと、

「そうです。人間は文字に残しておかないと、どんなこともいつかは忘れてしまうんです」

と藤原君は眉間に皺を寄せて、やけに重厚そうにうなずいた。

昼食を終え、酒船石《さかふねいし》、亀型石造物、飛鳥寺を見て橿原《かしはら》神宮前駅で自転車を返した。飛鳥寺では、現存する日本最古の仏像だという飛鳥大仏の前に正座し、迫力ある姿を見上げた。顔のあちこちに残る補修痕に、ブラック・ジャックみたいだねとつぶやくと、バチが当たりますよと大いに藤原君に睨まれた。

＊

ふたたび近鉄線に乗り、肘《ひじ》のあたりに浮かぶあざを擦っていると、藤原君が「稽古ですか？」と訊ねてきた。おれは小さくうなずいて、今度は反対の腕のあざを擦った。

「藤原君は知っていたの？」

「何をです？」

「堀田の家が剣道の道場を経営していたこと」

「知りませんよ。そうだったんですか？」

「ファイルを見たら、ちゃんと書いてあったよ。一度、途中まで見ていたんだけどなあ……」

藤原君がリュックから何やらビニール袋を取り出した。見ると、ビニールの中にはかりんとうがぎっしり詰まっている。当たり前のように分けてくれたかりんとうを一本食べる。相変わらず不味い。どこでこんな不味いかりんとうを売っているのか不思議で仕方がないのだが、藤原君に訊ねたことはない。

「堀田は強いですか？」

「強いね」

おれは重々しくうなずいた。

「どうして、堀田はこれまで剣道部に入っていなかったんです？」

「そりゃあ、ウチの部が弱いからだろ」

「じゃあ、何で急に入部しようなんて言いだしたんです？」

「さあね、知らない」

堀田の強さに感嘆した主将が、どうしてそんなに強いの？　と訊ねると、家の道場では大学生の兄を相手に稽古をしていますからと堀田はケロリとした顔で答えた。どうして入部してくれたの？　という他の部員からの問いに、堀田は「大和杯、がんばりましょう」と曖昧に笑うばかりだった。

「これで大和杯も少し光明が見えてきましたね」

かりんとうをくわえ、藤原君は呑気なことを言う。おれは苦虫を嚙み潰した顔で首を振る。

「何言ってるの。ちっとも見えないよ。団体戦だよ？　いくら主将と堀田ががんばったって、あとの三人が負けたら同じだ。大和杯なんて夢のまた夢だよ」

「いや、それはどうでしょうね――」

藤原君はおもむろにつぶやくと、かりんとうの袋と入れ替えにリュックから「第六十回大和杯実施要綱」を取り出した。

「何でそんなもの持ってるの？」

「〝狐のは〟に行ったときのままだったんです」

さらりと答えて冊子を開いた藤原君は、ここですとページをめくる手を止めた。

「ちょっと見てください」

手渡された冊子をのぞくと、

〝開催校が選択権を有するルール等について〟

という見出しとともに、そこには各部が選択できるルール——陸上の採点方式からバレーボールの競技人数（六人制か九人制か）の選択等、さまざまな記載がされていた。冊子に碌に目を通していなかったため、どれもまるで知らない内容だった。

「何これ？　何でこんないっぱいあるの？」

「ホームの高校が活躍できるようにですよ。やっぱり開催校が盛り上がらないといけないでしょう」

「それってズルくない？」

「どの学校も三年に一度は回ってきますから、公平といえば公平ですよ。あとはいかに頭良くルールを活用するかです」

すごいね、徹底してるねと半ば呆れながら読み進めると、「剣道部・柔道部について」という項目があった。読み進めるうち、おれは思わずエッと声を上げてしまった。そこには、

「五人もしくは七人の競技人数の変更、および団体試合における勝者数法と勝ち抜き法の選択」

という記述があった。

前者に関しては、五人集まるかも怪しいくらいなのだから選択の余地はない。問題は後者だ。おれの視線は「勝ち抜き法」という文字に集中した。たとえ四人が負けようと、残る一人が相

手五人を全員倒せば勝ちになる――それが勝ち抜き法である。

「なるほど――」

思わず洩れた声に、藤原君はここも見てくださいとページの最後を示した。そこには、「これらの変更は、大会三日前までに、他の二校への通知を必要とする」という一文が記されていた。大和杯は来週の水曜日である。

「わ、三日前って明日じゃない」

「明日のうちに学校から、ＦＡＸかメールを送っておけばいいですよ」

間もなく桜井《さくらい》、桜井というアナウンスが聞こえた。確かにこれは少しだけ光が見えてきたかもしれない――おれは湿気たかりんとうを口に押しこみ、乗り換えますよという藤原君の声に腰を上げた。


乗り換えた先は単線の列車だった。単線でもそのままＪＲ奈良駅まで続いているのだから、奈良とは不思議な場所である。のどかな風景を眺めていると、藤原君が「これが三輪山《みわやま》です」とか「あれが箸墓《はしはか》古墳です」とかあれこれうるさい。おれがいい加減にうなずいていると、やっこさん卑弥呼《ひみこ》がどうだ、邪馬台国《やまたいこく》がどうだ、銅鏡が銅剣が銅鉾《どうほこ》が銅鐸《どうたく》がと、どうどう巡りを始めた。それらの小難しい話をすっかり聞き流しながら、おれは通り過ぎた駅が無人駅であったことに驚いたりしている。

柳本《やなぎもと》駅で電車を降りた。藤原君によるとここはリチャードに連れて行ってもらった奈良健康ランドと同じ天理市内になるらしい。古い佇まいの建物の間を抜け、細い坂道を登っていく。ずいぶん静かな町だ。

「小さな町ですけど、考古学をやっている人で知らない者はいない場所なんですよ。きっとリチャードもこのあたりに何度も発掘に来ているはずです」

そういえば、リチャードも車の中でそんなことを言っていたなと思いながら坂を進むと池が見えてきた。池の向こうには小山がこんもりそびえている。黒塚《くろづか》古墳ですと藤原君はバスガイドのように手のひらで指し示し、隣接する公園の隅に立っている資料館に向かった。

資料館の玄関を入ったところに、大きな航空写真が床一面に貼ってあった。なるほど大和古墳群とはよく言ったもので、堀を巡らした前方後円墳が、大地にあけられた鍵穴のようにあちこち見える。奥には黒塚古墳の内部を再現したコーナーがあった。意外と狭い、坑道のような古墳内部には、朱に塗られた石組みに沿って、古びた十円玉のような色をした円盤が瓦《かわら》のように立てかけてあった。何だい、あれは？　と訊くと藤原君が銅鏡です、この古墳での銅鏡の発見はとてもセンセーショナルな出来事だったんですよと写真を撮りながら教えてくれた。

二階に上ると、古墳で発見された銅鏡のレプリカがずらりと並んでいた。デパートのジュエリーコーナーの前を歩くような気持ちでさっさと最後まで見終え、振り返ると、藤原君はまだ最初のガラスケースの前で屈んでいた。

先に出ているよとガラスに顔を触れんばかりにしてのぞきこんでいる藤原君に告げて、建物の外に出た。

古墳を囲む堀に面して、ベンチが並んでいる。制服を着た高校生のカップルが、自転車を停めて古墳を前にジュースを飲んでいる。隣のベンチに腰掛け、徐々に色を変えつつある空を見上げた。そよそよといい風が吹いて、鹿の耳が風に靡いた。

たっぷり二十分は待って、やっと藤原君は帰ってきた。聞くと一枚一枚、鏡の写真を撮っていたらしい。あんな錆びついた鏡の何が大事なのと訊ねると、藤原君は頰を膨らませ、

「電車でさんざん説明したじゃないですか。卑弥呼の鏡ですよ。邪馬台国が奈良にあったという重要な証拠になるかもしれないんです」

とおれを睨んだ。さすがに全然聞いていなかったとは今さら言えないので、

「なるほど、で、藤原君はどこに邪馬台国があったと思うの？」

とそれらしく訊いてみた。いくら歴史に疎《うと》いおれでも、邪馬台国の場所が九州か奈良かで論争になっていることくらいは知っている。

「僕は九州ですかね。やっぱり、当時の先進国だった中国に近い場所にあるほうが現実的のような気がします。でも、最近の考古学の発掘資料からは断然、奈良です。もっとも、まだ、どちらからも決定的な証拠は出ていません。要は卑弥呼のものだとわかる物的証拠が出たほうが勝ちです」

「何、物的証拠って？　卑弥呼がハンコでも押したものがあるってこと？」

「そんなものあるわけないでしょう。何せ、弥生時代のことですから、中国の文献にしか文字による記録はないんです。『魏志倭人伝《ぎしわじんでん》』には、卑弥呼に鏡をたくさん贈ったという記載があ

ります。つまり、その鏡が見つかったら、そこが卑弥呼の居場所というわけです」

「ひょっとして、それがさっきのやつ？」

背後の建物を指差したおれに、藤原君はあっさりと首を振った。

「確かにここから三十枚以上の銅鏡が一斉に発見されたときは、すわ卑弥呼の鏡かと大騒ぎになりましたが、どうも中国から贈られた鏡ではなさそうです」

「どうしてそんなことがわかるの？」

「肝心の中国で、同じ型の鏡がまったく発見されないからです。そんな贈り物は妙でしょう。今では、この国オリジナルの鏡だと考える向きが強いです」

「どれも丸い格好で同じに見えたけどなあ」

「それぞれ細かい違いがあるんですよ」

藤原君は堀の向こうの古墳を指差し、登りましょうと言った。

「何だか途方もない昔のことを、みんなして調べているんだね」

「リチャードなんか、奈良に邪馬台国があることを証明しようと三十年近く取り組んでいます。まさにライフワークです。きっと、この下のどこかに卑弥呼の鏡が眠っているかもしれないと夢見て、発掘に取り組んでいるんでしょう。まったく、頭が下がります」

陽が沈み始めるにつれ、一斉に響き始めた野太いウシガエルの声に包まれて、墳丘の頂上へ続く短い階段を上った。

「ちなみに、卑弥呼っていつの時代の人なの？」

「弥生時代の終わり頃です」

どれもこれもとんでもない昔だねとつぶやいて、階段を上りきると急に視界が開け、おれは思わずわっと声を上げた。

丘を包む空一面が、紫色に染まっていた。

正面を古墳に塞がれていたせいで気がつかなかったのだが、低い山々に囲まれた大和盆地を押し包むように、紫の夕焼けが広がっていた。

頭上では薄らと夜が姿を現し始め、淡い茜を帯びた雲は梳いたようにどこまでもはかない。紫のヴェールに包まれた空を、おれと藤原君は声もなく見上げた。堀の水面をのぞくと、そのまま空を見下ろすかのように澄んだ紫である。田んぼの稲穂が、西の山々にかかった夕陽を浴びて黄金色の波を描く。枝葉を大きく広げた松のシルエットは、絵から飛び出したかのように様になっている。

「こいつは驚いたね」

「これを先生に見せたかったんです。今日が晴れで良かった」

「何でだろう、学校から見る夕焼けとまるでちがうね。どこまでも紫だ」

「平城京に都が遷る前、都はここからもう少し南に行ったところにあったんです。距離にしたら三十キロにも満たない移動なのに、昔の都を懐かしむ和歌がいくつも詠まれています。僕はこの夕陽が見られなくなったから、みんな前の都を偲《しの》んだんじゃないかなと密《ひそ》かに思っています」

ほうとため息をついて、おれは藤原君の顔を見た。夕陽を浴びて、藤原君は凜々しい詩人の表情で空を見上げていた。

空に視線を戻すと、そよと風が訪れた。おれは鹿の耳をふるわせて、秋の薫《かお》りに鹿の鼻をひくつかせた。

*

昼過ぎに学校に向かった。

日曜日だが、大和杯が近いとあってグラウンドのあちこちで部活の練習が行われている。

職員室には電気がついていたが、誰もいない。おれはさっそく、大和杯の剣道部の試合について、勝ち抜き法を選択する旨をマドンナと南場先生宛にＦＡＸで送付した。

送信して二分も経たないうちに職員室の電話が鳴った。他に誰もいないので出ると、南場先生の声が聞こえてきた。もっとも誰もいなくてよかった。耳と口の位置が妙なことになっているので、通常とはだいぶ離れた場所に受話器を当てなければならないからだ。

「先生、ＦＡＸを見ました。本当ですか、これ？」

何やら南場先生の声がずいぶん荒い。ええ、本当ですと答えると、

「どういうつもりで、勝ち抜き戦にしたんです？」

とやたらつっかかるような口ぶりで訊いてくる。少々ムッとしつつも、少しでもチャンスを

広げようと思ったからですと答えると、

「これだと試合の数が減ってしまいます」

と迷惑そうな声が返ってきた。

「どういうことです？」

「いや、例えばですね、これではウチの剣道部と先生のところが試合をしても、試合のない生徒が多数出てきてしまいます。こういうことを言うのも失礼かもしれませんが、せっかくの大和杯に生徒を連れて行くからには、二試合経験させてやりたいのです」

どうやら南場先生は婉曲《えんきょく》に、勝ち抜き戦だと力の差が出すぎて、試合にならないということを言いたいらしい。さらにご丁寧なことに、

「奈良の生徒たちが応援してくれる前で、あまり惨めな試合は見せないほうがいいと思うんですけどね」

とまで助言をくれた。

「ご心配なく。南場先生も満足できる試合になると思います」

「でも、先生のところの剣道部員は三人しかいないのでしょう」

「一人増えて、四人になりました」

「同じことです」

吐き捨てるように南場先生は言った。何やらいらいらが募っている様子である。

「私には勝ち抜き戦を選ぶ、先生の意図が理解できません」

「あの、何がそんなに気に入らないのです？　ウチに勝てるのなら、それでいいじゃありませんか」

「それは当たり前のことです。こっちはずっと前から用意していたんですッ」

急に声を荒らげるものだから、おれは思わず受話器を落としそうになった。

「京都女学館に勝つために、我々は今年に入ってずっと準備をしていたんです。だいたい、私は剣道部の顧問になって十年が経ちますが、勝ち抜き戦なんて方法は一度も採ったことがありません。それをいきなり赴任したばかりの先生が変えてしまう。こっちはメンバーの構成も考えていたんです。京都に勝つために、作戦も練っていたんです。なのに、先生の馬鹿な思いつきのせいで、何もかも台無しですッ」

馬鹿と言われてはこっちも黙っていられない。南場先生の対戦プランなど、知ったことではない。だいたいこんな面倒な事態を招いた原因は、南場先生にあるのである。

「大和杯に優勝したいのは、おれだって同じです。いえ、南場先生より、よほど上です。そもそも、こうなったのも南場先生が横から入ってきて、サンカクを持って行ってしまったからでしょうが」

「い、いきなり何の話ですか」

「この際、はっきりしておきましょう。南場先生は――鼠なんでしょう？」

「何ですって？」

裏返った声が受話器より聞こえてきた。

「とぼけないでください」

「とぼけるも何も、何ですか人をいきなり鼠呼ばわりして」

本当に怒っているような声である。確かにいきなり鼠ですか？　と訊かれて、いい気がするはずがない。だが、サンカクを持ち去られたせいで、こちらはまさしく〝口にすることもできない〟とんでもない目に遭っているのだ。

「先生、正直に答えてください。はっきりと言えないときは、『はい』か『いいえ』で結構です。先生は――鼠なんでしょう」

ひょっとしたら、おれが鹿のことを口外できないように南場先生も鼠のことを口にできないのかもしれない。だが、これなら返事ができるはずである。なぜなら、おれがこうして質問できているのだから。

「いい加減にしないと、本気で怒りますよ」

「どっちなんです」

「言っている意味がわかりません」

「先生のせいであちこちで地震が起きて、富士山が膨らんできているんですよ。そのことを知っているんですか？」

「さっきから、何を言っているんです？」

電話口の向こうから、ありありと困惑している様子が伝わってくる。だが、どういう種類の困惑かまではわからない。

「私はそんなわけのわからない話を聞くために電話したんじゃない。勝ち抜き戦をやめてほしくて連絡したんです」

「選択の権利は、すべて開催校の奈良にあります。南場先生にとやかく言われる筋合いはありません。それにおれだって本気で大和杯を狙っています」

「冗談はよしてください。先生のところが優勝できるはずないでしょう」

「どうしてわかるんですか」

「先生のところなんて、ウチの先鋒《せんぽう》に五人抜きされてお仕舞いです」

本音が出たと思った。気まずい沈黙が流れた。受話器の向こうでチャイムが鳴るのが聞こえた。ほとんど間を置かず、頭上のスピーカーから同じチャイムのメロディが流れ始めた。壁の時計は一時を示していた。

「サンカクを忘れないよう——本番の日にはちゃんと持参してください」

おれは低い声で告げた。

「そっちのほうは任せてくださいと言ったでしょう。修理も無事終わって、明日にでも取りに行くつもりです」

「本番は勝ち抜き戦でいかせてもらいます」

「そうですか……わかりました」

南場先生の声には心底、迷惑そうな響きがこもっていた。そんなことしても同じだと思いますけどね、明らかにこちらを軽んじる声とともに南場先生はわざとらしく笑った。

「それでは大和杯で」

「ええ大和杯で」

これ以上深追いしても無駄だと、おれも受話器を置いた。どちらにしろ、サンカクは大和杯当日まで手に入らないのだ。

何だか、無性に身体が熱い。頭に描く南場先生の顔が、いつの間にか鼠になっている。自分の例があるだけに、その変形の度合いもやけにリアルである。もしも、大和杯で敗れた場合は、無理にでもサンカクを奪い取る心積もりだった。だが、もはやそんなことは考えない。おれは正々堂々、大和杯を獲る。

学校に来たついでに、第二体育館をのぞくことにした。土・日の体育館の使用許可を出していたから、ひょっとしたら今も稽古をやっているかもしれない。

「先生――」

突然、背後から声を掛けられ、思わずおれは飛び上がった。振り返ると、職員室の隅にある、応接スペースの衝立の前にリチャードが立っていた。誰もいないと思っていたのだが、どうやらリチャードが衝立の向こうにいたらしい。

慌てて、こんにちはと頭を下げるおれに、

「ずいぶん激しいやりとりをされていたみたいですが大丈夫ですか？」

と不審そうな顔でリチャードは近づいてきた。

「大阪女学館の南場先生とのようでしたが」

「え、ええ、そうです」

「妙なことを言っていませんでしたか？　南場先生は鼠だとか、南場先生のせいで地震が起きているとか、富士山がどうとか……失礼、聞くつもりはなかったのですが、他に人もいない職員室で、いかんせん先生の声が大きかったものですから――」

リチャードの言葉におれは大いに慌てた。いや、別に世間話をしていただけですと答えるおれに、リチャードは疑わしそうな視線を向けた。

「南場先生が鼠だとはどういうことです？」

「そ、それは、大阪女学館の剣道部の防具には、鼠の絵が描いてあると聞いたので、そのことを訊いてみただけです」

「私が聞いていた限りだと、少しニュアンスがちがっていたような気がしましたが」

「いいえ、そんなことは――」

「確か『先生は鼠なんでしょう』と言っていたはずです。どうも大和杯とはちがうことをおっしゃっていたようですが、いったい何の話です？」

やけに南場先生との話の内容に食らいついてくるリチャードの追及にしどろもどろになっていると、急に入口のほうから「すいません」と声がした。

リチャードと揃って顔を向けると、扉を開けて白い剣道着姿の堀田が顔をのぞかせていた。

「どうした？」

「主将が足をひねって怪我をしました。体育館まで来てください」

蒼い顔で堀田は言った。

「すいません、ちょっと失礼します」

「もしも南場先生と何かあるようでしたら——」

「大丈夫です。何の問題もありません」

リチャードの言葉の途中で頭を下げ、おれは堀田のもとに向かった。

ドアのところで一度、振り返った。リチャードは険しい表情のまま、じっとこちらを見つめていた。今日のリチャードはいつもとずいぶんちがう感じがすると思いながら、おれは小走りで進む堀田の後に従って体育館に向かった。


第二体育館に入ると、壁にもたれ、主将が足を伸ばして座っていた。主将の隣に二人の部員が心配そうな顔で付き添っている。

「大丈夫か？」

主将は悲しそうな笑顔でうなずいた。

「どこが痛い？」

「力を入れたとき、足首にズキリと痛みが走ります。ねんざだと思います」

「私が強引に突っかかっていったから、受けきれず転んでしまったんです」

堀田が横から揺れる声で言った。

「稽古の最中のことなら仕方がない。誰にだってあることだ」

そう、イトちゃんのせいじゃないよと主将は堀田の白い剣道着の袴を軽く引っ張って笑った。

立てるかと訊くと、立てるとうなずく。おれは主将の腕を取ってゆっくりと立たせた。だが、出口に向かって二歩と進まないうちに痛いとバランスを崩して屈んでしまった。日曜日なので保健室は開いていない。こりゃ病院に行かなくちゃいけないなとつぶやくと、先生、タクシーを呼んでくださいと主将が弱々しい声を上げる。このへんでいい病院を知っているか？　と訊ねると、父親が整形外科の診療所をやっていますと主将は答えた。まったく都合がいいのか悪いのかわからない。なるほどそれなら家に帰れと、主将を背中におぶって更衣室まで運んでやった。上背のある主将の身体はなかなか重かった。

職員室に戻って、タクシー会社に電話をした。職員室に他の教師の姿はあったが、リチャードの姿は見当たらなかった。

校門の前で待っていると、二人の部員に肩を借りて制服姿の主将がやってきた。その後ろには主将の荷物を持つ、稽古着姿の堀田が見える。

近くを国道が走っているからか、タクシーはすぐにやってきた。先に荷物を座席に運び入れ、堀田は「すいませんでした」と主将の前で頭を下げた。いいの、大したことないからと主将は何度も首を振った。

「でも、その足じゃ大和杯に出られません――」

「ああ、そのことだが」

おれは堀田の言葉を遮り、部員たちに試合の方式を急遽《きゅうきょ》、勝ち抜き戦に変更したことを告げた。

「こんなことを生徒の前で言うのは間違っているのかもしれない。だが、黙ってられないので言ってしまう――」

おれはいったん言葉を区切り、四人の顔を順に見回した。急に勢いこんで話を始めたからか、誰もが少し驚いた顔でおれを見ている。

「さっき他の女学館の先生に連絡したとき、ずいぶんなことを言われた。弱いくせに、試合方式を急に変えるなんて、勝手なことをしないでくれと言われた。それを聞いて、おれは腹が立った。確かにおれたちは強くないかもしれない。きっと大阪や京都の連中から見たら、話にならないいくらい弱いだろう。けれど、戦う前からあきらめろなんて言われる筋合いはない。そもそも、おれはこれっぽっちも負けるつもりはない。おれは大和杯で勝つつもりだ」

無意識のうちにおれは堀田の顔に向かって話をしていた。勝ち抜き戦への変更が意味するものを理解したのだろう。堀田の頬はほのかに紅潮していた。

「イトちゃん」

主将が堀田の肩を叩いた。他の二人の部員も揃って堀田の背中を叩いた。堀田は困ったような笑みを浮かべ、叩かれるに任せ身体を揺らしている。

「堀田――お前は強い。恥ずかしい話だが、二日間稽古しておれはお前から一本も取れなかった。まったく情けない限りだ。それだけにおれは自信を持って言える。お前は強い」

おれは堀田の少々離れ離れになった目をのぞきこみ、うなずいてみせた。続いて他の三人の顔を見渡した。

「もちろん——負けることもあるだろう。けれど、それはいいんだ。負けてもいい。剣道は勝負がすべてじゃない。だが、やる前から負けるとは絶対に思うな。相手は京都と大阪だ。怖いと感じることもあるかもしれない。別に怖くなってもいいんだ。それは人間の自然な感情だ。ただ、やる前からあきらめるな。それは相手に負けたんじゃない。自分に負けただけだ」

本当は喉から手が出るほど、サンカクが欲しい。だが、不思議と生徒たちの真摯な表情を見ていると、ちがう言葉が口から流れ出してくる。

じっとおれの顔を見上げていた堀田が真面目な顔で、

「教師らしいことも言えるんですね」

とつぶやいた。

「うるさい。お前は好き放題、暴れ回れ。おれたちをナメている連中に目にもの見せてやれ。だが、相手は強いぞ。なかにはおそらく三年生もいる。そんな連中をわんさと倒さなくちゃいけない」

おれの言葉に、堀田は粛然とした顔つきでうなずいた。ついさっきまで、すっかり悄気《しょげ》返っていた瞳に、見覚えある攻撃的な光が宿りつつあった。

「やっちゃいな、イトちゃん」

主将が堀田の頭に両手を置いて、左右に振った。

「望むところです」

頭を揺らされながら、堀田は静かな闘志が滲む声で答えた。

いつぞやの野生的魚顔とともに。

六

洗面所で顔を洗って面を上げた。

鏡には顔の半分を茶色い体毛に覆われた男が映っている。顔を覆う体毛は、頬のあたりから急に濃くなり、首の付け根付近でようやく薄くなる。頭はもはや、鹿の体毛と己れの髪との違いがわからない。他人の目にどう映っているか確かめる術がないので、おととい散髪屋でうんと髪を短くしてもらった。髭を剃《そ》ってもらっている最中、

「お客さん、ちっとも髭が生えないんだね」

と主人に笑われたが、鹿化が始まってからというもの、どうやら髭が伸びなくなったらしい。代わりに鏡の向こうでは、今や途中に分岐が見えるほど角が成長している。水にさらした牛蒡《ごぼう》のような色合いをした、頼りない二本がひょろひょろ伸びている。

どうです、男前になったでしょうと主人は陽気に訊いてくるが、もちろん目の前の鏡には、鹿面の男が座っているだけである。おれはありがとうございました、さっぱりしましたとあて

ずっぽうに礼を言って席を立つ。

家を出て転害門に向かう。まだ水気を含んだ顔の毛が、朝の空気に触れてひんやりとする。転害門の猫も、東大寺の鹿も、明けぬ空の下で惰眠を貪《むさぼ》っている。青い銀杏《ぎんなん》も、いちょうの枝に隠れ眠っているかのようである。大仏池から見上げた大仏殿の鴟尾に、朝の輝きはまだ訪れていない。

講堂跡で礎石に腰を下ろした。鹿化が深刻な状態になってからも、おれはここに散歩に来る。鹿に会う日もあれば会わない日もある。鹿はおれとの間に何の問題も存在していないかのように気軽に話しかけてくる。おれも何事もないかのように受け答えをする。鹿は、人間は嫌いだが、人間の食べ物は大好きだと言った。何が好きなのかと訊くと、ポッキーがたまらないと言う。ポッキーってあのポッキーか？　と訊ねると、そうだと鹿はぶるると首から上をふるわせた。

翌朝、試しにポッキーを持って講堂跡に向かうと、

「ある日、ずいぶんかわいい人間の男の子がポッキーをくれた。親が気づいて、すぐにやめさせてしまったが、一本食べただけで私はすっかりポッキーの虜《とりこ》になった。こんなにうまい食い物はない」

とポッキーの箱を前に興奮収まらぬ様子で、鹿は能弁に語った。

「でもお前は草食動物だろ？　きっと鹿には悪い食べ物だと思うぞ。看板にも鹿にお菓子をあげちゃいけないと書いてある。鹿せんべいのほうが良くないか？」

おれは忠告をしたが、大丈夫だ、私は特別だから、それに鹿せんべいは湿気ていたり当たり外れがあったりするから嫌いだと譲らない。他者の身体を借りているからか、長生きしすぎたからか、どうも健康に対し横柄なところがある。三本ばかりをまとめて顔の前に突き出すと、一気にくわえて鹿は身もだえするように「ああ」と気味の悪い吐息を洩らした。

礎石に腰掛け五分と経たないうちに、今日もどこからともなく鹿が現れた。

「よく毎度おれが来たとわかるものだな」

「〝匂い〟を感じるからな」

鹿は細い足をやや内股気味にして近づいてきた。

「匂い？　ずいぶん鼻がいいんだな。なら、これの匂いもしたか？　そら、今日も持ってきてやったぞ」

とポッキーの箱を振ってみせると、

「ずいぶん気前がいいな、先生」

と鹿はうれしそうに声を上げた。白い太筆のような尻尾が忙しげに跳ねる。

「今日で終わりだからな。餞別《せんべつ》ってところだ。サンカクをお前に渡して、この顔とも永遠におさらばだ」

「〝目〟はちゃんと手に入るんだろうな？　学校の剣道大会で優勝したら手に入ると言っていたが、優勝できなかったときはどうする？」

「そのときは無理矢理奪うさ。騒ぎになるだろうが、仕方がない」

おれは封を開けながら答えた。

「いいか、先生。もう時間がない。くれぐれも——あ、ちょっと待ってくれ」

やけに緊迫したその声に何事かと顔を向けると、華奢《きゃしゃ》な足の向こうに小さな丸い糞がぼろぼろと落下していくのが見えた。

「ふう——えっと、どこまで話したっけ？　そうだ、くれぐれも」

「ち、ちょっと待て」

「何だ」

「前から言いたかったんだが、どうしてお前たちはそう、のべつまくなしに糞をする？　相手の面前で失礼だろう」

「失礼？　誰に？」

「おれに決まっているだろう」

鹿は呆れたように口を開けて、おれの顔を眺めた。

「これだから人間は困る。いいか、この世に存在する種のなかで、排泄《はいせつ》と生殖を相手の面前で行うことを恥じらうのは人間だけだ。それなのに、自分たちだけの習慣を他者に平気で押しつけてくる。それが万能だと信じて疑わない。失礼だって？　これぞ人間の勘違いの極みだな。だいたい人間は道端でものを食べるくせに、道端で排泄することはいけないと言う。生きるため、二つはまったく同価値の行為なのに。人間は食べる必要のないものまで食べる。だから、排泄を恥ずかしがる。それに人間はこの世で唯一、不必要な生殖行為をする生き物だ。我々はそれらを恥ずかしいとは思わない。なぜならそれらはすべて、生命の営みに必要な行為だからだ」

やけに説得力のある人類批判に、おれは黙りこんでしまった。だが、このまま鹿ふぜいにやりこめられるのも我慢ならないので、

「で、でも、その無駄なことをする人間のおかげで、お前はポッキーが食えるんだぞ」

と精一杯の反撃に出た。

「そうだ、残念なことにな……。だから、言ったろう。私は人間は嫌いだが、人間が作った食べ物は好きだ。わけてもポッキーは最高だ」

鹿は辛《つら》そうな声で首を振った。表情筋などほとんどないはずなのに、本当に残念そうに見える。長年、人間に近づきすぎたせいか、ときに人よりも人間的に見える。

「そんなことはいい。それよりも――」

鹿は急に声を低くして、おれの顔をのぞきこんだ。

「とにかく時間がない。くれぐれも間違いのないように頼むぞ」

これまでにない緊張の色が滲む声に、視線を向けると、潤んだ黒目がじっとこちらを見つめていた。

「わかっている」

おれはうなずいて、ポッキーの束を差し出した。鹿はそれを豪快にくわえ、一気に咀嚼《そしやく》した。

木々の合間にのぞく大仏殿の鴟尾《しび》を仰ぎ見た。海老反《えびぞ》った二対の金色が、陽の光を浴びて朝の輝きを放ち始めていた。

＊

「いよいよだね」

ハンドルを握りながら、重さんはこちらをちらりとのぞいた。

「どうなの？　大和杯はいけそうかい？」

「さあ、どうですかねえ」

「剣道部の試合はいつからなの？」

「プログラムの最後の枠です」

「じゃあ、午後三時からだね。先生は剣道の審判をするのかい？」

「審判は毎年決まったところから、ちゃんと資格を持った人を呼ぶそうですよ。重さんは何かするんですか？」

「僕は午前中はずっとトラック競技の手伝い、午後もマラソンの折り返しポイントで立ち番と出ずっぱりだよ。マラソンが終わったら、すぐ体育館に向かうよ。先生は？」

「おれはバスケットのスコア係と、バレーボールのビデオ係です」

右折待ちの列に車を停止させ、重さんはハンドルを指先でとんとん叩きながら、本当に人使いが荒いよなあと独りごちた。

「そうそう、昨日、伊豆から電話があってね。いよいよ向こうは地震がひどいらしい。こっちの新聞には載らないけど、ほとんど毎日一度はぐらっとくるとかで、真剣に奈良に戻ろうかと話していた」

伊豆とは重さんの両親のことだろう。おれは無意識のうちに、身体を硬くして重さんの話を聞いた。

「大丈夫だよとは言っておいたけど、誰にも断言はできないしね。困ったところだよ。早く収まってほしいもんだ」

「大丈夫ですよ」

列が流れ始め、重さんはそうだといいけどねとつぶやいて車を発進させた。

「大丈夫、今日で収まります」

己れに言い聞かせるように、おれは力をこめて言い切った。

ミーティング会場の第一会議室には、奈良女学館の全職員に加え、京都、大阪からやってきた各部の顧問が陣取り、総勢八十人近い人数が顔を揃えていた。重さんとともに会議室に入ったとき、席はすべて埋まっており、おれと重さんは壁際に立ってミーティングの開始を待つ羽目になった。

「何だかすごい熱気ですね」

すでにジャージ姿に着替えている重さんはそうだね、さすがだね、それよりこの部屋暑いねとしかめ面でうなずいた。

部屋を見渡すと、いきなりこちらに顔を向けている、水色のジャージ姿のマドンナと視線が合った。マドンナは、少し驚いた表情を見せたが、すぐに屈託のない笑顔とともに小さく会釈した。髪を後ろでくくっているマドンナは、〝狐のは〟とはまた違った楚々《そそ》とした気配を漂わせていた。次いで南場先生を探すと、前方の席で仲間の教師と話をしている姿が目に飛びこんできた。

Tシャツ越しに浮かぶ盛り上がった背筋と短い首を眺めながら、南場先生も鼠と話をしたりしているのだろうか——などと想像した。鹿は、サンカクを持ち去った鼠の〝使い番〟は、おそらく自分がしたことの意味を理解していないだろうと言った。鼠にいいように操られているだけだと。あんな小さな生き物に、大の人間が操られるものなのかと思うが、こうして自分も鹿に好き勝手操られているのだから、他人のことは言えない。

「やあ、やあ、どうもみなさん、おはようございます」

陽気な声とともに大津校長が部屋に入ってきたところで、午前九時ちょうど、第六十回大和杯の直前ミーティングが始まった。お決まりの内容の校長挨拶の後、第六十回大和杯実行委員長という大層な肩書きのリチャードが、てきぱきとした口調で進行の説明を始めた。

全体レクチャーの後、各運動部に分かれて個別ミーティングが行われた。剣道部は第二会議室をあてがわれ、おれはマドンナと南場先生を案内して、場所を移動した。途中廊下で、朝早くから奈良までご苦労さまでしたと言葉をかけると、いえいえとんでもありませんと笑うマドンナに対し、南場先生はむっすり壁の掲示板を眺めたまま返事をしなかった。

「急に勝ち抜き戦に変更して、すいませんでした」

第二会議室に入り、パイプ机を囲んで三人が着席したところで、おれはまず頭を下げた。マドンナは勝ち抜き戦もたまには新鮮でいいですよと余裕のコメントを発した。一方の南場先生は、どうかと思いますなあ、相談もなく不意打ちのように変えてしまうのはと渋い表情で首を振った。そのあからさまな不満の態度に、戸惑った表情を浮かべているマドンナの視線を感じながら、おれは「すいません」と低くつぶやいて、さっさと進行の手順の説明に移った。

審判の手配はマドンナが引き受けるという話だったので、

「いつ審判の方々は来られますか？」

と訊ねると、マドンナは、

「試合開始一時間前には到着すると、今朝、出かける前に電話したときに言っていました」

と答えた。

「出かける前ですか？」

マドンナもずいぶん早い時間に電話したものである。

「はい、父が来ますので」

え？　と素頓狂な声を上げたおれに、

「私の家は代々剣道の道場をやっているんです。毎年、父と門下生の方にお願いして、審判をしてもらっているんです」

と少し照れたような声で答えた。

試合時間は五分三本勝負、二本先取した者の勝ち、突きの禁止等のルールが確認された後、試合の順は第一試合が奈良・大阪、第二試合が京都・大阪、第三試合が奈良・京都とすることが決まった。おれが勝手に組んだ試合順だったが、南場先生は京都と対決する前に奈良と戦うことで勢いがつけられると考えたのか、何も言わずマドンナとともに了承の意を示した。

1－Aの朝礼が九時四十五分からあるため、駆け足でミーティングを済ませ、いったん職員室に戻るため席を立った。すると、それまでほとんど黙っていた南場先生が急におれの名を呼んだ。

「先生がご心配されていたサンカクは、無事修理も終わって校長室に置いてあります。どうぞご確認ください」

どこか不貞腐れたようなその声を聞いた途端、おれは返事もすっ飛ばし、職員室に向け駆け出した。

職員室からつながる校長室のドアは、開け放しになっていて、教師たちが行き来をしている。おれは一礼して、校長室に入った。ソファに囲まれた低いテーブルの上に、各部の大和杯が所狭しと並べられていた。

他の教師とともにカップをのぞきながら、合間に立てかけるように置かれた一枚のプレートを見つけた。おれは唾を呑みこんで、そのプレートに手を伸ばした。

これまでサンカクの実物を見たことはない。だが、確かめるまでもなく、それはサンカクだった。サンカクは一辺が二十センチほどの、こぢんまりとした三角形の銅製プレートだった。

表面は使いこんだ束子《たわし》のような深い色合いに沈んでいた。三つの角は緩やかなカーブを描き、内側には彫金というやつだろうか、鹿と鼠と狐の絵が三方に浮かび上がるように配置されていた。中心にはへそのように盛り上がった小さな取っ手がついている。意匠に彩られた表面と異なり、裏面は完全なのっぺらぼうだった。いったいぜんたい、どこを修理したのかわからないほど古びている。これで地中の大なまずの動きを封じこめるのだという。くすんだ十円玉そっくりの色合いからは、到底そんな偉大な神器の雰囲気は感じられない。

「先生、それは剣道部のプレートですね」

いきなり声をかけられて顔を向けると、それまで二年生の学年主任と話をしていた校長がニコニコしながらこちらに顔を向けていた。

「どうです、ずいぶんな年代物でしょう」

校長は席を立つとテーブルまでやってきて、

「これは私の親父がとても気に入っていたものなんです。見てくれも古いし、他と形もちがうので剣道部もカップにしようと何度も言ったのですが、親父は頑として受け付けませんでね。そのことがとても印象に残っていて、未だこれを使い続けている次第です」

とサンカクを指差して言った。

「ご存知かもしれませんが、剣道部は我が校で最も古い運動部なんですよ。親父自身も大の剣道好きでしてね。創立当時、京都女学館でしばらく剣道部の顧問をしていたくらいです」

ハハアそうだったのですかとうなずいて、

「あの――ここに鹿と鼠と狐がありますが、これはどういった理由で……？」

とおれはプレートの内側の絵を指差した。

「ああ、それねえ……それが実はよくわからんのですよ」

校長は見事な禿げ頭を手のひらで撫で回し、少し首を傾げてみせた。

「鹿と狐は奈良と京都のこととわかりますが、鼠がねえ……。何度か私も、親父に訊ねたことがあるのですが、結局はっきりとした答えは教えてくれませんでした。ご存知かもしれませんが、剣道部の胴にもこれと同じ絵が描かれていましてね。それも含め、今となっては解けぬ謎です」

「先代の校長はこれをどこで手に入れたのでしょう？」

「え？　どういうことです？」

「つまり――誰かから渡されたとか、そんなこと聞いていませんか？」

鹿によると千八百年前から、このサンカクはぐるぐると三カ所を回り続けていたのである。

「いやあ……聞いたことないですねえ。私はてっきり親父が頼んで作らせたものとばかり思っていましたが――あ、そういえば、先生」

校長は急に何かを思い出したようにこちらに顔を向けた。

「朝礼なのではありませんか？」

ハッとして壁の時計を見た。すでに朝礼開始の九時四十五分を五分も過ぎている。おれは慌てててサンカクをテーブルに戻すと部屋から飛び出した。

＊

トラック競技が佳境を迎えているのか、グラウンドからひときわ大きな歓声が聞こえてくる。ゴールが近づいているのだろう。弾けるような歓声の波が、校舎全体に響き渡っている。

第二体育館の入口で、主将が待っていた。

すでに胴と垂を着けた主将は手にした紙を差し出した。大阪女学館戦に向けたメンバー表には、先鋒・次鋒・中堅の欄に、二人の部員と急遽参加してくれた三年生、副将には主将、大将には堀田の名前が書きこまれていた。

「大将じゃなくていいのか？」

「少しでもイトちゃんを楽にしてあげたいから」

主将は強い眼差しでうなずいた。

「大丈夫か？　本当にやれるのか？」

「テーピングも痛み止めの注射もばっちりですから」

主将は袴を少しずり上げた。なかなかたくましい右足の足首には、怪我をした相撲取りのように幾重にもテープが巻かれていた。

「無理はするな」

主将は緊張で強張った口元を無理にほころばせると、

「大丈夫です」

とうなずいた。

第二体育館の半分では卓球の試合が行われていた。大和杯に出場しない生徒たちは、自由に会場を移動できる。今はほとんどがグラウンドのトラック競技の応援に出ているため、卓球を応援している人数はあまり多くない。

審判席と張り紙がされたパイプ机の前で、マドンナが年配の男性と話をしていた。挨拶に向かうと、案の定、マドンナから今日の審判をする父親だと紹介された。

「長岡の父でございます。娘がいつもお世話になっております」

長岡氏は深い皺の刻まれた顔に、穏やかな眼差しが印象的な紳士だった。白のYシャツごしに、頑健そうな上半身を感じ取ることができた。もの静かな雰囲気からは、いかにも剣道の師範といった重厚さがにじみ出ていた。

メンバー表を差し出すと、

「いい試合を期待しています」

と長岡氏は微笑んだ。その鼻筋から口元にかけて、マドンナの面影がかすかに感じられた。

「奈良の大将は一年生なんですね」

メンバー表をのぞきこんだマドンナが、少し驚いた声を上げた。

「先生のところは何年生です？」

「ウチはみんな三年生です」

エッというおれの声をマドンナはケロリとした顔で受け止めた。

「最初は一年生と二年生を一人ずつ入れていたのですが、勝ち抜き戦と聞いてメンバーを替えました。今回のメンバーは夏の京都私学大会で優勝した五人です。勝ち抜き戦に油断は禁物ですからね」

とマドンナは真面目な口調で語ったが、急に表情を崩すと、

「負けませんよ。大和杯は渡しませんせん」

と無邪気に笑った。

おれは少々ぼんやりとしながら、マドンナの笑顔を見つめた。奈良女学館の部活が二年生までであることは、もちろんマドンナも承知の上だろう。高校生レベルでは学年の違いが如実に強さに反映する。しかも私学大会優勝のメンバーとはあまりに容赦のない話である。おれはこの場に至ってようやく、マドンナが南場先生を遥《はる》かにしのぐ負けず嫌いであることに気がついた。マドンナはサンカクの意味などまるで知らず、おそろしいほど純粋に六十連覇の偉業を狙っているのだ。

暗い気持ちで審判席を離れると、壁際で奈良女学館剣道部の五人が集まって打ち合わせをしていた。紺の剣道着に交じって、堀田だけが上下とも白だから否《いや》が応でも目立つ。堀田は主将の話を聞いているような、聞いていないような、不思議な表情で向かいに立つ部員の胴をじっと見つめていた。

主将の話が終わったところで、おれは五人にルールの確認と、「とにかく力むな、最後まで

あきらめるな」とアドバイスした。剣道は一瞬のタイミングの差が勝負につながる。力むことがすべての動きから俊敏性を奪っていく。左手は唐傘を、右手は卵をつかむくらいの感覚で竹刀を持てと言うが、打ちこんでくる相手を前にして、力まないことは殊《こと》のほか難しい。おれの声に五人は静かにうなずいた。もっとも、後半の「あきらめるな」のアドバイスは、マドンナの決意を前に早くも意気消沈気味の自分へのエールでもある。

時計を見ると、午後二時五十分である。おれは先鋒と次鋒の生徒に面をつけるよう指示した。隣の卓球会場から大きな歓声が湧き上がった。視線を向けると、ラケットを持った生徒同士が抱き合ってよろこんでいた。

入口から、南場先生に率いられ大阪女学館の五人が入場してきた。大阪女学館の剣道着は上下ともに紺、いずれも体格のいい選手ばかりである。

マドンナがたすきの束を持ってやってきた。がんばってねと一人一人に声をかけて、マドンナは背中でばってんに交差する胴紐に、赤いたすきをくくりつけていった。

ホワイトボードには出場者の名前が書きこまれた対戦表が張り出され、コートに赤白の小旗を持った長岡氏と二人の副審が並んだ。

「いくよ」

主将の声に静かに部員たちはうなずいた。

長岡氏が合図すると、二列になって大阪女学館、奈良女学館の部員がコートに入場した。大阪女学館の胴には、黒を背景に、身体を丸める鼠のずんぐりとした姿が描かれていた。

長岡氏を挟み、十人は向かい合った。鹿が描かれた胴が五つ。その正面に鼠の胴が五つ。

「礼」という合図に両者は軽く頭を下げ、先鋒の二人を置いて退場した。

「平常心、平常心ッ」

南場先生の大きな声が体育館に響いた。

対峙《たいじ》する二人は竹刀を構え、蹲踞した。長岡氏の「始めッ」という野太い声に、ヤッと大阪女学館の先鋒が鋭く竹刀を振り上げた。

＊

面・小手・胴・面・胴・小手――計六本。

決まり手を容易《たやす》く諳《そら》んじることができた。なぜならあまりにも早く勝負がついてしまったからだ。

頬が蒼褪めているのを感じる。主将は立ち上がると、二度屈伸をして床の竹刀を取った。

「止まるな、足を使え、まず一本だ」

声をかけた後、しまったと思った。足首をねんざしている生徒に言うべき言葉ではない。だが、主将は素直に面をこくりと傾けて、コートに向かった。

ホワイトボードの対戦表には、互いの出場メンバーの名前が横一列に並んでいる。大阪女学館の先鋒から引かれた線が、奈良女学館の先鋒から副将まで及んでいる。すなわちそれは、こちらの先鋒・次鋒・中堅が、相手の先鋒一人に撃破されてしまったということを意味する。

先鋒と次鋒は明らかに経験の差が出た。ともに開始早々一本を先制され、その後は一転じっと構えて動かない相手に気圧され、自分から不用意に仕掛けたところを確実に仕留められた。中堅の、助っ人でやってきた三年生は、去年まで剣道部に在籍していただけに、さすがに軽はずみな仕掛けはしない。しかし、昨日の稽古で半年ぶりに竹刀を握ったというブランクはいかんともしがたい。相手に攻め立てられ、多少はさばくもあっという間にスタミナ切れを起こし、これまでの二人と同じく二本を先取され敗退した。

主将は肩を落として帰ってくる中堅の背中を軽く叩き、一礼をしてコートに入った。ちょうどコートを挟んで反対側には、横一列に正座して並ぶ大阪女学館の生徒から少し離れ、南場先生の姿がある。腕を組み、ずいぶん股を開いて正座をしている。ももが太すぎて、窮屈なのかもしれない。南場先生はおれと目が合うと、苦々しい表情を浮かべ、すぐに視線をそらした。「そら、言わんこっちゃない」とその日焼けした顔にまざまざと書いてあった。

主将はゆったりとした動作で蹲踞すると、「始め」の合図とともに、竹刀を上段の位置に構えた。百七十センチ近い主将が上段の構えをするとかなりの迫力がある。これまでの余裕ある様子と異なり、相手はじりじり下がり始めた。相手は竹刀の先で仕掛ける素振《そぶ》りをみせるが、主将の構えは揺るがない。ついに相手が飛びこんできたところに、主将の竹刀が素早く面を叩いた。一斉に三方の審判から赤旗が上がり、部員からは拍手が、応援の生徒からは歓声が上がった。といっても、この学校で剣道部などあってないようなものだから、観戦者は目立って少なく、数えても十人ほどしかいない。

　おそらく、足の痛みがまだ引いていないのだろう。自ら積極的に攻めを仕掛けられないがゆえの上段の構えであることは明らかだった。これまで稽古で主将が上段の構えを見せたことは一度もない。おそらく本人も得意ではあるまい。だが、主将は竹刀を頭上高くに構え、ゆっくり間を詰めることによって、それを相手に感じさせない。先に食らった面の残像が拭えないのだろう、相手は主将の構えに隙を見つけることができず、後退を続けるうち審判から注意を受けた。

　再開後、焦った相手がまずは大きく打ってくることを主将は完全に読んでいた。すっと下がって、相手の出鼻の一撃をかわすと、鮮やかに面を奪った。

　剣道では勝ちを身体で表現することは相手への失礼になる。それでも、相手の先鋒と次鋒が交代している間に、主将はこちらを向いて、かすかにガッツポーズをしてみせた。正座している部員たちは、声を上げず拍手で喜びを表した。堀田も籠手を小さく揺らして、主将のガッツポーズに応えた。

「怖がるな、どんどん仕掛けていけ」

　南場先生の野太い声に押され、相手の次鋒がコートに入ってきた。

　主将は今度は中段に構えた。相手も中段である。竹刀の先を合わせ、相手の様子を見ながら、主将はすっと間合いを詰め、竹刀を振り上げた。モーションの大きさゆえ、相手がつい面を警戒するところに、鋭く胴を抜いた。

一斉に赤旗が上がったが、肝心の主将は相手の脇を駆け抜けたあと、左足だけで二、三歩跳ねた後、ぎこちない足取りで元の位置に戻ってきた。踏みこんだ拍子に右足を痛めてしまったらしい。

「大丈夫か」

主将はおれの声には反応せず、竹刀を構え直した。二本目、主将の動きは明らかにおかしかった。剣先が定まらず、相手の仕掛けをしのぐことで精一杯の様子である。立て続けに攻められ、隅に追い詰められたところで小手を打たれた。白旗が翻《ひるがえ》り、大阪女学館の選手からは拍手が、観戦している生徒からはため息が洩れた。

三本目の開始とともに、主将は再び上段に構えた。身長で劣る相手はやはりじりじりと後退を始めた。どれほど胴がガラ空きでも、宙に掲げられた竹刀が常に相手を威嚇《いかく》する。恵まれた体軀の主将の場合、なおさら威力をもって相手に伝わる。

相手はなかなか打つタイミングをつかめない。一方の主将も積極的に相手を追えない。互いに牽制し合った結果、五分間で勝負はつかず、試合は引き分けに終わった。引き分けの場合、両者はコートから去らなければならない。足を痛めた時点で、主将は進んで引き分けを選んだのだろう。コートのライン上で待っている堀田とすれ違いざま、主将が「ゴメンね」と謝るのが聞こえた。堀田は籠手で主将の胴をポンと叩き、一礼ののちコートに入った。

こちらが早くも大将を投入するのに対し、相手はまだ中堅である。相手は引き分けでも勝利を手にすることができる。非常に厳しい状況である。

竹刀を脇にコートの中央に進んだ。

気の利いた言葉の一つも送れないおれに、わかっているというように堀田は小さくうなずき、
思わず声をかけたはいいが、言うべき言葉が何も浮かばない。

おれの声に、白い剣道着姿の剣士はふいと振り向いた。

「堀田」

これもまた、決まり手を容易く諳んじることができた。なぜならあまりに早く堀田が勝負を決めてしまったからである。
胴・面・小手・胴・小手――計五本。

呆然とした顔つきで、南場先生はコートを眺めていた。その南場先生の目の前で、白い疾風が相手の大将の脇をすり抜けていった。ぱんという乾いた音が響き、赤い旗が弾かれたように三本上がる。堀田が奪った六本目の決め手は胴だった。

堀田が相手の大将を破った瞬間、鮮やかすぎる逆転勝利に部員たちは声にならぬ声を上げ、互いに手を握り合い、正座したままその場で跳ねた。おれは力の限り拍手をして、「よしッ、よしッ」と連呼した。

試合の終了が告げられ、コートに両校のメンバーが整列した。長岡氏が赤い旗を掲げ、奈良女学館の勝利を宣言した。南場先生は真っ赤な顔でそれを見つめていた。

面のてっぺんを他の部員から手荒く叩かれながら、堀田が戻ってきた。

「よくやった、よくやった」

としか言葉が出ないおれに、

「大和杯、獲りますから」

と低くつぶやいて、堀田は自分の位置に腰を下ろし、面を脱いだ。中から上気した顔が現れ、ぷうと大きく息を吐いた。三人抜きを成し遂げたとは思えない、いたって平静な表情で堀田は手拭いを取った。前髪が汗に濡《ぬ》れて、額に貼りついていた。堀田は手拭いを丁寧に折り畳んで面の中に押しこむと、京都女学館に場所を譲るべく、すぐさま立ち上がった。

七

審判席にメンバー表を提出していると、マドンナがニコニコしながらやってきた。

「大将の堀田さん、すばらしい試合でしたね」

おれは頭を下げ、堀田の家も剣道の道場をやっているんですよと告げると、

「ああ、だから――」

とマドンナは声を上げた。

「堀田さんの剣道を見ながら、どこか懐かしい感じがしたんです。きっと物心ついた頃からずっと剣道をしているんでしょうね。とても親近感の湧く剣道でした」

ホワイトボードから、先ほど終わったばかりの京都女学館と大阪女学館との対戦表が外されている。一度地面に置かれた対戦表には、京都女学館が中堅までで、大阪女学館の五人を倒したことが記されている。

「南場先生、ものすごく落ちこんでいましたよ。今回の大和杯にたいへん入れこんでいた様子でしたから」

おれはなるべく感情を表に出さぬよう平淡な調子で言った。だが、もちろんその内側では、少なからず快哉《かいさい》の気持ちがくすぶっている。

「きっと先生の奈良に負けてしまったのが、プレッシャーになったんだと思います。みんなの動きがずいぶん硬くなっていましたもの。こんなこと言ったら失礼ですけど、南場先生は奈良に負けるなんて夢にも考えていなかったと思います」

結構ずけずけ言われている気もするが、嫌な気分はしない。次は決勝戦です、いい試合にしましょうというマドンナの言葉にうなずいて別れた。勝ち抜き戦による巴戦《ともえせん》は、勝ち数が並んだとき、勝利者数、獲得本数と勝敗を決めるための複雑な場合分けがある。だが、南場先生の大阪女学館が二敗したことで、状況は極めてシンプルになった。「決勝戦」とマドンナが表現したとおり、次の試合に勝った者が大和杯の覇者である。

壁際では、すでに奈良女学館の五人が円陣になって柔軟運動をしていた。体育館の向こう半分で行われていた卓球の試合は終了し、卓球台の片づけが始まっている。中央に引かれていた仕切りのネットが取り払われ、卓球の応援をしていた生徒たちの一部が、立ち去らずにそのまま居座っている。もっとも、互いにぺちゃくちゃしゃべり続けているだけで、さほど剣道の試合に興味はなさそうである。

思いきっていこうねという主将の声に、残る四人は静かにうなずいた。コートを挟んで向こう側では、京都女学館の五人がマドンナを囲んで話し合っている。京都女学館の剣道着は、上下ともに白である。さらには、防具までもが白である。ただ胴の中央にある胴台だけが真っ赤に染まっている。そこには半円を描くように跳ねる白狐の絵が描かれている。

「やっぱり白の剣道着のほうがかわいいよね」

京都女学館の様子を眺めながら、主将がつぶやいた。イトちゃんを見て思ったけど、白のほうが何だか強そうだよね、来年から白に変えたら？　という主将の言葉に堀田を含め全員が笑っている。

「足は大丈夫なのか」

おれは背中に白のたすきを結びつけながら、主将に訊ねた。大阪女学館との試合を終えた後、主将はずっと体育館の隅に座ってアイシングを続けていた。

主将は大丈夫ですとうなずいて、

「あまり役には立てないかもしれないけど、がんばってねイトちゃん」

と隣の堀田の肩を叩いた。堀田は主将の肩あたりまでしかないものだから、並んで立つとまるで大人と子供の眺めである。堀田は主将を見上げ、上段の構えについてアドバイスを送っている。後輩からの助言であることなど、まったく気にしない様子で主将は熱心に耳を傾けている。

　主将にアドバイスを続ける堀田の背中にたすきを結びつけながら、不思議な生徒だとつくづく思った。剣道をしているときの堀田は実に誠実である。その白い剣道着そのままにどこまでも清冽《せいれつ》で、どこまでも厳しい。だが、普段の堀田はたまにとてつもなくぞんざいな一面を見せる。授業中もぼんやりと窓の外を眺めていることが多い。注意をすると、今もあからさまに嫌な顔を見せるときがある。赴任早々、堀田が示した強烈な敵愾心《てきがいしん》は、未だおれのなかで消化できず、くすぶったままである。あの敵意の理由を依然おれは解明できていない。

　おれのことをはっきりと「嫌い」と明言しておきながら、剣道部に入部してくる。入部しても、おれに心を許す様子は毫《ごう》もない。だが、堀田の奇妙なほどの大和杯への想い入れは、誰よりもおれの助けとなっている。水のように静かな構えをするが、いったん試合が始まると火のごとく息継ぐ間もなく攻め立てる。試合が終わるとふたたび凪《なぎ》のような穏やかな顔に戻っている。まったく、どこまでも不思議な生徒である。

　長岡氏が副審二人とともにコートに入り、続いて両校の部員が入場した。先鋒以下、奈良女学館の布陣は、大阪女学館戦と同じである。

　白い剣道着に白い防具で身を包む京都女学館五人の姿は、何やらホワイトアスパラの行列のような眺めである。深い紅に染まった胴には、狐が軽やかに踊っている。「礼」という長岡氏の声とともに、十人は揃って頭を下げた。胴に描かれた鹿と狐が、互いに飛び跳ね、睨み合う。

「落ち着け、落ち着け」

半ば己れに言い聞かせるように、おれは声をかけた。

三人の審判が先鋒二人を囲むように位置を取り、両者蹲踞の後、「始めッ」という長岡氏の鋭い声が響いた。

＊

中堅があえなく二本目を取られたところで、主将は竹刀を手に立ち上がり、堀田は面をつける準備に入った。

ホワイトボードの対戦表は、先ほどの大阪女学館戦をそのまま書き写したかのように、同じ道筋をたどって、こちらの副将まで順番が回ってきている。

相手の先鋒は小柄で俊敏、非常に手数の多い選手だった。チームとして流れを引き寄せる、先鋒としてうってつけのタイプである。こちらの先鋒・次鋒は赤子の手をひねるように立て続けに二本を奪われた。中堅は一本先取された後、何とか相手の攻撃を耐え続けたが、残り十秒のところで小手を打たれ力尽きた。うなだれてコートを出る中堅の肩にそっと手を置いて、主将はコートに入っていった。

軽々と相手に三人抜きを許し、観戦している生徒たちからの応援も途絶えがちである。「始めッ」の合図とともに、主将の発した甲高い掛け声が、どこか閑散とした雰囲気の体育館に目一杯響き渡った。

相手が間合いを詰めようと近づくと、主将はスッと構えを上段に移した。相手はそれを予測したかのように、勢いよく打ちかかった。主将は面を打ったが、間合いが近すぎて相手を捉えきれない。一撃目を逃すと、上段の優位は失われる。むしろ懐に入った相手の勢いがつく。鍔《つば》迫《ぜ》り合いが続くも、右足の踏ん張りが利かないのか、やはり主将の押し出す力は弱い。相手がすっと身体を引いた。それに合わせて、主将が前に出ようとしたところを、相手は転がるような勢いで胴を打ち、一斉に赤旗が三本上がった。

二本目も主将が上段に構えると同時に、相手が飛びこんできた。主将は一度竹刀を打ち下ろし、相手の勢いを殺《そ》ぐと、つっと後ろに下がって間合いを保った。いったん間合いを定めると、上背のある主将の上段は強い。それまでの勢いから一転、相手はじりじり下がり始める。主将は積極的に間合いを詰めていく。追い詰められた相手が打ってかかってきたところを、今度は主将が冷静に小手を決めた。

ようやく奪った一本に三十人ほどの観戦の生徒たちからも歓声が上がる。三本目、主将は勢いに乗って、積極的に打って出た。四人目の対戦にスタミナ切れを起こしたのか、急に相手の手数が少なくなったところを、主将は積極的に攻め立てた。主将の間合いを嫌い、相手は無理な体勢で胴を狙ってきた。竹刀は正確に胴を捉えず、脇を抜け逃げようとする相手を、主将は素早く身体を反転させ追った。相手が振り返ったところに、主将はすかさず面を打った。しかし、相手が足をもつれさせ突然バランスを崩したため、主将の竹刀は的を大きく外し、運悪く相手の剣道着の袖に引っかかってしまった。

慌てて主将は竹刀を抜こうとした。しかし、そのときにはすで主将の面めがけ、体勢を戻した相手の竹刀が振り下ろされていた。

ぼんというくぐもった音が響き、赤旗が三本上がった。「ああ」という落胆のため息が観戦の生徒たちから洩《も》れ、主将は竹刀をだらりと下げ、天を仰いだ。

長岡氏が赤旗を掲げ、先鋒の勝利を告げた。対戦表の、京都女学館の一人目から伸びた線はついに堀田まで進んだ。堀田がコートに入ろうとしたところで、相手選手がタイムをかけた。四人抜きをして紐が弛んだのか、床に座って面をつけ直し始めた。

見るからにうなだれ「ゴメンね」を繰り返すのっぽの主将を堀田がなだめている。主将が肩を落として元の場所に戻ると、堀田は竹刀を置いて屈伸を始めた。

おれは堀田に近づいて、

「相手はだいぶへばっている」

と声をかけた。堀田は屈伸をしながらうなずいた。

「落ち着いていけ」

「落ち着いています」

「相手は全員、三年生だ。思いきってぶつかっていけ」

堀田は屈伸をやめると、竹刀を拾い上げた。

「――何年生だとか、そんなこと関係ないでしょう」

面の向こうから、思いがけず強い声が返ってきた。

「相手が三年生なら負けてもいいんですか？　先生は大和杯がほしくないんですか？」

おれは言葉に詰まった。もちろん大和杯はほしいに決まっている。だが、そのためには、京都私学大会で優勝した三年生メンバーを、一年生が五人抜きしなければならない。簡単にできることではない。おれは思わず唾を呑みこんで、堀田の顔をのぞいた。面の内側で、少々離れ離れになった瞳が異様な光を湛えていた。

「先生は――大和杯、ほしくないんですか？」

「……ほしい」

堀田の眼差しに押され、おれは正直に答えた。

「じゃあ獲ります。余計なことは言わないでください」

ぴしゃりと言い放ち、堀田は真っすぐ前を向いた。

面紐を締め直した相手の生徒が立ち上がり、長岡氏が選手の入場を促した。堀田はその場で爪先立ってから、コートに入っていった。そういえば堀田から、この学校に来て初めて「先生」と呼ばれたなと思いながら、おれは白いたすきが翻る小さな背中を見送った。

元の位置に戻ると、いつの間にか重さんと藤原君が並んで立っていた。

「こいつは大ピンチですね、先生」

言わずもがなのことを言ってくる藤原君をジロリと睨んで、おれはどしんと床に腰を下ろした。

「がんばれ、堀田」

重さんが体育館に響く大きな声を上げた。続いて藤原君が、

「面だ、堀田」

と何だかいい加減な声援を送った。

「始めッ」

の合図とともに、両者は甲高い気合の声を発した。剣先が忙しなく触れ合う。弾き合う。互いの間合いを探りながら、素早く足が前後に左右に動き回る。ふっと両者の間合いが近づいた瞬間、だんと床を踏む音とともに、相手が勢いよく打ちこんできた。

ぱん。

竹刀が交差し、一斉に白旗が三本上がった。堀田の一本である。両者は開始線に戻る。相手の先鋒は納得がいかないのか、しきりに首をひねっている。

「何ですか、今の？　全然見えなかった」

「堀田が相手の竹刀を擦り上げて、面を取った」

気がつくと隣で正座をしている藤原君におれは解説した。先生はあんな速いのが見えるんですか？　僕はてっきりやられたと思ってしまいましたよと藤原君はしきりに感心していた。

二本目、開始の合図とともに両者は激しくぶつかった。かと思うと、相手に押し返されるように堀田がふっと後ろに下がった。竹刀を胸の前で、地面に垂直に構えた次の瞬間、堀田は引きざま思いきり相手の胴を打った。

今度は誰でもわかる明らかな一本に、旗よりも先に歓声が湧き上がった。隣で藤原君が「ど

うだ、胴だ」と厄介なことを言っていた。部員たちは声を我慢して、懸命に拍手をしている。おれもことさら大きな拍手で堀田にエールを送っていると、隣で急に藤原君が立ち上がった。顔を向けると、重さんが藤原君に何か耳打ちしている。藤原君は大きくうなずくと、「もう少し、がんばっていてくださいよ」と言い残して、重さんとさっさと体育館から出て行ってしまった。

何事か詮索している間もなく、次の試合が始まる。京都女学館の次鋒は「始め」の合図がかかると、まずは一歩下がって様子見の姿勢を示した。堀田はそんなことまるでお構いなしにずんずん進んでいく。相手が慌てて面を打つ。堀田はそれを竹刀を寝かせて受け流す。再び剣先が合おうとしたときには、すでに堀田の竹刀が伸びている。相手が受けようと上げた腕に、先に堀田の鋭い小手が入る。白旗が三本翻る。

堀田の試合を見ていると、剣道というものがやけに簡単に見える。堀田の剣道には鍔迫り合いがほとんどない。堀田が竹刀を激しく接するときは、勝負のときである。堀田と戦う相手は、不思議と向こうから勝負に出てくる。堀田の間合いがそれを誘うのである。剣先がもつれ、竹刀の根元が、続いて身体がぶつかる。両者が離れたとき、たいてい勝負はついている。その様は結び目が音もなく解けていくのに似ている。堀田が結び目の端を持つと、どんな複雑な目もするすると解けていくかのようである。

堀田の勝負には余計なものがない。ただただ両者が竹刀を打ち、先んじて決めたほうが勝つ。馬鹿みたいに剣道が単純なものに見えてくる。

二本を連取して、堀田は次鋒を退けた。続く相手の中堅は主将よりさらに上背のある、いかにも屈強な身体のつくりをした生徒だった。しかも、開始の合図がかかるなり、竹刀を上段に構えた。その身長の利を活かした大きな構えは、堀田を覆い尽くさんばかりの迫力だった。ほとんど小学校の生徒と先生のような眺めである。相手はその振りかざした竹刀の射程に堀田を捉えようと、ぐいぐい間を詰めてくる。しかし、正眼に構え、堀田もなかなか的を絞らせない。常に足を動かして、軸を外してくる。

そのうち相手が威嚇のつもりで振り下ろした竹刀に吸いつくように、堀田は間合いを一気に詰めた。相手が慌てて竹刀を振り上げたとき、胴か小手か、ぱんという音と同時に、至近から見てもわからないほど凄まじい速さで堀田が竹刀を振り抜いた。初めに二本、遅れて一本、白旗が上がり、長岡氏の「胴アリッ」という声が鋭く体育館に響いた。

圧巻は二本目だった。ふたたび相手は上段に構えた。お互い間合いを保ち、牽制し合う時間がしばらく続いた後、突然すたすたと堀田が相手の前に進み出た。実際そんなはずはないのだが、それは傍目《はため》にはずいぶんのんびりとした動作に見えた。堀田は上段に構えた相手の右籠手にまるで竹刀を添えるように近づけ、そのままポンと小手を打った。相手は堀田が間合いに入っても、まったく竹刀を下ろそうとせず、魅入られたように堀田の竹刀を受け入れた。一斉に旗が上がり、体育館はわっという歓声に包まれた。

いよいよ相手の副将が立ち上がったとき、体育館の入口付近が急にざわつき始めた。何事かと顔を向けると、続々と生徒たちが体育館に入ってくる。揃って入口で靴を脱いで靴下で入ってくるところから見ると、どうやらグラウンドから直接やってきた様子である。トラック競技に出場した運動着姿のままの者もいる。あまりに騒々しく体育館に入ってくるため、おれは長岡氏に少し待ってくれと頼んで、コラ静かにしろと入口に注意に向かった。

入口から外をのぞくと、さらに続々と生徒たちが向かってくる。通路の先に、生徒たちに声をかけている重さんと藤原君の姿が見えた。グラウンドの競技がすべて終了し、教室に帰ろうとする生徒たちを、二人は大きな手振りで第二体育館へ誘導している。

五分後、今までの閑散とした様子とは打って変わって、体育館は観戦の生徒たちで埋め尽くされていた。振り返ると、先ほどまで卓球部が試合をしていた場所はすっかり生徒たちに占拠されている。おそらくその数は二百人を軽く超えるだろう。一角から、しきりに堀田の名を呼ぶ声がする。視線を向けると見慣れた顔が並んでいる。いつの間にか、１‐Ａの連中も集結している様子である。

体育館に入ってくる生徒たちは、依然引きも切らない。これではきりがないので、長岡氏に試合の再開をお願いした。ラインの手前で正座していた両者が、竹刀を手に立ち上がった。一年生がすでに三年生を三人倒したという情報が、館内を駆け巡ったのだろう。大きな歓声を背中に受け、堀田はコートに入った。

開始の合図とともに、副将は激しく打って出た。上背に加え横幅もかなりある副将は体格の優位を前面に押し出して、前へ前へ足を進めた。その圧力に、堀田は鍔を合わせても、磁極が反発するように弾かれてしまう。それでも何とか引き胴を打とうとするが、相手の太い腕にブロックされて、竹刀が届かない。しかも、相手は堀田が引き胴の後、ライン間際まで下がったのを見て、猛然とつっかかってきた。ほとんど体当たりに等しい強引な相手の打撃を受け、堀田の身体が吹っ飛んだ。竹刀が飛ぶ派手な音とともに、堀田はラインを越え、観戦の生徒たちの間に背中から突っこんでいった。

館内から悲鳴が湧き起こり、おれは思わず立ち上がった。しかし、おれと同じくらいの速さで、すでに堀田は身体を起こしていた。竹刀を受け取ると、周囲に軽く一礼して、堀田は開始線に足早に戻っていった。うつむき加減の面の奥をうかがうことはできない。だが、おれはその足の運びや肩口の雰囲気から、堀田がとても怒っていることをなぜか感じ取ることができた。

再開の合図とともに、勢いを駆って相手の副将が打ちかかってきた。だが、堀田は動かない。竹刀が振り下ろされる寸前、堀田の身体が横に跳ねた。相手の竹刀は完全に空《くう》を切った。床に触れんばかりに打ち下ろされた竹刀を、堀田が思いきり上から叩いた。床に打ちつけられた竹刀は大きくしなり、持ち主の手から弾かれるようにして離れた。剣を失った相手の副将は呆然と堀田に顔を向けた。

きっとそれは場外に吹っ飛ばされたことへの、堀田なりの返事だったのだろう。丸腰になった相手の目の前に剣先を据え、堀田は動きを止めた。たった二秒か三秒の時間が、相手には一分にも思えたのではないか。思わず竹刀を取りに動いた副将の右手を、堀田の竹刀が素早く捉えた。

白い旗が三本上がり、館内がどっと湧いた。歓声が渦巻くなか、藤原君が隣に帰ってきた。

「どうです？」

ニヤニヤしながら背後の大応援団を指差す藤原君に、

「やるね、先生」

とその華奢な肩を叩いて応《こた》えた。重さんは後ろの入口で、依然入ってくる生徒たちに座る場所を教えている。

二本目、相手は烈火のごとく激しく打ちかかってきた。堀田の不必要とも言える挑発的な勝ち方は、相手の怒りに確実に油を注いだ。だが、堀田も一歩も引かない。副将がこちらに背中を向けると、堀田の身体は副将のシルエットにすっぽり隠れてしまう。それほどの体格差ゆえ、堀田も幾度となく弾き飛ばされた。だが、すぐさま歩を進め決して押しこまれない。残り一分を切ったあたりから、副将の動きは急激に衰えた。頭に血が上って無駄に竹刀を振り回した末のスタミナ切れであることは明白だった。恵まれた体軀は今や鈍重な器に成り下がった。敏捷に跳ね回る堀田を剣先は捉えきれず、チャンスらしいチャンスも得られぬまま試合終了を迎えた。

開始線にて両者が礼をした後、改めて長岡氏が白旗を素早く掲げ、堀田の勝ちを宣告すると、大きな歓声が湧き起こった。対戦表の堀田から伸びる線は、四人を次々打ち破り、ついに最後の大将までたどり着いたのである。

館内に異様な熱気が発生しつつあった。声援が天井を叩き、ざわめきが波となって背中より押し寄せる。

一礼をした後、京都女学館の大将はゆっくりと前に進み出た。大阪女学館戦では、中堅まで勝負がついたため副将と大将の出番はなかった。副将が先ほどの試合で、どこか初戦の緊張を引きずっていたのに対し、大将はどこまでも自然な雰囲気のままコートに入ってきた。身長は百六十センチほどで決して大きくはない。だが、何とも言えずむっちりとした体型をしていた。いかにも粘り強い剣道をしそうな気配に、これは手強《てごわ》そうだと感じていると、隣で部員が、あれは今月行われた国体で京都府代表に選ばれた選手だと小声で会話を交わしているのが聞こえた。

「自分の剣道」

とマドンナのひときわ通る声が響き、長岡氏が「始めッ」と鋭い声を上げた。

ヤッと相手の大将は太い気合の声を上げた。

サンカクまで、あと一人。

＊

おれはチラリと振り返った。

体育館の奥まで、館内を埋め尽くす大勢の生徒が詰めかけている。壁際には立ち見の生徒までいる。だが、振り向いて確かめねばわからぬほど、館内は静けさに包まれている。床を踏む音、竹刀の音、面の奥より発せられる声——二人の戦いの音だけが、体育館にこだまする。

二人は自在にコートを移動する。竹刀と竹刀が触れ、その残像も消えぬ間に身体がぶつかり合い、ふたたび離れる。堀田の剣が若草のようにしなやかで瑞々《みずみず》しい剣だとすると、京都女学館の大将は芯の通った成木のそれである。どこまでも堅実であり、隙がない。ほんの少しでも打ちこみのタイミングを許すと、真上から稲妻のように竹刀が落ちてくる。堀田はすんでのところで首を傾け、身体をずらし打撃を外すが、そのうちの何本かは審判の一人が旗を上げるほどだった。だが、その都度、長岡氏が足元で二本の旗を交差させ、有効打に至っていないことを告げる。

四人抜きを果たし、勢いに乗る堀田の攻撃を、大将は巌《いわお》のような守りでしのぎきった。あらゆる打撃が跳ね返される。ともに有効打はなく、状況は五分《ごぶ》のはずなのに、決して構えが崩れない大将を前に、徐々に相手に包みこまれていくような感覚に捉われる。やはりこれが国体選手の貫禄というやつなのか。

開始三分が経過した頃から、それまで受けに回ることが多かった大将が攻めに転じた。これまで一度も見せなかった引き面を、とてつもない速さで打ち落とした。堀田は咄嗟に身体を反らせ防いだが、金具がばちんと派手な音を立て、審判の一人が赤旗を上げた。長岡氏が旗を振って無効を知らせたが、大将はすでに二の手、三の手を繰り出していた。相手に押され、堀田が完全に後傾の姿勢になったところへ、大将は大きく踏みこみ、面を打った。思わず堀田が防御の竹刀を前に出したところで、大将はふっと竹刀の動きを止めた。あッと思った瞬間、大将の竹刀がさらにぐんっと伸びた。

ぱんという軽い音とともに、見事な二段面が決まり、一斉に赤い旗が三本上がった。アアという、大きなかたまりのようなため息が館内に漏れた。だが、すぐさまそれを押し返す勢いで、堀田の名前を呼ぶ声、がんばれと叫ぶ声が湧き上がり、やがて拍手とともに大歓声が開始線に戻る堀田に向かって送られた。

「まだあと一分半ある。落ち着け」

というおれの上ずった声が果たして堀田に届いたかどうかはわからない。

堀田はうつむくこともなく、竹刀の元結《もとゆい》を少し下げると、大将に向け竹刀を構え直した。ふたたび静まり返った館内に、長岡氏の声が響き、堀田は今日一番の甲高い気合の声を上げた。

一本を取り、大将の剣道はみたび変わった。守りから攻めの剣へ、次は粘りの剣である。おそらくその粘っこい剣道こそが、大将の真髄なのだろう。相手に打撃の間を与えず、鍔迫り合いに持ちこみ、堀田の竹刀に吸いつくように体《たい》をさばく。時間は刻一刻と過ぎ去っていく。こちらとしてはとにかく打てと思うのだが、あれほど手数が多かったはずの堀田が、別人のように剣が出ない。見ている者としてはもどかしくて仕様がないのだが、打たないのではなく、打てないとわかるだけに、藤原君のように「止まるな、打て打て、堀田」と単純に声をかけるわけにもいかない。

「あと三十秒」

おれは大きな声で知らせた。堀田と大将はコートの真ん中で鍔を合わせ、動きを止めている。うつむき加減の堀田の面が、大将の面の金具に当たっている。胴に描かれた鹿と狐がゆらゆらと睨み合っている。

残りは十五秒。堀田に動きはない。大将に力を奪われてしまったかのように、竹刀の根元を合わせ、身体を預けたまま動きを止めてしまっている。

「馬鹿ッ。あきらめるなッ、堀田」

おれは無意識のうちに叫んでいた。

そのときおれは、サンカクのことも、鹿のことも、自分の顔がすっかり鹿になっていることも、このあたりの地下に大なまずが潜んでいることも、すべてを忘れ去っていた。堀田の竹刀がもう一度息を吹き返すことだけを願い、拳《こぶし》を握り、声を張り上げた。

ゆらりと、堀田の身体が大将から離れた。大将は体《たい》を寄せるかと思いきや、逆に堀田から距離を取った。そのまま、残りの十秒を過ごすため、さらに竹刀の届かない間《ま》へと移ろうとした。

そのとき、気が抜けたように後ろに下がったはずの堀田の身体に突如、力がこもった。まるで大将の動きを予測していたかのように、堀田が一歩前に踏みこんだ。

だが、いかんせん距離が遠い。大将が上体を反らし、攻撃をかわそうとしたとき、堀田の右手が竹刀から離れた。

刹那、おれは地面を蹴る堀田の姿に、胴に描かれた跳躍する鹿の絵を重ねていた。限界まで伸びた左手一本で支えられた竹刀が、錐《きり》のように大将の竹刀の脇を抜け、面を叩いていた。長岡氏がすぐさま旗を上げ、残る二人の審判が続いて白を掲げた。

揺れるような歓声が湧き起こった。座ったまま生徒たちが足を踏み鳴らすせいで、体育館が本当に揺れている。両者はすぐさま開始線に戻って、試合が再開された。だが、ものの数秒で制限時間が終了し、長岡氏は「やめッ」と両手の旗を高々と上げた。

ともに獲った数は一本ずつ。試合は中断なしの延長戦に突入する。

「延長、始めッ」

両者ふたたび開始線に戻ったところで、長岡氏の力のこもった声が響いた。生徒たちから、両者の健闘を称《たた》える拍手の波がふたたび湧き起こり、二人はそれに応えるように気合の声を発した。


「もう何回目ですか、これ」

藤原君の問いにおれもすぐには答えられずにいると、隣の部員が九回目ですと教えてくれた。三分間の延長戦は、勝負がつくまで、どちらかが勝ち抜きを果たすまで続けられる。すでに二人は延長に入って、三十分近く戦い続けているということになる。

誰もが息を詰めて、試合の行方を見つめていた。果たして、高校生にこんなすばらしい試合ができるのかというほど、二人は死力を尽くし打ち合った。堀田が獅子《しし》となって襲いかかれば、大将は虎となってそれに応えた。大将が鷹《たか》となれば、堀田は鷲《わし》となって迎え撃った。堀田が風となれば、相手は雷《いかずち》となってせめぎ合う。相手が山となれば、堀田は濁流となってぶつかっていった。ひたすら純粋な運動として、二人は竹刀を打ち、竹刀を受け、床を踏み鳴らし、身体をぶつけ合った。このまま堀田の白い剣道着が舞う様をいつまでも見ていたい、と矛盾した想いを抱くほど、二人の剣道はどこまでも真摯で、どこまでも誠実だった。

だが、年齢の差はもちろん、体格の差、さらにはこれまでの試合数の差により、徐々に両者の動きにちがいが生まれてきた。七度目の延長戦のあたりから、堀田の足さばきに俊敏さが消え、打ちこみのほとんどが寸前で止められるようになった。八度目の延長戦では、堀田の竹刀は相手の身体にさえ触れられず、逆に大将の竹刀が堀田の籠手や面を叩いた。浅いと判断され有効打にはならなかったが、その都度おれは肝を冷やして審判の旗の動きを見守った。

九度目の延長戦を終えたとき、座っていた主将が急に手を挙げ、長岡氏に堀田の面紐が弛んでいるとアピールした。長岡氏は主将のアピールを認め、堀田は開始線の手前に座って面紐を解き始めた。

「イトちゃん、一度、面を取っちゃいな」

主将が小声で堀田の背中に告げた。一瞬、手の動きを止めた堀田は、鈍い動きで面を脱ぎ始めた。すると長岡氏が堀田の顔をのぞきこむように腰を屈め、堀田に何か言葉をかけると、コートの外に出るよう指示した。堀田は面を持って立ち上がり、少々ふらつきながら、こちらに向かって歩いてきた。三十分以上狭苦しい防具の中に押しこめられ、堀田の顔には大粒の汗がびっしり浮かんでいた。さらに首の付け根の脇からは、血が流れていた。延長戦に入ってから、一度、面の下に相手の竹刀が潜りこみ、突き上げるような感じになったのだが、そのときの傷らしい。

「治療をお願いします」

長岡氏の声に藤原君がすぐさま審判席に救急箱を取りに行った。堀田は「別に構いません」と言ったが、おれは無理矢理堀田を座らせて、

「しゃべるな。黙って酸素を吸っておけ。何で主将がアピールしたかわからないのか」

と主将が投げてきたタオルを渡した。長時間、面をつけていると酸欠状態になって頭が朦朧《もうろう》としてくることがある。堀田は目に入ってくる汗に何度もまぶたをしばたたかせながら、黙ってタオルで顔を拭った。藤原君は素早く止血をして、大きな絆創膏《ばんそうこう》を貼ると、「あと一人だ、がんばれ」と肩を叩いて去って行った。

堀田は藤原君が止血をしている間も、ずっと肩を大きく上下させ荒い息をしていた。頬にタオルをあてたままぼんやりしているその眼には、激しい憔悴《しょうすい》の跡が見られた。

「大丈夫か」

おれは堀田に顔を近づけた。

「あと一本だ。たったの一本だ」

おれの言葉が聞こえているのかいないのか、堀田はじっと床の一点を見つめている。鼻の先から汗がしずくとなって垂れ落ちている。

「おい、堀田——」

おれの呼びかけにも、堀田はちっとも視線を動かさない。

「もしもこの試合に勝ったら——どんな願いごとでも聞いてやる」

その疲れきった横顔を見つめていたら、なぜかそんな言葉が口から飛び出した。ふらりと堀

田は顔を上げた。

「……どんなことでも？」

「ああ――何だっていい。好きなことを言え」

いいんですかそんなこと言って、高くつきますよとくたびれた声とともに、堀田は口元に薄い笑みを浮かべた。

「馬鹿野郎、そんなことは勝ってから言え」

おれは堀田の手からタオルを奪うと、堀田の鼻に浮かんだ汗を無理矢理拭き取った。

堀田は面を手前に引き寄せると、

「さっきはどうも」

と紐を揃えながら、くぐもった声でつぶやいた。

「え？」

何のことかわからないおれに、

「あきらめるなと言ってくれたでしょう。あれで目が覚めました」

と正面に顔を向けたまま、堀田は面を持ち上げた。

「先生」

妙に言葉が詰まって、うん？　としか返すことができないおれに、堀田は静かな声で言った。

「絶対に――勝ちます」

思わずおれは堀田の顔をのぞいた。その瞳にはいつの間にか、攻撃的な光が蘇りつつあった。

その眼差しはコートの先の、京都女学館の大将に向け、じっと注がれていた。

未だ汗が滲む気高き野生的魚顔を見つめ、おれはようやく気がついた。

ああ、この子はとても美しい――と。

*

十度目の延長戦の開始を告げる、長岡氏の合図とともに、両者は激しくぶつかり合った。

若草はふたたび息を吹き返し、空へ向けすっくと立つ成木へ果敢に戦いを挑んだ。だが、小休止を得たのは堀田だけではない。京都女学館の大将も明らかに動きにキレを取り戻していた。堀田が小手面と流れるように連続技を繰り出すと、負けじと大将は三段技で返した。鍔迫り合いになったかと思うと、両者閃光《せんこう》のような引き面を同時に放った。もはや互いの手の内を十分知り尽くした二人だった。おそろしいほどに純化された勝負の世界だけがそこにあった。

静まり返った体育館に、竹刀の音だけがこだまする。おそらく三百人近い生徒の瞳が、ひたすら堀田の勝利を願って勝負の行方を見守っていた。

大将が引き胴を放ち、下がると見せかけて、すぐさま一歩踏み出し面を打ってきた。下がる動きを誘いと見越していたのか、すでに堀田も小手の動作に入っている。両者の竹刀はともに狙った場所を捉えた。だが、当たりが浅く、どちらの旗も上がらない。

すぐさま次の動きに移ろうとしたとき、小手を打った堀田の竹刀が、そのまま体《たい》を寄せてきた大将の剣道着の脇に引っかかった。堀田は竹刀を抜こうと身体をひねった。

隣で藤原君が「アッ」と声を上げた。一瞬遅れたタイミングで抜けた竹刀に、堀田の身体が大きく流れた。堀田はつんのめるようにして、大将の前に身体を泳がせた。

無防備にさらされた堀田の右半身を前にして、大将の竹刀が素早く反応した。

「駄目だ」

視界にくっきりと映った、ガラ空きの堀田の右籠手に、おれは思わずつぶやいた。

だが次の瞬間、大将の竹刀は空を切っていた。

ほぼ死角から繰り出されたにもかかわらず、腕を振り上げ、堀田は完全に相手の小手をかわしたのだ。

まさに一寸の見切りというべき、すさまじい反射神経だった。虚空を切った大将の竹刀が床に触れんばかりに下がったとき、すでに堀田の身体は大将の横で跳躍していた。

両足が大きく床から離れ、小さな身体が一瞬宙で静止したかのように見えたとき、

「ぽん」

ひどく軽い音とともに、堀田の竹刀が大将の面を叩いた。

白旗が一斉に上がると同時に、爆発するような歓声が湧き上がった。

全員が総立ちになった。体育館が、揺れていた。１‐Ａの連中が堀田の名を口々に叫びながら、コートに飛びこんできた。生徒たちは堀田に次々と抱きつき、その小さな姿はあっという間に見えなくなってしまった。さらに四方構わず、生徒たちが雪崩《なだ》れこみ、試合場はとんでも

ない状況になった。おれは慌ててコートに入り、ところ構わず怒鳴りつけ、生徒たちを元の位置へ押し出した。藤原君や重さんも大声を上げて、生徒をひとまずコートの外へ追い出した。

やっとのことでコートから生徒たちを追い払ったところで、ようやく長岡氏が白旗を掲げ、堀田の勝利を告げた。続いて部員たちが並び、奈良女学館の勝利が長岡氏より宣言されたとき、改めて体育館によろこびがあふれ返った。部員たちにもみくちゃにされ、堀田は操り人形のように身体を揺さぶられていた。おれも堀田に近づこうとしたが、一斉に押し寄せてきた生徒たちに阻まれ、弾き出されてしまった。もう一度トライしようとしたら、今度は藤原君が、

「先生、すばらしい試合でした」

と涙声とともに抱きついてきた。おれが大いに迷惑していると、藤原君の向こうで重さんが笑いながら、

「おめでとう」

と右手を差し出した。おれは藤原君越しに「ありがとうございます」と強く握り返した。

館内には堀田の名を呼ぶ声が巻き起こり、いつの間にか堀田は主将に肩車をされていた。せめて面を取らせてやれとおれが主将に声をかけたとき、
ドン
と下から突き上げるような衝動が訪れた。

次にぐらっと体育館が縦に大きく揺れた。

さらに横に揺れる衝撃が続き、生徒たちの悲鳴が一斉に湧き上がった。重さんが「落ち着け、

その場にしゃがめ」と叫んだ。

揺れは長くは続かず、ものの数秒で体育館は静けさを取り戻した。それでもざわめきはしばらく続き、期せずして試合後の興奮が正常に収まることになった。堀田もいつの間にか主将の肩から降りていて、別れの挨拶にやってきた京都女学館の大将と、固い握手を交わしていた。

震度三いや四でしたかねえと藤原君が呑気に言っている側《そば》で、おれは身体を強張らせながら、未だかすかに揺れる天井の照明を見上げた。


大和杯の授与式は、第一体育館にて全校生徒と出場選手を集め、執り行われた。

優勝した部の代表に、壇上の校長から大和杯が手渡される。足が痛くて歩けないからと主将は無理矢理、堀田を校長のもとに向かわせた。白の剣道着の堀田が校長からくすんだ色合いのサンカクを、隣に立つリチャードから賞状を手渡されると、授与式いちばんの盛大な拍手が体育館に響き渡った。

生徒たちが解散したあと、教師たちは会場の片づけに取りかかった。そのまま体育館に残って作業をしていると、

「先生、おめでとうございます」

と南場先生が頭をかきながらやってきた。

「この前は失礼を言って申し訳ありませんでした。まったくお恥ずかしい限りです。参りました」

幅のある身体をひときわ小さくさせて南場先生が言うものだから、こちらも恐縮して、

「おれも妙なことを言ってしまってすいませんでした」

と頭を下げた。たとえ南場先生が鼠の〝使い番〟であったとしても、もはや関係ないことだった。サンカクは無事、こちらの手に入ったのだ。

少しだけ南場先生と剣道の話をした。南場先生が剣道の指導者として、対等の言葉をかけてくれることが、気恥ずかしくもあり、うれしくもあった。南場先生は堀田の剣道を見て、初心を思い出しましたと遠いものを見る表情で言った。

「あれが、福原先生でしょうか?」

急に南場先生の口から重さんの名前が出てきたので、何のことかとその遠い視線をたどると、確かにその先に重さんの姿があった。

「ええ、そうですよ」

おれはうなずいた。

重さんは一人でパイプ机を畳んでいた。するとそこへマドンナがやってきた。二人は何度かお辞儀をして、マドンナは重さんのパイプ机の撤収作業を手伝い始めた。遠目にも重さんが少し緊張している様子がうかがえて、何だかおかしかった。

「福原先生なんですよね」

その様子を見つめていた南場先生が、ぽつりとつぶやいた。

「何がです?」

「長岡先生が好きな人です――。去年、京都女学館で行われた大和杯で見かけて、一目ぼれをしてしまったそうです」

重さんとマドンナが、積んだ机の両端を持って一緒に倉庫へ運んでいく姿を見送りながら、ふと今朝のミーティングで、いきなりマドンナと視線が合ったときのことを思い出した。あのとき、おれの隣には重さんがいた。

そういうことだったかあ――。

思わず天井を見上げたおれの隣から、その剛健な身体とおよそ似合わない、南場先生の消え入りそうなため息が聞こえてきた。

八

ショルダーバッグにサンカクを入れ、階段をそっと下りて家を出た。

時間は深夜一時。空に浮かぶ明るい月を見上げながら、己れの顔を撫でた。立派に育った角に、額を覆うコシのある体毛、横に出っ張った耳、勢いよく突き出たあご、湿った鼻――奇態なけものの感触に、これが最後だとつぶやいて転害門の黒い影の脇を抜け、東大寺に入った。

身体にはまだ酒の気配が残っている。奈良女学館が獲得した大和杯は、いったんすべて打ち上げの会場に運ばれた。会場の居酒屋では、大勢の先生から堀田の活躍を含めた剣道部の健闘を褒められた。なるべく酒は控えめにするよう努めたが、ダブルスで見事大和杯を勝ち取った藤原君が気勢を上げるのに釣られ、ついつい杯を重ねてしまった。勝利の美酒は実にうまかった。正々堂々手に入れたサンカクを携え、したたかに酔った重さんとともに十二時前に家に帰った。

大仏池の水面に月が浮かんでいた。口笛を吹いて、足取りも軽やかに進んだ。サンカクを入れたショルダーバッグが、揺れたついでに尻を叩いた。

鹿と待ち合わせをしているわけではない。だが、向かう先に鹿がいるという強い確信があった。講堂跡はぽっかり月明かりに照らされていた。方形に並んだ礎石の列の中心に、やはり雌鹿が立っていた。

草を踏んで、鹿に近づいた。

雌鹿の背後には二匹の雄鹿が控え、月光に勇壮な角を浮かび上がらせていた。

「持ってきたか、先生」

静かな声が夜に響いた。

おれはショルダーバッグからサンカクを包んだ布袋を取り出した。

「ああ、持ってきたさ。でも、これをどうするんだ？　持って行かれても困るんだが。まあ、そのときはなくしてしまったと言えばいいかな。でも、きっと、校長に怒られるだろうなあ」

おれがつい饒舌になる前で、鹿は微動だにせずサンカクが袋から出されるのを待っていた。

「ほら、これだ」

おれはサンカクを草の上に置いた。

鹿は足元のサンカクをじっと見下ろしていた。まるで三角形の穴があいているかのように、黒ずんだ影が地面に貼りついていた。

おれは期待の眼差しで鹿の口元を見つめた。このどこまでも異常な数週間に終止符を打つ、ねぎらいの言葉を待った。

「おい――」

長い沈黙の後、ようやく鹿は低い声を発した。

「何だこれは？」

「何だって……サンカクだろ」

「ちがう」

「ちがうって何が？」

「これは〝目〟じゃない」

畳んだ袋をバッグにしまう手が止まった。

「何のつもりだ先生。冗談にしてはちょっとタチが悪いんじゃないのか？」

鹿はゆっくりと首をもたげた。

「ま、待て。こ、これは正真正銘のサンカクだぞ。これまでの六十年間だって、ずっと京都に置かれていた。狐と鼠と鹿のレリーフも彫られている。やっとのことで勝ち取ったんだ。間違いなくこれは――」

「いいか先生、〝目〟だぞ。どこにこんな形の〝目〟玉がある」

夜にそのまま溶けてしまいそうな低い声で、鹿はおれの言葉を遮った。その声に、おれは思わず草の上の黒い三角形を見つめた。確かにこんな形の目玉はない。

「じ、じゃあ、これは……？」

「知らん、こんなもの。見たこともない」

おれはふらふらと礎石の上に座りこんだ。

「どういうことだ――」

風の気配に急に寒さを覚えた。気がつくと、身体から完全に酔いが消えていた。

月が雲に隠れ、不意にあたりは暗がりに包まれた。鹿は彫像のように影となったまま動かない。木々を抜けた風がぴゅうと音を立てて、おれの鹿の耳を叩いていった。

「残念だよ、先生」

「ちょっと待て――ちょっと待ってくれ」

おれは手を挙げ、混乱した頭を必死で落ち着かせようとした。

「どうしてだ？　どうしてこれじゃないんだ？　サンカクと呼ばれていると言ったのはお前だぞ？　おれはお前の言葉を信じて、やっとの思いでこれを手に入れたんだ」

「――だまされたんだ」

「だまされた？　誰に？」

「鼠だ。どうやら私も一杯食わされたらしい」

どういうことだというおれの問いに、鹿は沈黙した。雲が切れ、月明かりがふたたび射しこんだ。薄闇の中で、鹿の目が暗く輝いていた。

「神無月に入る少し前のことだ――」

押し殺した声で、鹿は語り始めた。

「鼠がここにやってきた。やつの顔を見るのは六十年ぶりだった。相変わらず、むさくるしい、小汚いババアだった。〝目〟を遷す時期になるといつもやつが来て、少しだけ話をする。狐の近況などを伝えてくる。鼠は狐が〝使い番〟となる人間をすでに定めたと言った。最近、〝目〟に対し、サンカクとかいう名前が人間たちの間でつけられたとも言っていた。私はそれを先生に伝えた。すると、先生の前にサンカクという名前のものが現れた。だが、それは〝目〟ではなかった――」

鹿はじっと何かを考えているかのように、虚空を睨んだ。その後ろで、雄鹿の角がゆらゆらと揺れていた。

「まったく、ずいぶん周到なやり方だ。鼠は確かにズル賢い。だが根は単純なやつだ。どうもこれまでの鼠のやり方とはちがう。少々、細工が過ぎている」

どういうことだ？　というおれの声に、

「わからない」

と鹿は暗い声で首を振った。

おれは思わず両手で顔を覆った。手の中に収まりきらない鹿の感触が、無慈悲におれを迎えた。

「先生──狐の〝使い番〟に会うんだ」

鹿は静かに告げた。

「誰が狐の〝使い番〟か知らない」

顔を覆ったまま、おれは首を振った。

「いや、先生は知っている。もともと先生に何かを渡すべきだった人間だ。〝目〟には互いを引き寄せる力がある。必ず先生の前に一度、狐の〝使い番〟は現れたはずだ」

無意識のうちにマドンナの顔が浮かび上がる。ついでに重さんの顔も余計にくっついてくる。

「その人間は鼠の〝使い番〟のことを知っている。なぜなら直接〝目〟を渡したからだ」

おれは面を上げた。顔を覆う体毛が、夜の緩やかな風に一斉に靡いた。

「なぜ──お前が自ら出ない？」

「どういうことだ？」

「どうして、お前が狐に直接会いに行かないんだ？　頼りないおれが動き回るより、よほど話も早く解決するだろう」

「どうやって私に京都まで行けと言う。電車を乗り継いで行けと言うのか？　そんなことをしてみろ。大捕物になる」

「山を伝って伏見まで行けばいい」

「狐はもう伏見にはいない」

ハア？　とおれは思わず声を上げた。

「じ、じゃあ、どこにいるんだ？」

「檻の中だ――。狐はずいぶん前から、京都市動物園にいる。もう伏見には野生の狐がいないらしい。もっとも毎日エサももらえるし、狭いことを除けば、動物園暮らしは快適らしいがな。隣の檻の狸をいじめて楽しんでいるそうだ」

おれは言葉を失った。神々に仕えるべきものが、その側を離れて動物園でのうのうと暮らしていていいものなのか？

「仕方がない。そうでもしないと魂そのものが滅びてしまう。言うまでもないが、原因はお前たち人間だ」

皮肉の一つでも言ってやろうと言葉を選んでいたおれに、鹿は冷たい声で言い放った。

「いいか、忘れるんじゃない。何度も言うが、これは先生たち人間の問題だ。狐はすでに〝目〟を〝使い番〟に預けた。〝目〟が届けられたときは、私も責任をもって〝鎮め〟の儀式を行う。我々の役目はそこまでだ。あとはお前たちが解決すべきことだ。自分たちの世界だ。自分の手で守れ」

「で、でも、鼠が――」

「やつのほうから返してくれるという善意はこの際、期待しないほうがいい。それに今度ばかりは、鼠の様子がおかしい。こんなこみ入った芸当ができるような、高等な脳を持ったババアじゃない。とにかく、狐の〝使い番〟を見つけろ。〝目〟の在《あ》り処《か》を聞き出すんだ」

おれが狐に会って訊くことはできないのかという問いに、鹿はゆっくりと首を振った。狐は決して〝使い番〟以外の人間と口をきかない、どこまでも狐を演じ続けるだけだ――。おれは黙って鹿の足元からサンカクを取り上げた。土を払って布袋に入れ直した。手の内に空虚な重みを感じながら、おれは訊ねた。

「最後に教えてくれ。そもそも〝目〟とは何なんだ？　お前が形だけでもあらかじめ教えてくれていたなら、こんな馬鹿げたことにはならなかった」

「それは――言えない」

「この場に至って、そんなこともう関係ないだろうッ」

怒りを抑えきれず、おれは声を荒らげた。その声に反応して、それまで置物のように微動だにしなかった雄鹿が、急に殺気立って一歩前に出た。それを抑えるように、雌鹿は静かな声で告げた。

「我々の存在は〝目〟とともにある。〝目〟の定めることに、逆らうことはできない。勘違いしないでほしい。狐も鼠も私も、決して不死身の存在でもなければ、万能の存在でもない。病気にもなれば、骨も折る。私がこの時代に生きて、こうして先生と話すことができるのは、〝目〟から力を与えられたおかげだ。〝目〟とともに生きる。それが我々の役目なんだ」

「役目も何も、このままだと何もかも終わってしまうだろうが」

「〝目〟だよ――先生。すべての答えはそこに含まれる。私が言えるのはそこまでだ。〝目〟には力がある。もしも〝目〟が自ら必要と感じたならば、先生の前に必ず姿を現すはずだ」

まるで禅問答のようなやりとりである。おれはこれ見よがしに舌打ちをして、ショルダーバッグにサンカクを入れ立ち上がった。腕の時計のライトを点灯させた。日付はすでに二十一日である。

「期限は——あと十日か」

「ちがう、先生」

おれのつぶやきに急に鹿が声を上げた。

「ちがうって……何が？」

「〝鎮め〟の儀式は月夜に行う。〝目〟の力を解き放つには、満ちる月の力が必要だ。だから、期限は神無月の終わりじゃない。満月の夜だ」

「ま、待てよ。満月の夜って、いったい——」

言葉の途中で、おれはハッとして空を見上げた。そこには半月より月齢を加えた、肉づきの良い月がこうこうと輝いている。

「確かに神無月の間に儀式を行えば、なまずは鎮まる。だが、満月を経て、欠けた月で行う儀式では、〝鎮め〟の力が格段に劣る。五度前の受け渡しのときがそうだった。満月の夜に間に合わず、なまずが大人しくなるまでずいぶん時間がかかってしまった」

十一月　富士山、宝永の大噴火——藤原君の資料集に載っていた文字が鮮やかに目に浮かぶ。

「い、いつなんだ……その満月の夜は」

月の光に黒い瞳を濡らし、鹿は低い声で答えた。

「二十五日の夜だ。あと五日だよ――先生」

＊

朝食の最中、重さんが四時頃に地震があった気がすると言いだした。ばあさんはぐっすり寝ていてまったく気がつかなかったと言った。先生は気づいたかい？と訊ねられたが、黙って首を振った。だが、昨夜は一睡もできなかったから、もちろん地震のことは承知している。

「それにしても昨日の試合はすばらしかったなあ。今、思い出してもワクワクする」

味噌汁をすすりながら、重さんは口を極めて堀田の活躍を称えた。するとばあさんが、そんなにすばらしかったのなら私も見たかったと言い始め、そうだ先生、あのプレートを見せてあげなよという話になった。

当分の間、見たくないと思っていたが、ばあさんのお願いを断るわけにもいかない。仕方なくカバンからサンカクを取り出した。おれが布袋の紐を解いている間に、重さんはなかなかユニークな造りでね、結構腕もいいと思うんだなどと専門家の意見を述べていた。

「あら」

食卓の上にサンカクを置くと、ばあさんが素頓狂な声を上げた。

「こりゃ、じいさんが作ったやつだよ」

え？　おれと重さんは同時に声を上げた。

「これはウチの旦那が作ったやつだよ。ハハア、こいつは魂消《たまげ》たねえ」

ばあさんは胸の前で両手を合わせ、大いに魂消たを連呼した後、サンカクを取り上げた。

「まだ結婚したばかりの頃だよ。先代の校長さんが、じいさんのところにやってきて、これを作ってくれと言ってきたんだ。戦争が終わってまだ一年か二年の頃だったかねえ。その出来を先代さんがたいそう気に入ってくれて、それが縁であの人は奈良女学館で働くことになったのさ——」

ばあさんはくすんだサンカクの表面を、骨ばった指で撫でながら、また魂消たを繰り返した。

「じゃあこれがなかったら、僕もあそこで働くことはなかったってことか……」

重さんが感慨深げにつぶやくと、ばあさんは「六十年ぶりの里帰りだよ」と目頭を押さえた。

食事の後、仏壇にサンカクを供え、三人で線香を上げ手を合わせた。まったく思いがけない展開で、「ババ孝行な先生だよ」とばあさんに大いに感謝されるも、どういう顔をすればよいかわからず困った。

いつもより長いばあさんの見送りを受けて、重さんの車で学校に出発した。車中、重さんが「ありがとう、先生」と短く言ってくれたとき、昨夜からささくれだっていた気持ちがほんの少し和らいだ。

職員室に入ると、入口脇の机に大和杯が並んでいた。

おれはそこにサンカクの袋を置き、飲みすぎて具合が悪いと胸を擦っている藤原君を置いて、さっさと出席簿を手に1‐Aのホームルームに向かった。

ホームルームでは生徒たちの前で、大いに堀田を褒めてやるつもりだった。あての外れたサンカクだが、堀田が成し遂げた偉業は何ら損なわれることはない。

だが、あれこれ言葉を用意したにもかかわらず、当の堀田が教室に来ていなかった。肩透かしを食らった気分で、おれは出席を取り、続いて一限目の理科の授業に入った。

授業が始まって二十分が過ぎた頃、急に教室の後ろのドアが開いた。板書を止《と》めて待っていると、案の定、堀田が入ってきた。堀田はこちらをちらりとも見ようとせず、席についた。席に座ってからも、カバンを机の上に置いたまま、前の生徒の背中をぼんやり見つめている。

「堀田」

まるで赴任した日に時間を巻き戻したようだと思いながら、おれは強めに声をかけた。

「遅刻しておいて、何も言わずに教室に入ってくるやつがあるか」

堀田はふらりと顔を上げた。やけに顔色が悪い。昨日の試合のときとは別人のような生気のない瞳で、堀田はおれを見上げた。

「どうした。ずいぶんひどい顔だな」

おれの声にも反応を返さず、じっとこちらを見つめている。どうも様子が妙である。

「まあ、いい。昨日、あれだけがんばったんだ。疲れもあるだろう。遅刻はおまけにしておいてやる」

おれは出席簿を開いて、堀田の欄に丸をつけた。そら授業中だぞ、ぼんやりしないで教科書を出せ——と堀田の顔に視線を戻したとき、おれは思わず声を呑みこんだ。

堀田が泣いていた。

おれと視線が合った途端、堀田の顔がくしゃりと崩れ、瞳から唐突に涙がこぼれ落ちた。下唇を嚙み、堀田は泣くのを必死で堪《こら》えようとするが、次から次へ涙があふれ出る。おれは呆気に取られ、堀田を見つめた。

「お、おい、大丈夫か……？」

おれの言葉を跳ねつけるように、堀田はうつむいた。口元から洩れるかすかな嗚咽《おえつ》が、水を打ったように静まる教室に響く。

突然、堀田は立ち上がった。机のカバンをつかむと、堀田は勢いよく教室を飛び出した。待てと叫んで、おれは教科書を置くと慌てて教室を出た。すでに堀田の背中は廊下の角を曲がって見えなくなっていた。同じく教室を飛び出した数人の生徒が、イトちゃんッと声を上げて後を追っていった。

騒然とする教室をやっとのことで鎮めた頃に、堀田を追った生徒たちが戻ってきた。どうだったと訊ねるおれに、追いつけなかったと誰もが暗い顔で首を振った。先生が悪い、ひどい顔とか言うからだと生徒の一人がヒステリックな声でおれを非難した。教室の全員が憎悪のこもった目を向け、無言の同意を示した。おれは返す言葉もないまま、ぽっかり空いた堀田の机を見つめていた。

放課後、第二体育館に行くと、主将がおれの顔を見るなり、イトちゃんは？　と訊ねてきた。声をかけた途端、泣いて教室を出て行ったとは言えないので、調子が悪くて早退したと言っておいた。すると主将は、みんなイトちゃんに会いたくて来ているのに、やっぱり昨日の試合で疲れちゃったのかなあと眉根を曇らせた。主将の視線の先には見慣れない生徒が数人、壁際に座っている。何だあれはと訊くと、入部希望者です、みんな昨日の試合を見て感激したそうですと主将はうれしさと恥ずかしさの混じった表情で答えた。

主将に足が治るまで練習は控えろと告げて、職員室に戻った。職員室の入口の脇にある陳列ケースに、いつの間にか奈良女学館が獲得した大和杯がずらりと並べられていた。台の上に飾られているサンカクをガラス越しにのぞきながら、堀田のことを考えた。さすがにおれの言葉がすべての原因とは思わないが、そう言い切る自信もない。ただ、またもや堀田に嫌われてしまったことだけは間違いない。昨日の大和杯で、何かしらつながるものを感じた瞬間もあったのに、これでふたたび逆戻りである。

おれはため息をついて、サンカクから視線を上げた。正面のガラスに、鹿の顔が映っていた。もはや人の面影は微塵もなく、雄鹿の首から上をそのまま切り取ったような眺めである。おれはじっと自分の顔を見つめた。唐突に、これまで不思議と一度も感じたことのなかった感情が湧き上がった。もう二度とおれは人には戻れないのではないか――初めて恐怖を直《じか》に触れるように感じた。吹奏楽部のちぐはぐな音が遠くで鳴っていた。構内をランニングする掛け声が窓の外から聞こえてきた。階段を上る生徒たちの笑い声が廊下に響く。世の中はこんなに平穏なのに、どうしておれだけがこんな目に遭っているのか――。

頭上のスピーカーからのどかなチャイムの音が響いた。どれだけ正しい怒りであっても、どこにも行き場はない。ガラスから目をそらし職員室に戻った。資料を手に取り、冷えた心で職員会議に向かった。

次の日、堀田は学校に来なかった。

おれが授業に出ている間に、親から体調が悪いので休ませるという連絡が来たが、詳しい様子についての話はなかったと電話に出た教師は言っていた。ここは堀田の家まで行くべきなのだろうが、残念ながらおれにそんな余裕はなかった。家にいる間も、授業で板書をしている間も、藤原君とかりんとうを食べている間も、頭には常に狐の〝使い番〟のことが回っている。鹿の顔や満月の夜のことが回っている。もちろん地震やなまずのこともあるが、正直なところ話が大きすぎて上手に考えることができない。

放課後、おれはとうとう京都女学館に電話をかけた。じっと座っていたところで、マドンナが狐の〝使い番〟か否か、どうどう巡りが果てなく続くだけである。もしもマドンナが本当に狐の〝使い番〟で、〝目〟を誰かに渡したあと、あの屈託のない笑顔でおれに接していたのかと思うと何だかやりきれない。だが、もう時間がない。昨夜の夕食の食卓で、重さんが伊豆の別荘から続々と住人が立ち去って、温泉宿も閑古鳥が鳴いているらしいと親父さんから聞いた話をしていた。現地では防災グッズが飛ぶように売れ、食料や水の買いだめも起きているという。新聞のテレビ欄を見ても、毎日のように地震を扱った特番が組まれている。

「こっちも地震が起こるようになったし、これはいよいよ本当にマズいかもね。ドカンとくるかもね」

重さんは深刻な顔で食後の柿を齧った。おれはどう答えてよいかわからぬまま、口をすぼめて、空いた茶碗に力なく柿の種を落とした。

電話口に出たマドンナの声は、相変わらず快活で明るかった。改めてマドンナは大和杯での、奈良女学館剣道部の活躍を褒め称えてくれた。おれは丁重に礼を言って、急な話だが明日、会えないだろうかと切り出した。少々戸惑っている様子の相手に、実は用事があって京都に行くことになったのだが、剣道の指導のことについて少々教えてほしいことがあって——と思いつくまま出鱈目を並べた。

するとマドンナは、明日は朝から父の道場で子供たちに教える予定が入っているので、夕方なら時間が空いていますと答えた。

「場所は伏見稲荷ですが、いいですか?」

エッ、伏見稲荷ですか? と思わず声を上げたおれに、

「実家の道場が伏見稲荷にあるんです。学校までちょっと遠いので、普段は岡崎《おかざき》で一人暮らしをしているのですが」

とマドンナは説明した。

待ち合わせの時間を決めて、電話を切った。

マドンナと二人きりで会うというのに、まるで心は冷えきっていた。マドンナの実家が伏見稲荷にあるという話も嫌な影を落とす。ため息をついて、背もたれに身体を預けていると、おやおやマドンナとデートですか？　学校の電話なのにずいぶん積極的ですねと藤原君がニヤニヤしながら話しかけてきた。

そんなんじゃないよと睨み返すと、藤原君は「そうそう今、伏見稲荷とか言っていたでしょう。それで思い出しました」と急に身を乗り出してきた。

「何？　どうしたの？」

「以前、大阪と鼠に何か関係があるのかとか言っていたでしょう。実はあれから少し調べてみたんです」

今、最も聞きたくない鼠という言葉に、ハハアと気乗りしない返事をするも、藤原君は一向に気にする様子もなく話し始めた。

「まず、剣道部の胴に描かれていた鹿と狐と鼠ですが、これらの共通点はみな眷属《けんぞく》ということですね」

「眷属？」

「神に仕える一族のことです。春日大社なら鹿、稲荷なら狐みたいに、鼠にも仕えるべき神がいるんです」

「あ、知ってる。それ、大黒天でしょ」

「エッ先生、よく知っていましたね」

藤原君が心底驚いた声を上げた。

我ながらどうして知っているんだろうと訝しんだが、ネタは重さんの車で聞く落語だった。これまで何度か聞いた米朝の『ぬの字鼠』のオチは、鼠が大国天のお使いというあたりにあるのだ。

「つまり鼠も大国天の眷属、立派な神の使いなんです。鹿や狐と比べても、何ら格が落ちるものではないということです。あと大阪ですが、日本書紀に難波宮が造られたとき、鼠が大挙して引っ越してきたという記述がありました」

「そりゃあ、人が移れば鼠も移るでしょうよ。それを根拠にするってのは、ちょっと強引すぎるんじゃない？」

「確かにそうですけど、何せ難波宮ですからね。大阪女学館は難波宮の隣に立っています。僕はこの由来から取ってきた気がするのですが——まあ、今となっては真相はわかりません」

藤原君は話をまとめると、足元からバドミントンのラケットを取り出して体育館に行く準備を始めた。

「あのさ、藤原君て京都のこと詳しい？」

「ええ、まあ。カミさんの実家が京都ですから」

「京都市動物園てどこにあるか知ってる？」

「知ってますよ。平安神宮のすぐ近くです。岡崎と言われているあたりですね」

さっき聞いたばかりのマドンナの住む場所をあっさりと告げ、マドンナと動物園デートですか？　いいなあ、うらやましいなあと呑気に言い残して藤原君は体育館に向かっていった。

ぼんやりイスにもたれ、机の上の三角カレンダーを見つめた。二十五日のマス目には大きな赤の丸が印されている。

満月の夜まで――あと三日。

＊

昼過ぎに家を出て京都に向かった。

京阪電車の伏見稲荷駅で下車し、伏見稲荷大社を目指した。

マドンナとの待ち合わせまでまだしばらく時間があった。おれは伏見稲荷大社の大きな鳥居をくぐり、坂を上った。楼門の脇で二匹の石の狐がおれを迎えた。本殿の賽銭《さいせん》箱に十円玉を投げて、鈴をがらんがらんと鳴らした。いったいこうやって頼んだところで誰が願いを聞いてくれるのかと思いながら、人間に戻れますようにと心をこめて念じた。

境内の絵地図を見ると、麓から遥か稲荷山の頂上まで真っ赤な鳥居がドミノのように連なっていた。おれは時計を見た。せっかくここまで来たのだから、有名な千本鳥居を少しだけのぞいてみることにした。

一見、何もないような建物の奥へ進むと、唐突にそれは現れた。

朱《あか》・朱・朱・朱――。

これでもかというくらい朱い鳥居が、森の奥へ続いていた。間断なく並ぶ鳥居の列に区切られた回廊を、少々唖然《あぜん》としながら進んだ。修学旅行の中学生たちが脇を走り抜けていった。石畳の道はゆっくりカーブを描き、中学生たちの背中はあっという間に鳥居に切り取られた朱い枠の外へ去っていった。

山に踏み入るにつれ、人気が徐々に消えていった。前後に人の姿が見えなくなると、このまま朱色に彩られた迷宮に迷いこんでしまうような錯覚に囚《とら》われた。ざわわと木々が物騒な音を鳴らし始め、追い立てられるようにおれは道を登った。

急に鳥居の列が途切れ、目の前にぽっかり大きな池が現れた。池の水は何だか澱んでいる。ほとりにはお社《やしろ》が建てられていた。稲穂が吊るされた入口から、そっと内側をのぞいた。暗い堂内の壇上に、何匹もの狐の像が影のように控えていた。狐たちは悪そうな目つきで、じっとこちらを見下ろしていた。ロウソクの長い灯心がめんめらと燃えて、狐たちを怪しく照らし出した。狐の首から垂れた朱の前掛けが風もなく翻り、おれは慌ててお社の前を立ち去った。

マドンナとの待ち合わせ場所は、稲荷大社入口の鳥居の下だった。麓に戻ったとき、待ち合わせの午後四時まであと少し時間があったが、大鳥居の下にすでにマドンナの姿があった。

肩から竹刀袋と防具を入れたバッグを提げたマドンナは、背後からおれが現れたことに少し驚いた様子だった。

「すいません、こんな場所まで来ていただいて」

と頭を下げるマドンナに、とんでもありません、一度千本鳥居を見てみたいと思っていましたからと慌てて手を振った。

「いかがでした？　たくさん立っていたでしょう？」

「ええ、べらぼうに。気味が悪くなって、途中で逃げてきました」

と正直に答えると、マドンナは声を出さずに笑って、そこの喫茶店に行きましょうと先に歩き始めた。

古い喫茶店に入り、向かい合わせの席に座った。マドンナは堀田さんの剣道を見て、もう一度、初心に返って練習をしようと決めましたと南場先生と同じことを言っていた。堀田さんはまだ一年生ですから、来年も楽しみですねという声にハアとうなずいて、居心地の悪い心持ちで堀田の顔を思い返した。

「来年」という言葉が、注文したコーヒーを待つ間、ずっと心の底でわだかまった。おれが二学期だけという約束で奈良に来ていることを、マドンナはまだ知らないようだった。

奈良に来て、まだわずかひと月の出来事を簡単に振り返ったとき、おれは自分の人生が驚くほど曲折されたことを認めざるを得なかった。同時にこれからの未来について、どこまでも暗いイメージを抱いた。マドンナの背後には、大きな窓ガラスが道路に面して嵌《は》められていた。そこに映る自分の姿は、暗い未来を残酷なまでに物語っていた。

注文したコーヒーがやってきて、マドンナは、剣道部のことで何か相談があるとのことでしたがと訊ねた。年明けにはもう学校にいない人間が、ここで他校の教師に部の相談をしたところで何になるのか、おれも馬鹿な理由を挙げたものだと思いながら、どんな練習を組んでいるのか一応質問をした。マドンナは懇切丁寧に京都女学館剣道部の練習メニューを解説してくれた。おれはそのほとんどを上の空で聞きながら、どうやって狐の〝使い番〟の件をマドンナに切り出そうか考えた。二十分にわたるマドンナの解説が終わっても、名案は一向に思い浮かばなかった。直截《ちょくせつ》に訊ねる他ない――鏡に映る明白な未来に、おれは静かな覚悟を決めた。コーヒーを一気に飲み干して、ソーサーに戻した。

「あのう……」

はい？　とマドンナが小首を傾げた。いかにも素直なその表情に、おれの決意は早くもぐらついた。だが、もはや選択の余地は残されていない。

「ちょっとお訊きしたいことがあるのですが……。その、この前の〝狐のは〟での親睦会のことなのですが――」

ええ、とマドンナはカフェ・オレを少し口に含んでうなずいた。

「先生は〝狐のは〟で、おれに何か渡すものがあったのではないですか？」

マドンナはカップの取っ手に指をかけたまま、訝しそうな表情を返した。

「えっと……先生にはお渡ししたと思いますが……」

「ちがいます。メンバー表のことではありません。上手に説明できないのですが、先生は〝狐のは〟で、とても大事なものをおれに渡す予定だったのではありませんか。でも、それよりも前に、誰かにそれを渡してしまった。ちがいますか？　本当はそれは、おれが先生から受け取った後、別の場所に届けなくてはいけないものだったんです。でも、それができなかったせいで、今、とんでもないことになっています。最近の地震とか富士山とか……いえ、そんなことはいいんです。ああ、すいません、支離滅裂で」

困惑の表情でマドンナはおれの話を聞いていたが、ゆっくり首を振った。

「あの……おっしゃっていることがよくわかりません」

「そ、そうですよね」

「つまり先生は何を言いたいのです？」

「つまり……」

おれはマドンナの瞳をのぞきこんだ。薄い色素の瞳が、真っすぐおれの顔を見つめていた。

「長岡先生は狐の――」

〝使い番〟と続けようとしたが、案の定、声が潰れて発音できない。ついでとばかりに「鼠の〝使い番〟」や「鹿の〝運び番〟」も言ってみたが、どれも声が途切れてしまう。紙ナプキンに字を書くことも試みたが、今度は手が震えてペンを動かせないときた。

「長岡先生は狐――ですか？」

仕方なく端折《はしょ》った質問に変更したが、これでは何のことかわからない。案の定、マドンナも「え、狐？」と驚くべきか笑うべきかわからないといった表情をしている。

「そうです――長岡先生は狐です。先生は〝狐のは〟で、あるものをおれに渡すはずだった。ですが、先生はそれを鼠に渡してしまった。そうです、鼠です。鼠といっても中身は人間です。最初おれは、先生が鼠に渡したものは、てっきりサンカクのことだと思っていました。だから、南場先生を鼠だと疑ったこともありました。でも、サンカクはおれが探していたものじゃなかった。おれの完全な勘違いだったんです」

おれは言葉を切って、マドンナの様子をうかがった。マドンナは笑っているような、悲しんでいるような不思議な表情でおれの話を聞いていた。

「どうして……私にそんな話をするのです？」

「先生が鼠のことを知っているからです。なぜなら、先生はその相手に直接、何かを手渡したからです。おれはそれを鼠から取り戻さなくちゃいけない。そうしないと世の中が大変なことになります」

おれの言葉には返事をせず、マドンナはさびしそうな笑みとともに、

「私は……狐ですか」

とつぶやいた。

ええ、とおれは唇を噛んでうなずいた。

狐女《きつねおんな》というわけですねとマドンナは言った。

「私が狐女なら――」

何かを抑えているかのような小さな声でマドンナは訊ねた。

「先生は何なんです？」

「おれは――鹿男《しかおとこ》です」

妙な答えだと思いながら、最後まで言い切った。

「他に――鼠もいるのですか？」

「そうです。鼠が男か女かは知りません」

「鹿に狐に鼠って……まるで剣道部の胴に描かれている絵みたいですね」

マドンナはカフェ・オレのカップを両手で包み、その内側をじっと見つめた。

「先生は……こんなことが訊きたくて、私を呼んだのですか？」

「え？　い、いや……それは」

「剣道の話を聞きたいと言っていたのも全部ウソですか？」

マドンナはコーヒーカップから視線を上げた。冷たい怒りの表情がその瞳の奥に瞬いていた。

すいませんとおれは頭を下げた。

「どうしても、先生に訊きたかったんです。先生が最後の望みなんです。おれにはもう時間がない。おれはどうしても鼠を見つけだして、先生が手渡したものを取り戻さなくちゃいけないんです。お願いします、教えてください。誰が鼠なのか、教えてください」

おれは机に手をついて頭を下げた。

長い沈黙がテーブルを挟んで流れた。

「――わかりません。きっと私には関係のない話だと思います」

マドンナは静かな声で答えた。

こんな話をされて本当に残念ですとつぶやいて、マドンナはカップをソーサーに戻すと、すっと立ち上がった。

「ま、待ってください、先生。先生は最近、京都市動物園に行ったんじゃないですか？　そこで、狐から——」

話しかけられたんじゃないですか？　というおれの声は無情にも妙なうめきに変わって消えた。

「さようなら、先生」

竹刀袋を手に取ると、マドンナは軽く頭を下げ、大きな防具用のバッグをかつぎ出口へ向かった。ドアの前でマドンナは一瞬振り返った。マドンナはとても悲しそうな表情をしていた。視線を合わせる間もなく、マドンナはドアの向こうに消えていった。

＊

日曜というのに、朝の六時に目が覚めた。

起きたところで何もすることがないので、ふたたび布団をかぶり、浅い眠りを何度も繰り返し、いい加減眠れなくなったところで身体を起こした。

一階に下りると、すでに時計は十時を回っていた。顔を洗って食卓に向かうと、ばあさんが朝食の用意を始めた。塩辛いもの、油っぽいものが急に苦手になってから、食卓にはいたってヘルシーなものが並ぶようになった。菜っ葉のおひたしを食べていると、ばあさんはおれの前でしおりを挟んだ本を開け、続きを読み始めた。

「おや、生け花の勉強ですか」

おれは大きな写真の載ったばあさんの本をのぞきながら、納豆パックの封を開けた。この家で納豆を食べるのはおれだけである。どうしてこんなおいしいものがわからないのかとおれがこぼすたび、重さんとばあさんはいつも決まって嫌な顔をする。

「先生は生け花はやったことあるかい？」

とばあさんは訊ねた。おれは納豆をかきまぜながら、首を振った。

「一度、先生もやってみたらいいよ。今度、会に連れて行ってあげるよ」

「生け花はさすがに結構です。だいたい、一本目からして、どう挿したらいいかわからない」

「型があるから、それに従ってやったらそう滅多なことにはならないよ」

「え？　そんなものがあるんですか？」

そりゃそうよと力強く答えて、ばあさんは読んでいた図録のような本をこちらに向けた。見ると壺のような器に、松が活けられた絵が描いてある。

「天地人《てんちじん》と言ってね」

とばあさんは絵を指差した。確かに筆で描かれた三方に伸びる松の枝の横に、天、地、人と字が振ってある。

「どれもこの型に従って活けているんだよ。流儀によって呼び方はちがうけど、中身はいっしょさ。ほら、ごらん」

ばあさんはパラパラと写真をめくっては、これが天、これが地、これが人と作品ごとに一つずつ指で押さえて見せてくれた。なるほど、確かにどの写真も、最初見せられた絵のやり方に従って、形を定めているように見える。

「本当だ。どれも三つのポイントがある」

「天、地、人——生け花はね、言ってみればこの世の象徴なんだよ。この三つが調和して初めてバランスが生まれる。一つでも欠けるとうまくいかない。見た目も良くない。不思議なもんだよ」

ばあさんはちょっと大げさだったかねと笑ったが、おれは納豆パックを手に粛然《しゆくぜん》とその話を聞いた。なぜなら、ばあさんの言葉はまさに今の状況をピタリ言い当てていたからである。ばあさんは天とは自然であり太陽であり、地とは大地であり木々であり、人とは人間であると言った。

「最近の地震のニュースを聞いていると、何だかお天道様が怒っているように思えてならないね」

ばあさんは本を置くと、沸騰《ふつとう》したヤカンの火を止めに行った。

食事を終えたところで、やっと重さんが起きてきた。重さんは牛乳をコップに注ぐと、テレビをつけた。テレビにはいきなり富士山が映し出され、中継のアナウンサーが、昨夜から低周波地震が急激に観測されるようになったと緊迫した表情でリポートしていた。

ああ嫌だ嫌だとつぶやいて、重さんはすぐチャンネルを変えた。

おれは黙って二階に上がった。ベッドに寝転がって、目をつぶった。天を鹿島大明神、地を大なまずとすると、人はおれであり、マドンナである。藤原君、重さん、ばあさん、母である。鹿や狐は少々天寄りである。今この三者の調和が崩れようとしている。バランスよく活けてあった器が欠けて、枝はバラバラになろうとしている。つまり〝目〟とは、天地人の枝を活ける器のようなものなのだろう――とわかった顔をしたところで、何の意味もない。期限はいよいよ明日に迫っている。なのにおれはこうして無為に寝転がることしかできない。

絶望とはずいぶん静かなものだと思いながら、天井を眺めた。宅配便だろうか、一階で来客を知らせるベルの音が聞こえた。引き戸を開けるガラスの音がして、ばあさんが誰かとしゃべっている声が聞こえる。

階段をとんとんと上ってくる音が聞こえて、「先生」と呼ぶ重さんの声が聞こえた。身体を起こして「いいですよ」と答えると、入口の襖が開いた。

「お客さんだよ」

「おれにですか？」

重さんはなぜかニヤニヤしながらうなずくと、階段を下りていった。誰が来たのか知らないが、半袖のTシャツ一枚はさすがにマズいと長袖のシャツを羽織ってから、下に向かった。ばあさんと重さんが玄関で話をしている声が聞こえる。いったい誰だろうと首をひねりながら玄関に顔を出すと、そこに堀田がいた。

「堀田」

つい声が出てしまった。堀田はおれに顔を向けると、小さくお辞儀をした。

「お前、身体は大丈夫なのか？」

堀田は別に大丈夫だと無表情な顔で答えた。互いに少々離れた瞳がやけに光っていた。首筋には大和杯で受けた傷のかさぶたが残っている。先生に何だか大事な用があるみたいだよという重さんの声に、いいですかね少し上げても？　と訊ねると、もちろんだよとばあさんはうなずいた。すでに重さんから堀田のことを聞いたのだろう。ありがとうよ、嬢ちゃんのおかげでじいさんが帰ってきてねとばあさんがいきなり話し始めるのを、堀田は靴を脱ぎながら妙な顔で聞いていた。

おれは居間から座布団を一つ取って、先に二階に上がった。床に散らかっていたものを、押入れや机の上に移動させていると、階段がきしむ音がして堀田が顔をのぞかせた。

「そこに座ってくれ」

座布団を指差すと、堀田は黙ってその上に正座をした。堀田はジーンズに白いパーカーという簡単な格好をしていた。

おれは机の前のイスに座って、堀田と向かい合った。

「どうしたんだ、急に」

堀田は部屋の中をやけにじろじろと見回していたが、

「覚えていますか？」

と唐突に訊ねてきた。

おれは戸惑いながら「何を？」と返した。

「大和杯で言っていたことです」

「大和杯？」

「この試合に勝ったら、どんな願いごとでも聞いてやると言ったでしょう」

ああとおれは声を上げた。確かにそんなことを言った覚えがある。完全に勢いから出た言葉だったものだから、今の今まですっかり失念していた。

「ウ、ウン。確かに言った……」

「じゃあ、私の願いごとを聞いてくれますか？」

「そ、そうだな。まあ、とりあえず聞こうか」

「とりあえずじゃ困ります。何でも好きなことを言えと言ったでしょう」

堀田の強い調子に、おれは思わず言葉に詰まった。まったく、何でよりによってこんなときにと思うが、三日前の朝の出来事が負い目となって重く心にのしかかる。仕方なくおれはうなずいてみせた。

「わかった……聞こう。でも、できることで頼むぞ。まだ、最初の給料日も来ていないんだ」

「大丈夫です。お金はかかりませんから」

と静かに堀田はうなずいた。

「そうなのか？　なら大丈夫だ。何だ、願いごとって？」

「学校を辞めさせてください」

一瞬、おれは呆気に取られ、まじまじと堀田の顔を見つめた。

「ま、待て、ちょっと待て」

「今すぐ学校を辞めさせてください。いえ、学校は勝手に辞めます。だから、邪魔をしないでください。理由も一切訊かないでください。それが私のお願いです」

おれの目を見つめ、一気呵成《いっきかせい》に堀田は言葉を連ねた。

「ど、どうしてだ?」

「今、訊かないでと言いました」

「確かに……確かにこの前は、ひどい顔だとかずいぶんなことを言った。それは謝る。でも、それくらいで、いや、それくらいってわけじゃないけど――」

「そんなこと関係ありません」

おれの言葉を堀田は強い調子で遮った。それにどうせ私はひどい顔ですと独り言のようにつぶやいた。

「ちがう。お前はブスなんかじゃない。とてもきれいだ」

おれは思わず声を上げた。生徒相手に妙なことを言っていると思いながら堀田の顔を見ると、案の定、驚いた表情でおれを見上げている。

「変なこと言わないでください」

「変なことなんて言っていない」

眉間に皺を寄せ、堀田はおれを睨みつけていたが、

「とにかく、私は学校を辞めます。私のことは全部放っておいてください。話はそれだけで

す」

　と座布団から立ち上がろうとした。

　そのとき、一階からお茶が入ったよう、先生取りに来ておくれというばあさんの声が聞こえてきた。堀田が一瞬、困惑の表情を浮かべた隙を見逃さず、おれは「はい、すぐに行きます」と大きな声で返事した。

「せっかくばあさんが、お前のためにお茶を淹《い》れてくれたんだ。飲まずに帰ったら失礼になるぞ」

　おれが立ち上がると、不承不承といった様子で堀田はふたたび腰を下ろした。

　一階に下りると重さんは、

「いったい何だって？」

　と興味津々の表情で、近所に買いに走ってくれたらしい三笠の詰め合わせを紙袋から取り出した。

「ええ、何というか……進路相談のようなものです」

「まだ一年生なのに、進路相談かあ。最近の子はしっかりしているね」

　それにしても、なかなか信望が厚いね先生と呑気な勘違いをしながら、重さんはお盆に三笠を二つ載せた。

　お盆を手に危なっかしく階段を上りながら、改めてことの不合理さを反芻《はんすう》した。同時に、深刻なれど、どこか滑稽な眺めだとも思った。世界の危機を明日に迎えているというのに、おれは生徒一人の問題も碌に解決できず、未だ汲々《きゅうきゅう》としている。

とにかく、堀田と話をして何が原因か粘り強く聞くしかないと決めて部屋に入ると、堀田は机の前に立って、何やら手元をじっと見つめていた。

「どうした？」

物であふれた机にお盆を置くスペースを探しながら、おれはふとあさってから始まる中間テストの問題を、机の上に出しっ放しにしていることに気がついた。

「わっ、駄目だそこは」

おれは慌てて声を上げた。

だが、堀田はじっと視線を落としたまま動かない。離れろと声をかけるがそれでも堀田は動かない。

「駄目だと言っているだろ」

お盆を床に置いて急いで近づくと、ようやく堀田は顔を上げた。

「ああ——そうか、お前にはまだ渡していなかったんだ」

おれはホッと安心のため息をついた。堀田の手元には一枚の写真が収まっていた。それは藤原君が大和杯の日に撮ってくれた剣道部の写真だった。写真の真ん中に主将と堀田が並び、その両側を他の部員が挟み、いちばん端におれが立っている。面を脱いだばかりの堀田の顔は赤く上気し、前髪が汗で額に貼りついている。

「藤原先生が焼き増ししてくれたんだ。それはお前の分だから、持って帰っていいよ」

今度、藤原先生にお礼しておけよと告げて、なぜかまだ写真を食い入るように見つめている堀田に「さあ、さあ、どいてくれ」と手で示した。

「おかしい……」

堀田がぽつりとつぶやいた。

「おかしいって何が？」

「この写真の私の顔……おかしくないですか？」

ハア？　おれは思わず甲高い声を上げた。

「別におかしくなんかない。いつものお前だろう」

「本当に？」

やけに心配そうな声で訊ねる堀田に、ハハア、この子はひょっとしたら必要以上に顔にコンプレックスを持っているのかもしれないぞとふと思い当たった。

「いいか堀田——もっと自分に自信を持つんだ」

何だかかすかに糸口が見えてきたような気がしながら、おれは堀田に語りかけた。

「そうじゃなくて……」

「誰にだってコンプレックスはある。特にお前くらいの年頃だと、他人の目がやけに気になるもんだ。でもな、実際は誰も自分のことなんか、大して気にしちゃいないんだ。重さんだって、いつだったかお前のことをきれいだって言っていたぞ。あ、これは他の生徒には内緒だぞ——」

顔のことに関してなら、どんなコンプレックスを持っている人間より、悲しみを抱いている自信がある。少々目が離れていようと、堀田が小作りで可愛らしい顔であることに変わりはない。この顔で必要以上のコンプレックスを抱くのは、贅沢というものである。

「そうじゃないんです」

堀田は少しいらいらした声で言った。

「じゃ、何なんだ」

「私の耳はどこですか？」

「何だって？」

「私の耳はどこですか？　指で差してください」

堀田は写真をおれの前に突き出した。ここだろとおれは指差した。髪を後ろで結んでいるので、小ぶりな白い耳が目立っている。

「……ですよね」

堀田がうなずいている横で、どこかで見覚えのあるやりとりだなとふと思ったとき、

「ちょっと来てください」

と堀田がいきなりおれの腕をつかんだ。

ど、どこへ行くんだというおれの問いに、いいからついてきてくださいと堀田は部屋を出て、ずんずんと階段を下りていった。

あれ、出かけるのかい？　という重さんの声に碌に返事もできぬまま、おれは堀田を追って

家を出た。

「な、何なんだ、急に？」

「確かめたいことがあるんです」

「確かめるって何を？」

来たらわかりますと言って、堀田はほとんど小走りになって先を進んだ。堀田は奈良女子大学の前を通って、近鉄奈良駅に出た。堀田は横断歩道を渡ると、噴水の上で頼りなげに立つ行基像を右手に、商店街の入口にあるゲームセンターに入っていった。

「お、おい、何をするつもりだ？」

堀田はおれの問いに一切答えず、一台のプリクラの前で立ち止まると、さっさとのれんのようなカバーをくぐって、中に入っていった。明らかにカップルにしては不自然な歳の差に、店内の若い客が不審そうな視線を送っている。おれは逃げるようにして、堀田の後を追ってのれんをくぐった。

「どういうつもりだ」

狭いプリクラの機械の中で、おれは怒りを堪《こら》え訊ねた。だが、堀田はそこにお金を入れてください、財布も何も持ってきていないんでと相変わらずおれの問いに答えようとしない。

「ふざけるな。おれは帰る」

堪忍袋の緒が切れ、外に出ようとしたとき、「待ってください」と堀田が腕をつかんだ。

「四百円です。入れたらわかります」

腕をつかむ強さに加え、その眼差しの真剣さにおれはたじろいだ。堀田は黙って、硬貨の投入口を指差した。仕方なくおれは財布を取り出し、四百円もするのかと心で毒づきながら百円玉を入れた。

派手な音が鳴って、目の前の画面がしゃべり始めた。堀田はばちんばちんとボタンを叩いて、どんどん画面を進めていく。

「じゃ、始めるよォ」

と画面のキャラクターが気味の悪い声を上げた。次の瞬間、画面が前方のカメラが写す映像に切り替わった。

思わず、おれは言葉を失った。

画面に——鹿が映っていた。

チェックのシャツを着ている鹿はおれである。鏡ですっかり見慣れた雄鹿の姿がそこにある。

だが、画面に映っていた鹿は一匹ではなかった。

おれの隣に、白いパーカーを着た雌鹿の顔が映っていた。

長い沈黙がプリクラの箱の中に充満した。スピーカーから「さぁ、ポーズは決めたかなぁ?」という空々しい声が響く。

「先生」

「あ、ああ……」

「私の耳はどこですか?」

おれは一歩前に進むと、画面に映る雌鹿の耳をふらふらと指差した。

「やっぱり――」

堀田のつぶやきとともに、同じタイミングで画面の雌鹿の口が動いた。

「先生の耳はここです」

堀田はおれの隣に立つと、角の生え際の隣から横に突き出た、画面の耳を指で押さえた。

おれと堀田は無言で顔を見合わせた。もちろんおれの目の前には、少々魚似ではあるが、れっきとした人間の少女の顔が映っている。

「いっくよぉ、三、二、一――」

そのときスピーカーから能天気な声が響き、パシャッという音とともにフラッシュがたかれた。

無言のまま、おれと堀田は正面に向き直った。画面には、鹿が二匹、互いの顔を見つめ、馬鹿のように突っ立っている絵が映っている。

お前はいったい何なんだというおれのつぶやきに、堀田は静かな声で答えた。

「鹿の――〝使い番〟です」

＊

猿沢池《さるさわいけ》をのぞむベンチに堀田と並んで腰掛けた。

池から突き出した岩の上で、大勢の亀がのどかに甲羅干しをしていた。ぽつりぽつりと堀田が語る話のすべてを聞き終えたとき、

「わかった。おれが学校を辞めよう。お前が辞める必要なんて一つもない」

とおれは言った。

「でも、一日だけ待ってくれ。明日の夜まで待ってくれ。あさっての朝、辞表を提出するから」

その声に堀田は返事をせず、池を眺めていた。

うららかな陽射しの照りつける岩の上は、亀に覆われまさに立錐《りっすい》の余地もない。それでも一匹の亀が、岩の上を目指し、すでに岩に貼りついた仲間の亀の背中をよじ登ろうとしていた。だが、呆気なく途中で足を滑らせ、ぽちゃんという音とともに池に消えた。

それを見ていた子供たちが落ちた落ちたと甲高い笑い声を上げた。なぜか堀田は怒ったような顔で、子供たちを睨んでいた。

九月二十二日の、早朝の出来事だった。

紀寺町にある家から近鉄奈良駅に向かう途中、堀田はいつものように春日大社の敷地を通り抜けていた。そこで堀田は、これまで十六年間、物静かで決して不用意に声を上げない生き物と思っていた鹿から、いきなり声をかけられたのである。

堀田は仰天した。雌鹿は、堀田に一方的に告げた。お前は〝使い番〟に選ばれたと。

神無月に〝目〟を用いて、我々は〝鎮め〟の儀式を行う、〝使い番〟の役目はそれを手伝うことだと鹿は言った。〝目〟は〝運び番〟の人間によって、この地に届けられるとも言った。

「おそらく、この後、私と別れてから、いちばん最初にお前の名前を呼んだ人間が、〝運び番〟だろう」

おそらく？　と訊き返した堀田に、鹿はこれまでの千八百年間、常にそうだった、〝目〟には自ずと、必要とされる人間を引き合わせる力がある――と答えた。

鹿と別れ、堀田は自分の頭がおかしくなったのかと思いながら、学校に向かった。ただでさえ具合の悪いところに、たった一駅の電車に酔って余計気分が悪くなった。

やっとのことで堀田は教室にたどり着いた。鹿に話しかけられたせいで、始業時間はとっくに過ぎている。頭は混乱の極みにあり、〝運び番〟の話などすっかり忘れていた。だが、教室の席に座り、自分の名前を呼ばれた瞬間、唐突に鹿の話を思い出した。

顔を上げると、目の前に知らない人間が立っていた。鹿と別れてから初めて自分の名前を呼んだ人間は、

「このクラスの担任だ。今日から赴任した」

と教壇の上から告げた。つまり、おれだった。

おれから遅刻の理由を訊かれ、堀田は正直に鹿に話しかけられたと答えようとした。だが声を出そうとして驚いた。どうにも口が動かない。

何もかもが無茶苦茶だと思った。無性に腹が立ってきて、代わりに適当な理由を挙げたら、

今度は相手がむやみに腹を立て始めた。挙げ句に生徒指導室に呼び出され、校則書き写し十回を命ぜられた。

「だからだったのか」

おれは思わず声を洩らした。堀田は重い表情のまま池を見つめていた。

この一件で完全に頭にきた堀田は、おれを無視するよう生徒に呼びかけた。黒板にもあれこれ書きたてた。登校途中に変わらず話しかけてくる鹿に、おれのことを話した。だから鹿は、初めての対面でおれを「先生」といきなり呼んだのだ。鹿せんべいの件は、登校途中に鹿から聞かされたのだそうだ。「仲間の鹿が教えてくれた。うまそうに鹿せんべいを食っていたらしい。まだ、話をしていないが、ずいぶん妙な先生だな」と鹿は言ったという。

十月に入って、堀田はおれに対する攻撃をやめた。おれが鹿から〝運び番〟の役を正式に担わされたことを知ったからだ。おれがさっさと役目を果たせば、堀田も鹿の悪夢から解放される。足を引っ張るのは得策ではないと判断したのだ。おれから〝狐のは〟に向かうことを行基像の前で聞いたとき、堀田はうれしかったのだという。おれが伏見稲荷に行く意味を、もちろん堀田も理解していた。おれが〝目〟を持ち帰ってくることを、堀田は何の疑いもなく信じていた。

だが結果は期待を大きく外れた。

おれは鹿に印をつけられた。

同時に、堀田も鹿に印をつけられた。何の理由もなく、おれのとばっちりを食らったのであ

る。いや、

「自分たちの世界は自分で救え」

という鹿の言葉が理由だったのかもしれない。

次の日から、堀田の鹿化が始まった。

おれが鹿に語ったサンカクの話を鹿づてに聞かされたとき堀田は即座に剣道部への入部を決めた。大和杯に向け、おれと堀田は完全に同じ目的を共有していたのだ。人間の顔に戻りたいという一心で、堀田は大和杯を戦い抜き、見事サンカクを勝ち取ったのである。

しかし、堀田の期待はふたたび砕かれた。

大和杯翌日の朝、堀田は鹿からサンカクがただの銅のプレートだったことを知らされた。もう人間の顔には戻れないかもしれないという絶望とともに、堀田はふらふらと学校に向かった。遅刻して入った教室で、よりによっておれから「ひどい顔だ」と言われた。そのとき、堀田のなかで保たれていた最後の一本の線がぷつりと切れた。

二日間寝こんで、堀田は重さんの家を訪れた。もう学校を辞める、それが堀田の下した結論だった。多感な時期の真っ只中にある少女が、顔が鹿になっていく様を、日々不安と対峙しながら、ひたすら我慢していたのである。絶望的な状況を知り、すべてを投げ出そうと考えたとしても、おれは堀田を責めることはできなかった。

「――すまなかった」

すべての話を聞き終えたとき、おれは深々と頭を下げた。これまで堀田が黙って耐えてきた苦痛を思うと、どれだけ謝っても謝りきれないと思った。特に大和杯の勝利に堀田があれほどこだわった理由や、その想いが裏切られたときの気持ちを考えると、胸が潰れそうな思いがした。

おれが学校を辞めることを約束しても、堀田は少しもうれしそうではない、むしろ悲しそうな顔でその言葉を聞いていた。それが何の解決にもならないことを、堀田の沈黙は如実に物語っていた。

「明日ですね」

堀田はおれの顔を見上げると、かすれた声でつぶやいた。

「見つかりそうですか……〝目〟」

おれは堀田の問いに答えることができなかった。その結果、この少女が一生、鏡を見るたび、鹿と化した自分を確認するのかと思うと、あまりにいたたまれない気がした。

おれの無様な沈黙を前に、堀田はさびしそうに猿沢池に視線を向けた。

池から突き出す岩の上では、まだ亀の挑戦が続いていた。だが、勾配が急になったところでやはり池に落ちてしまう。それでも、しばらくすると水面からにゅうと首が飛び出して、のろのろと亀の山を登り始める。

「あきらめるんですか」

身体を前に傾け、その様子を頰杖をついて見つめていた堀田がつぶやいた。

「私にはあきらめるなとか言ったくせに、自分はさっさとあきらめるんですか」

堀田の言葉は、鋭い錐となっておれの心を突き刺した。おれはうなだれて、己れの足元を見つめた。

「帰りましょう」

おれを見捨てたかのような口振りとともに、堀田は立ち上がった。

顔を上げた視線の先で、日だまり目指し、亀は相変わらずのろのろと仲間の背をよじ登っていた。


「――でも、不思議だな。おれもお前もプリクラには鹿の姿で写っていたのに、どうして藤原君の写真じゃ二人とも人間の顔だったんだろう？」

そんなことを訊かれても、堀田にだってわからないだろう。堀田は返事を寄越さず、おれの隣を歩いている。同じ方向についてくるものだから、家に帰らないのかと訊ねると、重さんの家に自転車を置いたままなのだという。

「お前は、いつから――プリクラのことに気づいていたんだ？」

「初めからです」

と堀田は淡々と答えた。

それって、鹿から印をつけられる前からということか？　と眉をひそめるおれに、堀田はこくりとうなずいた。印をつけられた結果、鏡に映る姿が徐々に鹿へと変化していったのに対し、写真には初めから完全な鹿の顔が写っていたのだという。いつ気がついたというおれの問いに、堀田は鹿に話しかけられた翌日、妹とプリクラに行ったときだと答えた。おれが鹿から話しかけられる、実に一週間も前のことである。

「そのときから、鹿の顔がばっちり写っていたのか？」

「私の顔だけ完全に鹿でした。妹には見えていなかったようですけど――」

その写真はどうしたと訊ねると、すぐに捨てたと堀田は首を振った。

「あんな気味の悪い写真、残すはずないでしょう。家のカメラでも試しましたけど、やっぱりどれも鹿になっていて、すぐに消去しました」

だから、今はこの一枚だけですと堀田はジーンズのポケットから、プリクラを取り出した。二匹の鹿が間抜けな顔をして写っている。これ要りますか？　という声に、要らない、捨てておいてくれと返した。堀田は黙ってうなずくと、ポケットにプリクラを戻した。

駅前の商店街を抜けると、横断歩道の向こうから外国人の親子連れがやってきた。足に車輪のついたピンク色の鹿のビニール人形を抱えた女の子が、母親に何事か話しかけている。すれ違いざま、声が聞こえてきたがどうも英語ではない。スペイン語かイタリア語だろうかとぼんやり考えたとき、ふとおれは思い至った。

「そういや――どうして、おれたちは言葉を話せるんだ？」

はい？　と堀田は怪訝そうな顔を向けた。

「お前はおれと初めて会った朝、鹿のことが説明できなかったと言っていただろう？　おれも他の人間に鹿の話をすると、決まって声が出なくなった。なのに、おれとお前はさっきから好き勝手に〝使い番〟だ〝運び番〟だと言っている。なぜだ？」

　堀田はさして考える素振りも見せず、

「バレたからじゃないですか？」

　とやけに簡単に答えた。

「バレた？」

「だって、お互いが鹿の顔をしているってバレたら、もう隠す必要なんてなくなるでしょう」

　何だか理屈に合うような、合わないような、強引な意見である。

「そんなものかな？」

「そんなものですよ。だって、実際そうなんですから」

　どこか釈然とせぬまま歩いていると、路地の先に重さんの家が見えてきた。

「おおい、先生」

　呼びかける声に顔を上げると、重さんが二階の窓から手を振っていた。

「オヤ、何をしているんです？」

「空の写真を撮っていたんだよ。ちょっと絵を描こうかと思ってね」

　見上げると、なるほど雲がいい具合に連なって、いかにも秋の空の眺めである。あ、ちょっと二人そのまま――と声がして顔を向けると、重さんはすでにカメラで撮り終えた後だった。オウケーと指で丸を作ると、重さんは窓から顔を引っこめた。正面に向き直ると堀田がやけに険しい表情で立っている。

「そんなに嫌な顔をしなくたっていいだろう」

「だって、どうせまた鹿が写るだけでしょう」

なるほど、それもそうだなと思いながら、明日学校に来いよと堀田に声をかけた。堀田は何か言いたげな様子でおれを睨んだが、黙って電柱の脇に停めた自転車に向かった。堀田が自転車の鍵をポケットから取り出していると、引き戸ががらりと開いて重さんが顔をのぞかせた。

「いきなり二人して飛び出していったから、びっくりしたよ。ずいぶん長い間、どこ行ってたの？」

重さんは手元で何かをぱたぱたと振っている。

「あ、さっきの、ポラロイドだったんですか？」

「そうだよ。やっぱり色に味があるからいいよね」

どんな具合です？　とおれは重さんの手元をのぞいた。薄らと像が見え始めたとき、おれは思わず上ずった声で堀田の名を呼んでいた。

訝しげな表情で近づいてくる堀田だったが、写真をのぞいた途端やはり、

「どうして――」

とつぶやいたまま後が続かなくなった。

写真には、空を見上げる人間の姿をしたおれと堀田が写っていた。

「どういうことだ……」

え、どうしたの？　何か変なものでも写ってた？　と戸惑いながら重さんが写真をのぞきこ

んだとき、おれの頭の中で何かが点灯した。

「デジタルだ——」

は？　重さんと堀田が同時に声を上げた。

「堀田、さっき鹿になって写っていたと言っていた家のカメラは何だ？　デジカメだったんじゃないのか？」

少々面食らった様子で、堀田はええ、そうですけどとうなずいた。

「やっぱり、そうだ——デジタルなんだ。デジタル画像にだけ、姿が映りこんでしまうんだよ。さっきのプリクラだってデジタル画像だった。お前の家のカメラもデジタルだ。でも、光学式のカメラには写らない。このポラロイドがそうだ——藤原君のカメラもフィルム式だった」

「でも、どうして——」

堀田が困惑した声を上げた。

「きっと、知らなかったんだ」

「知らなかった？」

「あの連中はデジタル技術を知らないんだ。何せこの十年くらいで突然進歩した技術だ。まじないだか力だか知らんが、デジタル技術に対応できていないんだよ。だから光学式のカメラでは隠せているものが、一度デジタルに分解されたあとの画像には映ってしまう」

「そんなものなんですか？」

少々呆れた様子で堀田は訊ねた。

「そんなものなんだろう。だって、実際そうなんだから」

おれは先ほどの堀田の言葉をそのまま返した。

ハハアと堀田は要領を得ない声を上げた。重さんに至っては写らないって何が？　デジタルがどうしたって？　と完全に混乱に陥っている様子である。

「重さん――確か大和杯のとき、デジカメを持っていませんでしたか？」

「うん、持っていたけど――」

「そ、そのときの画像って見ることできますか？」

得体の知れぬおれの気迫に、重さんは戸惑いの表情でうなずいた。

「パソコンにデータを落としたから、パソコンで見られるよ」

「す、すぐにそれ、見せてくださいッ」

おれは玄関に飛びこみ、居間のパソコンに一目散に向かった。パソコンを起動させていると、

「今日の先生は、何だか忙しないね」と重さんが遅れてやってきた。堀田はおれと重さんの後ろで、黙って画面をのぞいている。

「でも剣道部の試合の写真はないよ。最初の試合には間に合わなかったし、京都女学館との試合はカメラどころじゃなかったから」

「別に剣道部はいいんです。全体の集合写真ってありませんか？」

「先生方で撮ったやつのこと？　それならあるよ。ええと、どれだっけ……？」

あ、これだねと重さんはマウスを動かしてフォルダを開くと、一枚の写真を画面いっぱいに

呼び出した。

それは大和杯授与式の後、第一体育館で撮影された教師だけの集合写真だった。京都・奈良・大阪、大和杯に参加したすべての女学館の教職員八十人が横に長く収まっている。

真っ先に自分の顔を探した。記憶のとおり、列のいちばん端に、鹿の顔をした男が立っていた。その横には南場先生の日焼けした顔が写っている。その隣には――。

おれは深いため息をついて、画面を見つめた。

南場先生の横には、見覚えのある水色のジャージの女性が立っていた。だが、首から上に、本来あるべきものが写っていない。代わりに、薄い茶色の毛に覆われた菱形の顔に、大きな三角の耳、吊り目がちで赤っぽい瞳――まごうことなき狐の顔が写っていた。おれはマドンナの変わり果てた顔を声もなく見つめた。

「先生――これ……」

そのとき、堀田が揺れる声で後ろから手を伸ばしてきた。堀田も見つけてしまったかと思わず心で舌打ちをした。これからの交流の可能性を考え、堀田にはまだマドンナのことを伝えていなかったのだ。

だが、堀田の指はマドンナとはまるでちがう場所を差していた。何だろうとその指の先に視線を動かしたとき、おれは思わず呼吸を止めた。

教師たちは前後三列になって写っている。前列はパイプ椅子に着席し、二列目は中腰、三列目は起立の姿勢である。前列中央に校長が座っている。立派な禿げ頭がひときわ輝いている。

その左隣の人物を、堀田の指は示していた。

「だ、誰です――この人」

かすかに震える声とともに、おれは堀田と同じ場所を指差した。

そこにはすっと背筋を正し、上等のスーツをまとった鼠の顔をした男性が座っていた。

「え？」

何を言っているの？　とばかりに不思議そうな声を上げ、重さんは答えた。

「リチャードじゃない」

九

ずいぶん涼しくなってきたなと思いながら、大仏池を見渡した。

ポケットに手をつっこみ、大仏殿の鴟尾を見上げていると、テニスコート沿いのいちょう並木から銀杏の匂いが漂ってきて少々、臭い。

講堂跡の原っぱに入る手前に、自転車が一台停めてあった。草を踏んで進むと、制服姿の少女がぽつんと礎石の上に立っていた。

おはようございますと頭を下げる堀田に、おはようと小さく手を上げる。昨夜も地震がありましたねという声に短くウンとうなずく。朝飯はもう食べたのかと訊くと、ハイと堀田は返事した。納豆は好きかと訊くと嫌いですと首を振った。

見上げた空は、ようやく白み始めたばかりである。風が吹くと、わずかに肌寒い。ふと見回すと木々の葉がずいぶん赤らんできている。草の上にも、ちらほらと色づいた葉が散っている。

「ホウ、ずいぶん珍しい取り合わせだな」

急に低い声が聞こえてきて顔を向けると、いつの間にか講堂跡と刻まれた石碑の隣に鹿が立っていた。静かに葉を踏みしめ、鹿は近づいてきた。

「どうしてわかった？」

鹿は立ち止まると、おれと堀田の顔を順に見比べた。おれは鹿に昨日の出来事を伝えた。

「わからないな」

不機嫌そうな声とともに鹿は首を振った。

「何だか知らないうちに、世の中はずいぶん変わってしまったようだ。〝使い番〟と〝運び番〟が、〝目〟を手に入れる前に互いを知るなんて前代未聞の出来事だ。そうやって〝目〟の力の抜け道を見つけることが、いいとは思えない」

「でも、そのお陰で誰が鼠の〝使い番〟かわかったんだ」

フン、気に入らないねとどこまでも鹿は不満の様子である。確かにこの連中とデジタル技術ほどそぐわないものもない。ひょっとしたら徹頭徹尾相容れぬ、対極の存在なのかもしれない。

「喧嘩はやめてください」

それまで黙っておれと鹿のやりとりを聞いていた堀田が鋭い声を発した。

「時間がないんでしょう」

そのとおりだ、おれと鹿は同時にうなずいた。

「先生、その鼠の〝使い番〟には会えるのか？」

鹿は首を向けると、張りのある低い声で訊ねた。

「これから会う。おれの学校の教頭だ」

「身近な人間だったというわけだ。いかにも鼠が狙いそうな場所だ」

鹿はおれと堀田を交互に見上げ、

「今夜が最後だ。もう次はない。世界の調和は、お前たち二人の肩にかかっている」

と重々しい声とともに告げた。否が応でも緊張が高まり、急に胸の鼓動を感じた。

「あ、少し待ってくれ」

鹿が俄かに声を上げた。何事かと目を向けると、鹿は足を踏ん張り、ぼろぼろと肛門から糞を盛大に吐き出した。草むらに転がる黒い斑点を、おれと堀田は黙って見下ろした。

用が済んだところで、鹿は濡れた黒い瞳を向け、力強い声で告げた。

「世界を救うんだ――先生」

＊

職員朝礼の間、おれはじっとリチャードの顔を見つめ続けた。

校長不在のため、リチャードが明日からの中間テストに関する注意点を話している。よどみなく話を進めるリチャードから、鼠の気配はついぞうかがえない。

鹿は、鼠から何の知らせもないのが気になる、おそらく鼠の手に負えないことになっているのではないかと言った。どういうことだと訊ねるおれに、人間が鼠に逆らっているということさ、〝目〟を手放そうとしないのだろうと答えた。

「しかし、理解できないな。人間が持っていても、〝目〟は何の力も発揮しない。人間にとっては、どこまでもガラクタにしかすぎないはずだ」

鹿は不審そうな声を上げたが、その不審はそのままおれの気持ちを代弁していた。未だにおれは、心のどこかで、リチャードが鼠の〝使い番〟だということが信じられずにいる。

鹿は、おれが〝運び番〟であることを、鼠も、その〝使い番〟も承知していたはずだと言った。そうでないと、先回りして〝目〟を奪い取ることなどできないという鹿の言葉を、おれは戸惑いとともに聞いた。

確かに、リチャードが無理矢理鼠から〝使い番〟を任され、まんまと操られ、〝目〟を奪ったとしても、その後の行動はリチャードの意思による。おれが堀田の攻撃に参っていたとき、真摯な言葉を投げかけてくれたリチャードの顔が浮かぶ。あのときのリチャードの姿勢が偽りのものだったとは思えない。だが、鹿の言葉によると、〝目〟を手放さず事態をここまで悪化させた張本人もリチャードなのである。

リチャードはそれでは今日も一日がんばりましょうと言って、朝礼を締めくくった。今日にとてつもない意味があることなど、つゆほども知らない様子である。リチャードは机に戻ると、豊かな銀髪を撫でつけ、優雅な仕草で手元の書類をめくり始めた。

午前中、おれはリチャードの元へ談判に向かう機会をうかがった。だが、教頭とはなかなか忙しい仕事らしく、一向に手の空く様子がない。休み時間に授業から帰ってくると、誰かしら話に行っている。席を外していると思ったら、ホワイトボードに来客中というプレートが貼ってある。応接室から帰ってきた途端に、教頭お電話ですと取り次がれる。

昼休みを迎えても、相変わらずリチャードは多忙である。三年生の受験についての会議があるとかで、おれが職員室に戻るなり、入れ違いに会議室に向かってしまう始末だ。

これは放課後まで無理だなと弁当を食べ終え、藤原君と並んで不味いかりんとうを齧っていると、やっこさん、何やら机の上に写真を並べ始めた。

「何？　その写真」

「この前、先生と古代飛鳥のロマン・ツアーに行ったときの写真ですよ。やっと現像したんです」

藤原君はこれあげますと一枚、おれの机に差し出した。見ると亀石とおれの写真である。亀石が手に載るように写しましょうという藤原君の提案に従い、お互いにやけに距離を取って写した馬鹿な一枚である。やはり、そこには人間の姿をしたおれが写っている。

「フィルムってのはいいね、どこまでも自然だね」

おれが素直な感想をこぼすと、そうでしょうと藤原君はご満悦の表情だったが、

「ああ、やっぱり駄目だった」

と急に悲しそうな声を上げた。どうしたの？　と藤原君の手元をのぞくと、一面に白い光が広がっている写真が何枚も続いている。

「何、それ？」

「黒塚古墳の資料館で撮った鏡の写真ですよ。光が反射しちゃって、ほとんどがパーです」

「あのガラスケースの中にいっぱい並んでたやつ？」

やっぱりフラッシュは駄目だったかあと落ちこむ藤原君に、デジカメだったらその場で失敗したってわかったのにねとささやくと、やっぱりデジカメ買おうかなとやっこさん、急に弱気になってつぶやいた。

「授業で生徒たちにスライドで見せてあげようと思っていたのになあ――これ、どれもサンカク……シン……ヨウなんですよ。ああ、これも駄目だ」

そのとき、藤原君が放った耳慣れない言葉に、聴覚が唐突に反応した。

「ねえ……今、何て言った？」

「え？　何か言いましたか僕？」

「サンカク……とか何とか言わなかった？」

「ああ、サンカクブチシンジュウキョウです」

は？　と間抜けな声を上げたおれに、藤原君は近くの紙の隅に、

「三角縁神獣鏡」

と書いて見せてくれた。

「この前、説明したじゃないですか。卑弥呼の鏡かと一時は大変注目された鏡です」

藤原君はまだしも光の反射の少ない一枚を見せてくれた。そこには薄ら見覚えのある、緑がかった色合いの、いかにも古ぼけた銅鏡が写っている。

「これがさっき言ってた三角ぶ……何とか鏡なの？」

「ええ、三角縁神獣鏡です」

「どこが三角なの……？　どう見たってこれ、丸い円じゃない」

「すばらしい質問です、先生」

藤原君はやけにうれしそうな声を上げると、

「外見が三角という意味じゃないんです。三角縁——つまり縁の断面が三角という意味なんですよ」

とさっぱり要領を得ぬ説明とともに、紙に絵を描き始めた。

「この鏡をピザのように切ったとしましょう。それを横から見たとき、外周の縁の部分が三角形になるんですよ。縁の断面が三角で、鏡背《きょうはい》に神獣の像が彫られているので三角縁神獣鏡というわけです。確かにわかりにくい命名ですけどね」

藤原君の絵は、まさにカットしたピザの断面である。ピザなら外側の縁の部分が小さな半円にでもなるのだろうが、藤原君の絵は三角形になっている。これがこの鏡のミソであるらしい。

「この三角形って有名なの？」

「有名なんてものじゃないですよ。この三角形の縁をした鏡の存在が、日本の考古学界を一気に発展させたといっても過言ではありません」

「卑弥呼が贈られた鏡だとか何とかっていう話？」

「そうです。この写真では見えにくいですけど、この真ん中のあたりをぐるりと文字が囲んでいるでしょう。これを銘文と言うんですけど、戦後発見された三角縁神獣鏡の銘文に、卑弥呼が生きていた年代と一致する年号が刻まれていたんです。もちろん、年号とは中国の王朝のそれです」

「そうなの？　じゃあ、決まりじゃない」

「そう簡単にはいきませんよ。当初、この三角縁神獣鏡は発見例が極めて少なかったんです。だから、『魏志倭人伝』に記載された卑弥呼が贈られた銅鏡百枚のうちの一枚かも――という推測が生まれたわけです。でも、今は状況がまるで違います」

「どうちがうの」

「出すぎたんです」

「出すぎた？」

「百枚しか贈られていないはずなのに、すでに三角縁神獣鏡は日本全国で五百枚近く発見されています。現代に残ったのですらその数ですから、当時は何千枚という数があったと推測されます。しかも、それだけの数があったのに、中国ではこの三角縁の鏡が一枚も発見されていません。贈り物にするくらいなら、中国でも大切に扱われていたはずです。これでは卑弥呼の鏡とは言えません」

「なるほど――うまくいかないもんだね」

「でも、決して無意味なことではなかったんですよ。これまでの邪馬台国論争は『魏志倭人伝』の記述をどう解釈するかに、長い間、明け暮れていました。でも、この鏡のことを大勢の人が研究することによって、実際に地面を掘って、出てきたものの考証から邪馬台国を論ずるという考古学的アプローチが主流になったんです――このことが、最大の功績と言えるでしょう」

藤原君は美しく話をまとめると、いかにも満足げな顔でかりんとうの瓶に手を突っこんだ。

「あのさ――藤原君ていくつだったっけ」

「二十五歳ですけど」

「ほんと若くないよね、きみって」

「先生に言われたかないですよ」

話が途切れ、しばしかりんとうを黙々と齧った。

「その三角縁神獣鏡って名前は昔からあるの？」

「ただの学術的な分類用語ですから、一般に知られるようになったのは、やはり戦後になってからですかね」

「やっぱり、リチャードもそのへんに詳しいのかな……？」

「詳しいなんてもんじゃないですよ。専門も専門、本だって書いているくらいです」

藤原君は引き出しから一冊の本を取り出した。そこには三角縁神獣鏡を冠した題名の下に、「小治田」と教頭の名が大きく記されていた。

「ほんとだ、大したもんだね」

「リチャードは三角縁神獣鏡を中国から贈られたものではなく、国産の鏡だと考えています。そして、三角縁神獣鏡が主に京阪神に集中して発掘されていることから、当時最も権力のある勢力が畿内にあったのではないか、つまりそれが卑弥呼のいた邪馬台国ではないかと推論しています」

「卑弥呼っていつの時代の人だったっけ？」

「弥生時代の終わりの頃です」

「それって何年前？」

「ざっと千八百年前です」

藤原君の答えを聞いた瞬間、頭にもやもやと漂っていたものに、すっと一本の道筋が開かれたように感じた。

「〝目〟だよ――先生。すべての答えはそこに含まれる」

鹿の言葉がふいと蘇った。千八百年前、サンカク、リチャード、三角縁神獣鏡――そして〝目〟。

「卑弥呼ってさ、どういう人だったの？」

「鬼道《きどう》を事とし、能《よ》く衆を惑わす――と『魏志倭人伝』に記述があります。鬼道というのは呪《じゅ》術《じゅつ》のことですね。卑弥呼は神に仕える巫女《みこ》だったと考えられています。多くの国を従えるくらいだから、相当な力の持ち主だったんでしょうね。でも、その正体はほとんど何もわかっていません」

「お墓とかも見つかっていないんだ」

「候補はいくつかあるんですけどね。それを発見することもまた、邪馬台国や卑弥呼を研究する多くの人たちの夢ですよ」

フウンとおれはうなずいて、かりんとうを一本、ゆっくり前歯で齧って平らげた。

「もしもさあ……卑弥呼の鏡を見つけてしまったら――藤原君どうする？」

「え？　どういうことです？」

「うまく説明しづらいんだけど、たとえば卑弥呼の存在を直接証明するような鏡を見つけてしまったら？」

「そりゃあ、発表しますよ。世紀の大発見です。まさに国の宝になりますもの」

「でも、人に言うことができないんだ。誰にも言わず、どこかに返さなくちゃいけない。一度返したら、おそらく二度と戻ってこない」

「世に出ないということですか？　嫌ですよ。返しませんよ」

藤原君はかりんとうの瓶を抱えるといやいやする真似をしてみせた。

背もたれに身体を預け、リチャードの席を見つめた。湯呑みがぽつんと置かれた誰もいない机に、昼の陽射しが注いでいた。

サンカクに、〝目〟――答えは初めからそこにあったのだ。もっとも、到底おれには気づくことはできない答えだったけれど。

藤原君の机から、写真を一枚手に取った。まん丸に縁取られた鏡を見つめ、そりゃあ〝目〟だよなとつぶやいた。


放課後、職員室に戻るとリチャードは席に座って、何やら書き仕事をしていた。

明日から中間試験が始まるため、職員室はどこか騒々しい。新参者のおれは試験作成の仕事もなく、自分の席で模範解答を眺めるふりをしながら、リチャードと話すタイミングをうかがった。

一時間が経った頃、リチャードがすっと席を立った。視界の端にその姿を捉えていると、リチャードは校長室のドアを開けて中に入っていった。終日、校長は不在だった。となると校長室にはリチャード一人である。おれは大きく深呼吸して、机に置いたクリアファイルを手に立ち上がった。

ノックをして校長室に入った。リチャードは校長の机の隣に並ぶ棚から、ぶ厚いバインダーを抜き出している最中だった。

「おや、先生。どうなされました？」

おれは一礼をして校長の机の前に進むと、クリアファイルから取り出した一枚をリチャードに向けて差し出した。

「何ですか、これは？」

「先日の大和杯の集合写真をプリントアウトしたものです」

「ああ、そのようですね。これが――どうかしましたか？」

「真ん中のあたりをごらんになってください」

リチャードは抜き出しかけたバインダーを元に戻し、机の上から紙を手に取った。

「これは――ずいぶんなイタズラですね」

しばらくじっと写真を見つめていたリチャードは、眉根を寄せた。

「どんなイタズラでしょう？」

「私の顔が、鼠になっています」

リチャードの答えに、おれはふうとため息をついた。

「教頭――それは、イタズラじゃありません。なぜなら、他の人には鼠の顔は決して見えないからです」

リチャードは一瞬、動きを止め、じっと手元の紙を見つめていたが、

「どういうことです？　おっしゃっている意味がよくわかりません」

と紙を机に戻した。

「じゃあ、これを見てください。今のは教頭のまわりしか写っていませんでしたが、こっちには全員が写っています。右の隅にあと二人、鹿と狐の顔をした人間がいるはずです」

おれはクリアファイルから新たな一枚を取り出し、机に置かれた先の一枚の上に重ねた。だが、リチャードはそれを手に取ろうとしない。

「すいませんが、先生。ちょっと今、急ぎで調べなくてはいけないことがありまして――」

リチャードがふたたび棚に戻ろうとしたとき、おれはポケットからデジカメを取り出し、「失礼します」と一枚ぱしゃりと撮った。

「な、何をするんですか、いきなり」

「見てください。教頭の顔が鼠になっています」

視線を外す余裕もないほど、目の前にデジカメを突き出されたリチャードは、しばらくの間、じっと画面を見つめていたが、ふっと口元に笑みを浮かべた。

「これもイタズラだと言いますか？　なら、このカメラは動画も撮れるので、動画で試してみますか？　さすがに、動画を瞬間的に加工できるとは、教頭も思わないでしょう――」

「わかりました。もう結構です」

リチャードは静かに声を発した。

「教頭は鼠の〝使い番〟ですね」

答えを聞くまでもなく、「鼠の〝使い番〟」と言葉にできたことが、その正誤を伝えていた。

「なるほど、写真にね……そういう仕組みだったのですか」

リチャードは静かな声とともに棚のガラス扉を閉じた。

「今朝から先生の視線は感じていました」

「時間がないので、単刀直入にお訊ねします。〝目〟はどこですか？」

「ここにはありません――ですが、私の手元にあります」

リチャードは穏やかな表情で、すべてを認めた。

「教頭は――あの〝目〟が何なのかご存知なのですか？」

「知っています。先生が以前、職員室の電話で南場先生におっしゃっていたことでしょう」

「じ、じゃあ、どうして？　知っているのなら――」

つい大きくなるおれの声から逃げるように、リチャードは机の集合写真のコピーに視線を落とした。

「あれが……三角縁神獣鏡だったからですか？」

ホウとつぶやいて、リチャードは面を上げた。

「先生もご存知でしたか……」

無言でおれはうなずいた。

「三角縁神獣鏡――正確には三角縁三神三獣鏡です。鏡背に、三人の神に三匹の獣の像が描かれている。もちろん、獣とは鹿と狐と鼠です。あんな鏡、これまで見たことがない。土に埋められたことがなかったのでしょう。金メッキの跡もまだ残っている。しかも、銘文には名前があった……」

リチャードはまるで目の前に実物が置かれているかのように、魅入られた表情で言葉を連ねた。

「ヒメミコという名前です。比売命《ヒメミコ》が鹿と狐と鼠に力を授けるという内容です。比売命――つまり卑弥呼です。卑弥呼とは中国で勝手につけられた名前です。あの鏡には卑弥呼の本当の名前を記した銘文が刻まれているのです。しかも三世紀の半ば、いやそれ以前のものにもかかわらず、立派な漢字を用いている。これはとてつもない発見なんです」

興奮を隠さず語るリチャードの横顔を、おれは冷ややかな視線で眺めた。

「そんなこと、知りませんよ。おれには何の興味もありません」

「世紀の大発見、まさしく人類の宝なんです」

「それなら、みんなのために使ってこそ、人類の宝でしょう。このままでは、教頭一人のための宝でしかありません」

おれは真っすぐリチャードの顔を見つめた。リチャードはおれの視線を避けて、虚空《こくう》に目線をさまよわせた。いつもの自信に満ちた様子とは別人のような表情だった。苦しそうに歪《ゆが》む口元に、リチャードなりの葛藤《かっとう》が色濃く滲み出ていた。

「今日の午後八時に、〝目〟を持って平城宮跡に来てください。今夜が、期限なんです」

「聞いています、鼠から」

「持ってきてくださいますね、教頭」

「――わかりました」

リチャードはうつむいたまま、力なくうなずいた。

おれが校長室から退出するとき、リチャードは、

「宝なんですよ、我々がずっと追い求めていた――」

と消え入りそうな声でつぶやいた。

おれは返事をせず、ドアノブに手をかけた。職員室の喧騒が蘇ったように聴覚を打ち、背中に残した寂寥《せきりょう》の気配を押し包んだ。

＊

朱雀門の脇を通って、平城宮跡に足を踏み入れた。

平城宮跡はすっかり闇に包まれている。広大な敷地の真ん中を突っ切って走る、近鉄電車の車窓の明かりが、しんみり夜に浮かんでいる。

おれは暗い土の道を進む。両側の草むらから湧き起こる虫の音がすさまじい。空を見上げると、薄い雲の向こうにぼんやり明かりが浮かんでいる。雲が風に流されると、まばゆいばかりに満月が姿を現す。

朱雀門を入って左手に進んだ場所に、生徒たちがグラウンドと呼ぶ整地された広場がある。昼休みや放課後の部活動に、生徒たちがよく使う場所だ。草むらとの境界を示すように、グラウンドの端には木々が連なって植えてある。その隅にひときわ大きな木が立っている。午後八時に平城宮跡にと鹿に告げられたとおりおれが伝えると、リチャードはその木の下で待っていてほしいと答えた。

グラウンドを横切って木に近づくと、根元に腰を下ろす人影が見えた。

「このへんには、団栗《どんぐり》が落ちているのですね」

深みのあるリチャードの声が聞こえてきた。

おれは足元を見つめたが、暗くてよくわからない。

「こんな暗いのによく見つけましたね」

「ええ、そこを掘っていましたから」

え？　とおれが声を上げると、

「鼠がどこにあるんだと、毎晩うるさくってね。そこに埋めて隠していたんです。ここほど埋めていて安全な場所はありません。何せ掘るには国の許可が要りますから」

とリチャードは立ち上がると、背後の草むらを指差した。確かにそこには、ぽっかりと真っ暗な空洞が地面に浮かぶようにのぞいていた。

これが〝目〟ですよとリチャードは手元のビニール袋を持ち上げてみせた。さほど大きくはない、されど重量のありそうな様子が、ビニールの突っ張り具合からうかがえた。

「教頭――一つ、教えてください」

おれはリチャードの正面で足を止めた。

「どうやって長岡先生から、それを手に入れたんです？」

ああとリチャードは吐息のように声を発した。

「鼠ですよ、すべて鼠が教えてくれたのです。ちょうど先生が学校にやってきた頃でしたかね。

家で仕事をしていたとき、突然話しかけられたんです。驚いて振り返ると、本棚の上に鼠がいた。鼠は言いました。お前は鼠の〝使い番〟に任じられたと。驚く私を尻目に、鼠は私に〝目〟について語りました。先生や長岡先生のことを語りました」

「おれのことをですか？」

「鼠はずっと仲間の鼠を使って見張っていたそうです。狐が長岡先生に声をかけるところも、鹿が堀田という生徒に声をかけるところも、その後、先生が教室でその生徒に声をかけるところも——すべてです。まあ、世の中どこにでも鼠はいますから、いくらでも監視ができます。そうそう、先生に関しては、私も直接確かめました」

どういうことです？　というおれの声に、リチャードは小さく笑って、サウナですよと答えた。

「打ちっぱなしの後、風呂に行ったでしょう。あのとき、先生から勾玉を見せてもらったのを覚えていますか？　鼠が実際にしゃべるのを目の当たりにしていても、私は〝使い番〟だ〝運び番〟だという話には半信半疑だったのです。でも、先生の鹿の勾玉と、鹿島大明神の話を聞いて、ひょっとして人間のあずかり知らぬ大きな巡り合わせのようなものがあるのかもしれないと思いました。何せ、鹿の〝運び番〟だという人間が、鹿島大明神のお守りを胸につけて現れたのですから」

おれはシャツにそっと触れた。その下に硬いお守りの感触を確かめながら、真っ赤に茹で上がりそうになってもサウナを我慢していたリチャードの顔を思い出した。

「鼠は私に、〝目〟についての説明をしました。狐と鹿のやつを少し困らせてやりたいから、手伝ってくれないかと言ってきました」

「ど、どうして鼠に協力したんですか？　教頭には何の関係もない話でしょう」

「協力しないと、私がこれまで集めた資料を全部食い尽くすと言われたんです。私の命よりも大切な研究資料です。私はとても断ることができなかった。ですから、長岡先生がサンカクの修理の件で電話をしてきたとき、〝目〟のことを持ち出したのです。自分が鹿の使いであることを匂わせてね。長岡先生は腑に落ちない様子でしたが、〝狐のは〟で私に〝目〟を渡してくれました。そういえば先生、土曜日に長岡先生にお会いになられたでしょう」

「ど、どうして、そのことを――？」

「長岡先生が連絡をくれたのです。まだ、長岡先生は何もわかっていないのですよ。〝狐のは〟で私は長岡先生に、もしもこの後、これを受け取ろうと先生に接触してくる人間がいたら、それは横取りを狙う鼠側の人間だから信用するなと言っておいたんです。そこに先生が連絡をしてきた……」

　刹那、伏見稲荷の喫茶店で、マドンナが去り際に見せた悲しい表情がありありと脳裏に蘇った。

「そ、それも、鼠の入れ知恵ですか？」

「いえ、鼠は狐と鹿をからかうことだけが目的でした。別にすぐにバレても良かったんです。これは私が考えたことです」

「ど、どうして――？」

「〝目〟が、考えたとおりのものだったからです。鼠に〝目〟の話を聞いたときから、私には予感がありました。千八百年前から続く儀式に、それにまつわる祭器、さらには〝目〟という名前。すぐに鏡だと思いました。私は鼠に、〝目〟の縁はとがっているか？　と訊きました。鼠は何も考える様子もなく、とがっていると答えました。〝目〟そのものに関しての話は、いくら訊ねても答えようとはしないのですが、そういった周辺のことには答えてくれるのです。私は〝目〟とはおそらく我々の間で三角縁神獣鏡と呼ばれているものだろうと鼠に告げました。鼠は少し驚いていました。どうしてわかったのかという問いに、私は専門家だからと答えると、マズいやつに声をかけてしまったかもしれないと鼠はこぼしていました。先ほどは鼠に脅されたからと言いましたが、私自身の興味があったことも否定できません。私は〝目〟が何なのか確かめてみたかった。〝狐のは〟で長岡先生から〝目〟を渡され、すぐに中身を改めました。やはりそれは三角縁神獣鏡でした。しかも卑弥呼の名前まで入った――」

リチャードの手元で、その三角縁神獣鏡は簡単なビニール袋に入れられ、ゆらゆら揺れている。

「これは返すことはできないとその瞬間、決意しました。先生と〝狐のは〟で話をしているときは、本当にどきどきしましたよ。私がしたことに気づいているのではないかと不安で仕方ありませんでした。だから、自分から誘って様子をうかがったんです。私は思いきって、先生が持つボストンバッグに他の大和杯と一緒に〝目〟を入れて、先に玄関で待ってもらいました。

ですが先生は何も気づいた様子はありませんでした」

　何てことだとおれは心でつぶやいた。おれはあの夜、間抜けにも〝目〟の入ったバッグを、自分の手でリチャードの車のトランクに積んでいたのだ。

「しかし、サンカクの件は意外でした。私が鼠に三角縁神獣鏡と言ったことが、どういうわけかサンカクのところだけ先生に伝わって、先生は躍起になって大和杯を獲ろうと奮闘を始めた。私はサンカクと呼ばれるものが剣道部に伝わっていることなど知らずに、先生に部の顧問をお願いしていたのです。自分の言ったことが、思いもしない目くらましになって、この偶然の連鎖には本当に驚きました」

　つまり下手な伝言ゲームだったということだ。もっとも、「三角縁神獣鏡」という名前を一度聞いただけで、鼠と鹿にちゃんと伝えろと求めるのは酷というものであるが。

「サンカクのデザインにも驚かされました。いやに〝目〟と似ていたからです。形は三角形でしたが、鏡を意識した造りであることは明らかです。まるで〝目〟のことを知っていたかのようです。それに、あの動物の絵柄。まったく不思議な偶然もあったものです。もっとも、この一件に係わってから、何が偶然で何が必然なのか、よくわからなくなってしまいましたけどね」

　リチャードは自嘲気味につぶやくと背後を振り返った。三十メートルほど離れた場所を、近鉄線の線路が通っている。リチャードの視線に迎え入れられるように、大和西大寺駅から電車がゴトゴトやってきて、おれとリチャードはしばし沈黙した。

「必然だったと思います」

遠ざかる電車の重い響きを聞きながら、おれは口を開いた。

「自ら必要と感じたならば、〝目〟は必ず姿を現すと鹿は言っていました。こうして教頭が〝目〟を返すことになったのも、やはり必然だったと思います」

「そのとおりだよ、先生――」

突然、空から女の声が降ってきて、ギョッとして頭上を見渡した。しかし、暗い木影が広がるだけで、何者の姿も見出《みいだ》せない。

「鼠ですよ」

リチャードが暗い声でつぶやいた。

「ずいぶん手間をかけさせてしまったね、先生。人間とは長い付き合いのつもりだったけど、人間の欲の深さを見誤っていたよ。こんな大事なものまで、自分のものにしようとするとはね。己れの欲に簡単に負けて、他の大勢の人間を平気で見殺しにする。相変わらず人間は、この世でいちばんおそろしい生き物だよ――」

甲高い中年女性の声が、枝を移動しているのか場所を変えて聞こえてくる。

「おい、小治田。さっさと、そこの〝運び番〟に、〝目〟を返しな。ごらんよ、お前のせいで顔まですっかり醜い鹿に変えられてしまって……。印をつけられたんだ。まったく気の毒ったらありゃしない」

鼠は早口に言葉を連ねる。少々、神経質そうな調子にも聞こえる。鼠にはおれの鹿化が見えるらしい。もちろん、リチャードは鼠にごらんと言われたところで、何も見えない。

「聞いておくれよ、先生。私は何度もこの男をせっついたんだよ。なのにこの男、一向に返そうとしないのさ。初めは命よりも大事だとか言っていた資料も、〝目〟を手に入れた途端に、どうなってもいいとか言いだして、まるで脅しも効きやしない。すっかり、その〝目〟の虜になってしまったのさ。まあ、別に私はこのまま〝目〟が失われて、なまずが暴れても、こんな腐った人間ばかりの世の中だ。かえっていい薬かなと思わないでもないよ。だけどこのままじゃ、あの鹿がただの鹿になってしまうだろ？　〝目〟の力がないと、神性は失われてしまうからね。相変わらず面白味のないおっさんだけど、いなくなるとそれはそれで私も退屈ってものだからね――」

幹を伝って下りてきた声が、次の瞬間には足元を這っていく。驚いてまわりを見回すが、一瞬黒い影のようなものが視界を横切っただけで、何の姿も捉えられない。

「さあ小治田、返してやりな。あんたの役目はとうに終わったんだよ」

今度はリチャードの足元から声が聞こえてくる。

「渡してください――教頭」

鼠の声を受け、おれは一歩足を踏み出し、手を差し伸べた。

リチャードはビニール袋を胸の前に持ち上げた。白い袋の影がぼんやり揺れている。

「――だ」

リチャードの口元から、小さな声が洩れた。

え、何です？　とおれが訊き返そうとしたとき、

「やっぱり――いやだ」

というかすれた声が暗闇に響いた。

「これを鹿に渡したら、もう二度と私の元には戻ってこない。これは世の中に広く存在を知らせるべき、すばらしい文化遺産なんだ」

「渡してください、教頭。このままだと本当になまずが暴れて、大地震が起きてしまいます。富士山だって噴火するかもしれない。教頭もニュースをごらんになっているはずです」

さあ、と手を伸ばし、おれはもう一歩足を進めた。

リチャードはビニール袋を胸に抱え、後退った。

「いやだ――いやだいやだッ。これを渡して、また一からやり直せと言うのか？　これから一生かかっても、見つけ出すことができないかもしれない、とてつもないものがここにあるのに……それなのに、むざむざ捨てろって言うのか？」

「捨てるんじゃありません、生かすんです。ガラスケースの向こうに飾るより、何千倍、何万倍も意味があるやり方で生かすんです」

「ちがうッ」

リチャードは弾けるように叫んだ。

「お前なんかにはわからない。どれだけ、我々が、先人たちが、苦心を重ね今日まで研究を続けてきたか。この一枚で、どれほど多くの人間の苦労が報われることか。お前なんかにわかる

わけがない――」

「そんなもの、わかるわけないでしょうがッ」

勝手な言い草に、おれは思わず怒鳴り返していた。線路の高架をバックに、リチャードのシルエットがビクリとふるえた。

「お、大なまずなんているわけないだろう。本気でそんなこと信じているのか？」

「少なくとも、おれの母は信じています。おれは――はっきり言って、今もわかりません。でも、この世の調和が崩れようとしている、何かとてつもなく危険なものが迫ってきていることだけは確かです。それを止められるのは、ひょっとしてこの世でおれだけかもしれない。なら、おれはこの世界を守りたい。だから教頭――それを返してください。お願いします」

荒いリチャードの息づかいが、虫の音と混じって聞こえてくる。おれはまた一歩足を踏み出す。落ち葉がみしりと音を鳴らす。

「こ、こんなものに、妙な力があるからいけないんだ」

ふるえる声が闇を伝って耳を打った。

「粉々にしてやる――。そうすれば力だって失われるはずだ。それから私が復元して、真っ当な鏡に戻すんだ」

リチャードは突然踵を返すと、線路に向かって走り始めた。暗闇の向こうから光が近づいてくる。奈良方面からやってくる上下二層に分かれた車窓の明かりは、特急電車の証《あかし》である。

「馬鹿ッ――やめろ、リチャード」

リチャードの意図を理解した瞬間、おれは慌ててその後を追った。だが、グラウンドから出た途端、真っ暗な足元に広がる、絨毯のように柔らかくなった枯れ草に足を取られ、すっ転んだ。慌てて立ち上がろうとするが、その間にもリチャードはどんどん先に進んでいく。

「駄目ですッ。やめてください、リチャードッ」

リチャードはビニール袋をグルグルと大きく振り回した。おれの絶叫も、すでに間近に迫る特急列車の音に呑みこまれリチャードには届かない。

白いビニール袋の残像が、リチャードの身体を中心に回転した後、夜空に向かって高々と投《とう》擲《てき》された。

リチャードと線路との距離は十五メートルほどしかない。ゆっくりと白い影は空を舞い、線路に向かって落下を始めた。

おれは絶望とともにその影を見送った。遠目にはのんびり映っていた電車は、近づくにつれ急激に勢いを増し、あっという間に先頭車両が目の前を通り過ぎていた。

そのとき、特急電車の車窓から洩れる明かりにふっと影が差した。

その影は列車に平行するように猛然と突き進むと、落下する白いビニールの残像の軌道に向かって大きく跳躍した。

黒い影と白い残像が交差したとき、一瞬、車窓の明かりを背に、なぜか堀田の姿を見たような気がした。同時に、〝目〟が木っ端微塵に砕け散る音を聞いたような気がした。

すべてを圧する車両の音が、光の点滅とともに猛然と通過していく。おれは絶望とともに巨大な影が凶暴な息づかいを響かせ、闇を駆け抜ける様を見送った。

運転席の静かな明かりが遠ざかっていっても、しばらく耳の底で、車輪のぶ厚い音がこだましていた。

リチャードは精魂尽き果てたかのように、膝を突いてぼんやりと前方を見つめていた。ようやく戻ってきた虫の音に包まれ、おれは立ち上がった。目の前の光景を、呆然としながら迎え入れた。

リチャードの前方より、ゆっくりと雌鹿が近づいてきた。

その背中には堀田の姿がある。堀田の手には、白いビニール袋がぶら下がっていた。

鹿はリチャードを一瞥もせずその横を通り過ぎると、おれの手前で立ち止まった。鹿の背にまたがった堀田は、〝目〟を差し出し、得意そうな声で言った。

「マイシカです、先生」

＊

「おい、いつまで乗っているつもりだ。私は神の使いだぞ。いい加減、降りろ」

苛立たしげな鹿の声に、一度、鹿に乗って走るのが小さい頃からの夢だったんですと堀田はうれしそうな声とともに草の上に降り立った。

「遅くなってすまなかった、先生」

堀田が乗っていた感触が気に入らないのか、鹿は何度もぶるると身体をふるわせた。

「奈良公園からここまで歩いてきたのか？」

おれの問いに、そうですすと堀田がうなずいた。

「何しろここまで遠出するのは、百八十年ぶりだからな。いやはや、こんなに下界がおそろしいことになっているとは思わなかった。奈良公園のまわりで慣れているつもりだったのだが……車に驚いて足が止まってしまって、何度も死にそうになった。百八十年後のことを思うと、今からもう憂鬱だ」

鹿はため息混じりに言葉を連ねると、おいそこにいるんだろ、くそババアとずいぶん乱暴に声をかけた。

「私がくそババアなら、アンタはくそジジイだわな」

左の地面のあたりから、唐突に声が聞こえてきた。

「よくお前がそんな口をきけたもんだ。私があと少しでも遅れてみろ。〝目〟は今頃、粉々だぞ」

「フン、そもそもアンタが遅れてくるからだよ。こんな小さくて非力な鼠一匹じゃ、何もできないことくらい百も承知だろ？」

「まったく都合が悪くなるといつもそれだ。相変わらず腹の立つババアだ」

鹿はぶうと鼻を鳴らすと、おれに向き直った。

「ことの成り行きは今日の昼間、そこのババアが詫びを入れにきたときに全部聞いた。今回ばかりは災難だったな先生。それでも、こうやって――まあ、ギリギリだったが、無事に〝目〟を取り返したんだ。本当によくやった」

鹿は出会って以来初めて、おれにねぎらいの言葉をかけた。

「あまり時間は残されていない。さっそく儀式を始めよう。ところで――あの男はどうするんだ？」

鹿の問いを受け、鼠が荒っぽい口調で訊ねた。

「おい小治田、アンタはどうするんだい？　もう家に帰るかい？　それともなまずを鎮めるところを見ていくかい？　すぐに決めな」

リチャードは依然、膝を突いたままだったが、

「……見たい」

と消え入りそうな声で答えた。

「じゃあ、ついて来い」

鹿が厳かな声で告げた。

リチャードはのろのろと立ち上がると、スーツについた枯れ草を払い、頼りない足取りで近づいてきた。

「すまなかった――先生」

リチャードはおれに深々と頭を下げた。

「〝目〟が無事だったことが何よりです」

おれは手にしたビニール袋を少し持ち上げた。

リチャードは小さくうなずくと、鹿や堀田にも頭を下げた。まったく自分が何をしようとしたかわかっているのかい？　今度、変なことしたら承知しないよ。アンタが隠しているヘソクリの札束、全部ズタズタにするからねと鼠は辛辣《しんらつ》な言葉でリチャードの謝罪に応えた。

「いい月夜だな」

とつぶやいて鹿は歩き始めた。我々は鹿に従って、線路沿いを歩いた。

「ところで、どうしてお前は、そんなに鼠と仲が悪いんだ？」

鹿の隣に立って歩きながら、おれは小声で訊ねた。

「フン、長い因縁だよ」

「因縁？」

「十二支を知っているだろう。先生はどうしてあの十二匹の動物が決まったか知っているか？」

十二支って子・丑・寅のやつだろ？　というおれの声に、鹿はそうだと答えた。

「何だろう――語感がいいからかな？」

おれの答えに線路脇の茂みから、クックックという鼠の忍び笑いが聞こえてきた。

「お前が笑うな、ババアめ」

鹿は忌々《いまいま》しそうに舌打ちをした。

「大昔のことだ。神が干支を決めると言いだした。神は動物たちに告げた。明日、神の元に早く出てきたものから順に干支に加えてやるとな。それを聞いた動物たちは、まだ話を聞いていない他の動物たちにその情報を伝えた。そのとき鼠は、よりによって集合の時間を明日ではなく、あさってと変えて教えやがったんだ」

「だから、猫は時間を間違えて、干支に入れなかった」

後ろから急に堀田の声が聞こえた。

「そのとおりだ」

鹿がうなずいた。

ずいぶんお前、物識りだなと振り向くと、藤原先生が授業で教えてくれたと返ってきて、なるほどと納得した。

「世間じゃ、猫の話ばかりが有名だが、鼠にだまされたのは猫だけじゃない、鹿や狐もだまされたんだ」

「それまで散々、鼠を食ってばかりいたんだ。それくらいの仕返しは当然さ」

茂みから鼠の声が聞こえてきた。

「それは猫と狐の話だろ？　我々は飢え死にしたって、お前なんか絶対に食わないぞ」

「そのとき、狐の隣にたまたまいたからだろ？　運が悪かったってことさ。まったくいつになっても、同じ話を繰り返してしつこいったらありゃしない」

「事実を言っているだけだ。しかも、十二支のいちばん初めには鼠が来る。どうしてか知っているか、先生？」

知らないとおれは首を振った。

「この連中は自分の足で行くのが億劫だとか言って、牛の尻に乗って神のところまで行ったんだ。それで牛が一番乗りしようとした寸前で、さっさと尻から降りて神に名乗りを上げたのさ」

ああ、何て頭がいい一族だろうねという鼠の声を黙殺し、

「別に私は鹿が干支に入ろうと入るまいと、そんなことはどうだっていい。おそらく狐も何もこだわっていまい。ただ、この一件で、鼠はすっかり嫌われ者になった。だから、この被害妄想ババアは、いつまで経っても自分の悪口を言われていると思いこんでいるのさ。誰も鼠のことなんて、気にしやしないのに。それで今回のように、要らぬ横槍《よこやり》を入れてくる。まったく迷惑千万な話だ」

と鹿は語って、踏切の手前で立ち止まった。カンカンと鐘を鳴らしバーが下りてくる。鼠は反論したのかもしれないが、警報機の音にまぎれ聞こえない。バーの手前に、行儀よくおれと堀田と鹿とリチャードが並んでいる。人が見たら相当妙な絵だと思うが、不思議と誰ともすれちがわない。

バーが上がって、またぞろぞろ歩き始める。おれは鹿の前方にちょろちょろと動き回る黒い影を認めた。案の定、そのあたりから鼠の声が聞こえてきた。

「それにしても、お前さん、あのお嬢ちゃんまで鹿面に変えてしまったんだね。ちょっとやりすぎなんじゃないのかい？　ええ？」

鹿はもう鼠とは口をきかないことを決めたのか黙って歩いている。線路の向こう側には、さらに広大な平城宮跡が広がっている。薄闇の空に、復元工事中の大極殿《だいごくでん》を覆う建物の巨大なシルエットが映っている。

回廊跡なのか、鹿はまわりから一段高くなっている道を進んだ。

「懐かしいな、このへんは変わっていないな」

鹿は独り言とともに、途中で段を下り、草むらの中を進んだ。

「溝があるから気をつけろ」

膝まである草を踏み、鹿の後ろを一列になって進んだ。何かが足に当たってきたと、制服姿で素足の堀田が泣きそうな声を上げていた。

「このへんじゃないのか」

という鼠の声に、

「ウン、このへんだな」

と鹿は立ち止まった。左右を見回し、最後に空を仰いだ。そこにはぽっかりと満月が澄んだ光を放っている。

第一次朝堂院《ちょうどういん》の跡だとリチャードがつぶやいた。何をするところです、と広大な原っぱを見回しおれが訊ねると、貴族が朝廷の儀式や宴会をするための場所だったとリチャードは答えた。

「ちがう、〝鎮め〟の儀式を行うための場所だ――」

鹿がリチャードに顔を向けた。

「ここも、平安京も、難波宮も、どれもなまずを封じるために造られた都だ。昔の人間は〝目〟の存在を語り継ぎ、ちゃんとその意味を知っていたんだ。だから〝鎮め〟の地に宮殿を建て、その場所を守ろうとした。だが、刀や槍や弓を持った野蛮な連中が力を持ち始めた頃から、どんどん人間は愚かになっていった。〝目〟のことをすっかり忘れてしまうほどにな。今や人間は誰一人、〝目〟のことを知らず、我々動物だけがその事実を伝え、人間のためになまずを鎮めている。まったく、妙な話だよ。人間という生き物は文字にして残さないと、何もかも忘れてしまう。本当に大事なことは、文字にしてはいけない。言葉とは魂だからだ。だが、そのことを人間はすっかり忘れてしまったらしい」

その場に立つ人間三人は、しゅんとして鹿の話を聞いた。言うべき言葉が見つからず、おれはただ頭《こうべ》を垂れて暗い足元を見つめている。

「さあ、先生。〝目〟を取り出しておくれ」

場の湿った空気を取り払うように、鹿が鋭い声を発した。

おれは弾かれるように面を上げると、手元のビニール袋から中身を取り出した。リチャードが土に埋めていたため、〝目〟は何重にもビニールとガムテープで包まれている。ガムテープの継ぎ目がわからず悪戦苦闘していると、手元にぽっと明かりが点《とも》った。

「すいません、面倒なことをしてしまって」

リチャードが隣から、ペンライトをあてていた。堀田が底を持ち、おれがビニールを剝がす。

その内側から、紫色の立派な絹袋が出てきた。おれは中央の紐を解いて、口を広げた。

ペンライトの光は、藤原君の写真で見たような、鏡の裏面の紋様を浮かび上がらせていた。直径は二十センチほどで両手にすっぽり落ち着く。その縁は、藤原君が説明していたように三角にとがっている。鏡の半分ほどに金メッキの跡が残っている。ここに三神三獣のレリーフがありますとリチャードが指差した。中心をぐるりと囲むように胡坐《あぐら》をかいて座る三人の人物の間に、少々潰れてわかりにくいが、鹿と狐と鼠の紋様が描かれていた。狐は鹿に、鹿は鼠に、鼠は狐にそれぞれ顔を向けていた。ここに銘文があります、ヒメミコが力を授けると記されていますと指差されたが、銘文が刻まれたラインの幅は五ミリほどしかなく、とてもじゃないが読むことができない。

「ヒメミコか――懐かしい響きだな。そういえば、人間からはそう呼ばれていた」

鹿がぽつりとつぶやいた。

「し、知っているのか、その名前を？」

リチャードが上ずった声を上げた。

クスクスという笑い声とともに鼠が答えた。

「知っているも何もないさ。私たちはヒメからこの〝鎮め〟の役目を託されて、今もこうして続けているんだから」

「ど、どういうことだ？」

リチャードは震える声で訊ねた。

「ヒメのお願いなんだよ」

鹿は重厚な声とともに、リチャードの顔を見上げた。

「この地には昔、鹿島大明神と同じくらい、力が強くて、大きな神がいたんだ。だが、ある日ふいと姿を消してしまった。何でも好きな女ができたとかいって、異国に行ってしまったんだ。そのとき、神はヒメに力を授けた。大なまずの動きを鎮める役目を与えたんだ。後にも先にも神から力を授かった人間なんて、ヒメくらいのものだ。それほどヒメはとてつもない力の持主だった。神が消えた後、ヒメは〝鎮め〟の役目を一人でよく果たした。だが、ヒメの力は偉大すぎて、跡を継ぐ人間がいなかった。そこでヒメは死ぬ間際、自分の力を〝目〟に移し替えた。それが先生が持っているものだ。そこにはヒメの力、神の力がこめられている」

おれは思わずわっと叫んで、手にした鏡を取り落としそうになった。もっとも堀田が下で支えていたので、大事には至らず、堀田から怖い顔で睨まれた。

「死の間際、ヒメはそこの鼠と狐と私を呼んだ。そのとき我々は、このあたりで最も力のある者たちだったのさ。ヒメは我々に大なまずを鎮め、人間たちの世界を守り続ける役目を託そうとした。もちろん、我々にヒメほどの力はない。だから、ヒメは〝目〟の力を用いて、三者が協力し合ってなまずを封じこめる仕組みを作った。我々はヒメの申し出を受け入れた。〝鎮め〟の儀式をそれぞれが行うことを約束した」

改めて、おれは手の内の古ぼけた鏡を見つめた。裏返しても、ざらざらとした手触りが残るだけで、鏡としての本来の目的は何も果たしそうにない。それでも、この薄っぺらい銅鏡にとんでもない力がこめられているのだという。正直なところ、神の力と言われても、おれには何も感じるところがない。

「そ、それじゃ、ヒメミコは――どこで死んだんだ？　そ、その墓はどこにある？」

リチャードが興奮を隠せない声で訊ねた。

「何の話だ？　そんなことを知ってどうする？」

「これが、この男の仕事なのさ。墓はどこだとか、中身は何だとか、そんなことばかり一年中調べている。生きている人間より、死んだ人間のほうが大切なんだよ、この男には」

鼠が皮肉たっぷりに解説した。

「私が知るなかで、もっとも偉大な、いや唯一偉大な人間だぞ。もっと自分の仲間に敬意を払ったらどうだ――」

鹿はあからさまに不機嫌そうな声を発した。その言葉にリチャードは黙りこんでしまい、もう質問を重ねることはなかった。

フンと鹿は鼻を鳴らして空を見上げた。

「じゃあ、そろそろ始めるかな」

＊

堀田はおれから鏡を受け取ると、鹿の前に進み、草の上にそっと置いた。

おれとリチャードはそれを離れて見守るだけである。なぜ鹿が狐の〝使い番〟は女と決まっていると言っていたのか、その理由をおれはようやく理解した。マドンナ然り、堀田然り、それは神に仕える巫女の役目なのだ。

堀田は地面に置いたカバンから、水筒を取り出した。そして、鏡の上に水筒の中身を流しこんだ。

「大仏池に流れる川の、ただの水だよ」

と鹿が説明した水は、藤原君が丁寧に図解してくれた三角の縁の内側に溜まった。その様子を食い入るように見つめていたリチャードが、我慢しきれなくなったのか、

「その形は……そのためなのか？」

とかすれた声で言葉を挟んだ。

「形？」

「ふ、縁のとがっている部分のことだ」

「ああ――おそらくそうだろうな。ちゃんと水が溜まるように、ヒメは考えていたから。この意味を知らずに、その後、人間たちが同じものを作って有難がっていたのは妙な眺めだった」

ウウムと隣でリチャードが言葉にならない唸《うな》り声を上げていた。

鏡に満たされた水面に、満月が小さな点となって、鋭い光を反射させていた。鹿はゆっくりと顔を水面に近づけると、舌を出して舐め始めた。

すると妙なことが起きた。水がまるで粘土のように丸まっていった。中心に浮かぶ満月に向

かって、わらび餅のようにぷるぷるとふるえながら寄せられていく。ついには、水は一個の小さな球形となり、その内側にまばゆいばかりに、満月の光が閉じこめられていた。

「もう一度」

鹿は光る玉をそっと鏡の隅に鼻で転がすと、堀田に水を注ぐよう促した。鏡を満たした水を、ふたたび舌で転がした。満月を封じた水の玉がもう一つ出来上がった。

「それじゃ、なまずを鎮めようか」

鹿は面を上げると、人間たちの顔を見回した。

「お、お願いします」

あまりにも簡単な開始の合図に、戸惑いながら頭を下げた。リチャードと堀田も合わせて頭を下げる。

鹿は満月の玉を音もなくくわえた。

口元を光らせ、鹿は二、三歩進むと、ぽっと玉を離した。

まるでそこに穴があるかのように、光の玉が地の底へと落ちていった。そこに土があり、草が生えているのに、なぜか光だけが底へと消えていくのが見える。光が暗闇に吸いこまれるように消えてしばらく経ったとき、突然ぐらぐらと地面が揺れた。

思わずよろけたところをリチャードと堀田につかまれようやくバランスを保った。強い揺れが五秒ほど続き、徐々に穏やかな揺れに変わった。

「届いたようだね」

完全に揺れが収まったところで、鼠がほっとした声でつぶやいた。

「急に尻尾を締めつけられたから、びっくりしたんだろう――」

どうやら、大なまずのことを言っているらしい。

次に鹿は堀田を呼び寄せた。鏡の上にもう一つ残る光の玉を「手に取れ」とあごで示した。

だが、鏡をのぞきこんだまま、堀田はなかなか手を伸ばそうとしない。大丈夫だ、心配いらないと笑うような声で鹿は告げた。堀田はおそるおそる手を伸ばし、光をつまんだ。

「だ、大丈夫か？　熱くないか？」

「水の感触がする」

水を舐めて作ったのだから、よく考えると当たり前の感想を堀田は述べた。

「それを私の目に嵌《は》めてくれ。そうだ。そのまま、あててくれたらいい」

鹿は堀田の前に、顔の左半分を差し出した。堀田は戸惑った様子だったが、鹿に催促され、ゆっくりと手の光を鹿の目に近づけた。

目に触れたときに一瞬輝きを増した後、瞳の向こうにすうと吸いこまれていった。

「〝目〟だよ、先生」

鹿は左目をおれに向けた。大きな瞳の中で、波のように光が揺れ、粒となり消えていった。

「次の〝鎮め〟の儀式まで百八十年、私はこの力とともに生きる――」

鹿は重々しく宣言すると、首をもたげ夜空を見上げた。濡れた瞳が月の光にぼうっと輝いていた。

ずっと詰めていた息をようやく吐き出した。これで終わりかとおれは鹿に訊ねた。
すべて終わったよ――鹿はゆっくりと答えた。

朱雀門の前でリチャードと別れた。

その鏡はどうするのかと控えめに訊ねるリチャードに、鹿は山に運ぶ、六十年後まで人間の知らない場所に隠すと淡々と答えた。リチャードは深いため息をつくと、今日は大変な一日でした、私のせいで非常な迷惑をかけてしまいましたと改めて頭を下げ、学校へ戻っていった。肩を落とすその後ろ姿は、何だか急に歳を取ってしまったようで、少し気の毒に感じられた。

鼠は別れ際、「どうして、先生は〝運び番〟に選ばれたかわかるかい？」と唐突に訊ねてきた。隠れる場所も特にない、朱雀門前の広場である。地面に染みついた影のように、鼠のシルエットが浮かんでいる。

おれが答えに窮していると、

「にぶいね、先生も。決まっているだろう、その胸の角だよ。それは鹿島大明神の使いの証だ。そりゃあ、〝運び番〟になるしかない」

啞然《あぜん》とするおれを見上げ、キャッキャと鼠は笑い声を上げた。

「不思議なものさ。鹿の〝運び番〟になる男はいつも東からやってくる。必ずその勾玉を身につけている。何もご存知ないのか、それとも全部お見通しなのか、神々というのは、まったく読めないね」

と一人で勝手にしゃべり続ける鼠の言葉を聞きながら、そうなのか？　じゃあ、お前は初めからおれが〝運び番〟になると知っていたのか？　と鹿に訊ねた。鹿はまあ、そんなところだとうなずいた。お前、今までひと言もこの角のことに触れなかっただろうと言うと、余計なことを言ったらお前はそれを外すだろう、私はその玉が放つ〝匂い〟が大好きでねと鹿は澄ました顔で答えた。なるほど、〝匂い〟ね——ため息混じりにつぶやいて、おれはシャツの上からお守りの感触を確かめた。

さてお嬢ちゃん、鼠は次いで堀田に話しかけた。

「体育館の天井から、お嬢ちゃんの剣道の試合は見せてもらったよ。実にいい試合だった。まったく大したもんだよ。身体は小さくても頭がいいんだね。私にそっくりだ。私はすっかりお嬢ちゃんが気に入ってしまってね。わかるんだよ、お嬢ちゃんの苦労が。馬鹿な男に囲まれた女の苦労がね。ヒメがまさにそうだった。まわりはどうしようもない男ばかりで、いつもヒメは一人で苦労していたよ。いいかい、お嬢ちゃん。もしも、困ったことがあったら、私が相談に乗ってあげる。どうも、そこの先生に、鹿に、頼りないのばかりみたいだからね。挙げ句がそんな不細工な顔に変えられちまって……まったく、かわいそうったらありゃしない」

過剰な同情をかけられ、堀田は大いに困惑しながら「い、いえ、そんな、結構です」と手を振った。すると逆に、

「まあ、何て慎み深いお嬢ちゃんだい。小治田とは大違いだ。ますます気に入ったよ。何かあ

ったら、私に言うんだよ。そうだ、今度、アンタのところまで聞きに行ってあげるよ」

と勝手に宣言までされ、少々泣きそうな顔をしていた。

鼠は最後に「じゃあ、また六十年後、誰かに〝目〟を取りに行かせるよ」「ああ——ちゃんと早めに〝運び番〟を寄越せよ、あと今回みたいな碌でもないやつを選ぶんじゃないぞ」「フン、余計なお世話だよ。まあせいぜい達者にね、そうそう、今度会うときは雄鹿の格好で頼むよ、その顔でその声じゃ気味が悪くって仕方がない」「うるさい、お前だって今、オスの鼠じゃないか」「こっちのほうが速く走れるんだよ、それに見た目も変わらないだろ？　けど、アンタのはおかしいよ。やりすぎだよ」と仲良く鹿とやり合ってから去って行った。

「さあ、帰ろうか」

鼠の影が暗闇に消え去るのを見届けて、鹿は深いため息をついて歩き始めた。

それから二時間かけて、おれは鹿を奈良公園まで送り届けた。新大宮の駅前を、おれと堀田に挟まれ鹿が歩く姿は、通行人の注目の的だった。時間も遅いので、堀田は新大宮駅から一足先に電車で帰らせた。堀田と別れた後、〝目〟を堀田に持たせたままだったことに気づき、慌てて戻ろうとするおれに、鹿はいいんだよ先生と呼び止めた。だって山に運ぶと言っていたじゃないかと言うと、あれはウソだ、あの男をあきらめさせるために言ったのさ、〝目〟はこれから〝使い番〟の元でずっと守られる——と鹿は静かな声で告げた。

「武道を教える道場に、鹿島大明神の掛け軸がかかっていることは知っているだろう。大明神は武術の神様だからな。あの子は鹿島大明神が選んだ〝使い番〟なんだよ。先生が〝運び番〟に選ばれたようにね。人間として、これはすこぶる名誉なことだ。これからの六十年、〝目〟はあの子の家で保管され続けることになる」

保管するってどこに？　とおれが訊ねると、道場の神棚の中だと鹿は平然と答えた。

「そ、そんなところに置いていたら、見つかってしまうじゃないか。神々に内緒の宝だっておお前も言っていただろう？」

「そこが大明神の不思議なところなんだよ。なまずにしても然り、自分の足元のことをまったく感知しない。そのくせ、〝使い番〟や〝運び番〟を選んで、大社の分霊を通して知らせてくる。私もあの方だけは、わからない」

超天然なのか大明神と心でつぶやいて、おれは鹿をエスコートして横断歩道を渡った。鹿は国道の通行量の多さにうろたえ、何度も「百八十年後が憂鬱だ」とこぼしながら、春日の山目指し歩き続けた。

春日大社の一の鳥居の前で鹿と別れた。

最後に残る問題について話をしたかったが、今日はもう休ませてくれとぐったりとした声で告げられ、じゃあ明日の朝、講堂跡でと約束して別れた。鹿はおれに向かって「びい」と短く鳴いて、春日の森へ消えていった。

家に帰ると、午前一時を過ぎていた。風呂にも入らず、ベッドに寝転がった。鹿化が始まって以来初めて、朝まで一度も起きずぐっすり眠った。

十

ポッキーを手に講堂跡に向かった。

風呂から上がって間もないため、顔を覆う体毛が朝の風を受けると一斉にひんやりとして少々肌寒い、いや毛寒い。

誰もいない講堂跡で、礎石に腰掛けポッキーの封を開いた。一本、二本と齧っていると、どこからともなく雌鹿がやってきた。

「おはよう、先生」

ウンおはようとおれはポッキーを持った手を上げた。

「家を出るとき、テレビのニュースでやっていたよ。昨夜から富士山の地震がピタリと止まったってさ」

「そうか——それは良かった」

ほら、と差し出したポッキー五本を、鹿は腰を下ろすと遠慮なくぼりぼりと食べた。

「〝鎮め〟の儀式が終わったら、一つだけおれの願いを聞いてくれるという話だったよな」

「ああ、わかってるよ先生。そんな急《せ》くなって」

鹿はもぐもぐ咀嚼しながら、うなずいた。

「もう、決まっているのか？」

「もちろんだ。この顔を元に戻してくれ。それ以外に何もない」

「フン、つまらない願いだな。もっと大きな願いはないのか？　大金持ちにだってなれるんだぞ？　だいたい、どうしてそんなにその顔が気に入らない？　まったく理解できないな」

「じゃあ、お前は顔が人間になっても我慢できるのか？」

それは後生勘弁だなと即座につぶやいて、鹿は差し出された新たな五本に食らいついた。

「他に学校を創るというのもあるぞ——例えば先生のところのように」

学校？　何の話だ？　と訝しむおれに、

「先生の学校だよ。あの学校は六十年前、鼠から狐へ、〝目〟を運んだ〝運び番〟が建てたものなんだよ。あの狂った戦争が終わって間もない頃だったな。無事儀式を終えた後に、〝運び番〟の役を果たした男は狐に大金持ちにさせてくれと頼んだ。狐は男の願いを受け入れた。男は狐に言われたとおり、投機をして一挙に大金を作った。相変わらず人間は欲が深いと思っていたら、男はその金を全部注ぎこんで学校を建てた。それも京都、大阪、奈良、それぞれ〝鎮め〟の儀式を行う場所の近くにな。きっと男なりに、何かを守ろうとしたんだろうな。まったく人間にしては、珍しく殊勝な心掛けを持った男だったよ——」

と鹿は淡々とした口調で語った。

京都伏見稲荷の料理旅館の人間が、なぜ突然、高校を三つも建てたのか、おれはようやくその真相を知るに至った。同時にサンカクのことが頭に浮かんだ。鏡にも似た三角形のプレートに浮かぶ狐と鹿と鼠のレリーフ、そして剣道部の胴の絵柄――ひょっとしたらあれは、先代の校長が、三匹の動物たちに何かしら感謝の気持ちをこめて作ったものではなかったか。

「せっかくの機会なんだ。もう少しいろいろ考えてみたらどうだ？　〝目〟の力は、神の力だ。どんな願いだって叶う」

「この顔を元に戻してくれ――おれの願いはそれだけだ」

おれは静かに告げた。そうか、わかった、鹿は最後のポッキー五本を勢いよく咀嚼しながら、立ち上がった。

もちろん堀田も一緒に戻してくれるんだよな――おれは袋に残った半分に折れたポッキーをくわえ訊ねた。

「それは無理だよ、先生。叶えてやれる願いごとは一つだけだ。それじゃあ、二つになってしまう」

咀嚼を終えた鹿があっけらかんと答えたとき、おれの口元から思わずポッキーが転がり落ちた。

「ま、待てよ。じゃあ、おれの顔を戻してくれとお願いしたら、堀田はどうなるんだ？」

「変わらず、今のままだ」

鹿は声の表情を変えず、淡々と答えた。

「堀田は堀田で願いごとを叶えてやるということか？」

「いや、願いを聞いてやるのは、〝運び番〟の人間だけだ」

鹿はにべもなく首を振った。

「そ、そんな無茶苦茶な話があるか。お前が勝手にやったことだろう。お前の責任で元に戻せ」

「私は印の消し方を知らない。ヒメから教わったのは、印のつけ方だけだ。人間に言うことを聞かせたいときに、もっとも効果があるとヒメが教えてくれた。だが、印の消し方を聞く前に、ヒメはこの世を去ってしまった」

おれは呆気に取られて、鹿の顔をまじまじと見つめた。何かを言おうとした。だが、言葉が出てこない。

「やむを得なかったんだ、先生。よく思い返してくれ。あの子がいたからこそ、無事なまずを鎮めることができた。先生一人では何もできなかった。私の判断は間違っていない」

鹿はおれの顔を真っすぐ見つめ、静かに言い切った。

「私は〝目〟から、先生の願いを一度だけ聞く力を授かっている。言ってみればそれは、先生へのヒメからの感謝の気持ちだ。先生には理解できない話かもしれないが、先生の顔を元に戻すとしても、それは印を消すんじゃない。〝目〟の力を借りて、先生を人間の顔に変えるんだ。だから、私はあの子を元に戻すことはできない」

おれは立ち上がった。声の限り、叫んだ。ありったけの罵詈《ばり》雑言《ぞうごん》を浴びせかけた。ポッキーの空き箱を投げつけた。空き箱が当たっても、鹿はじっとその場で動かなかった。

「どう言われようと聞いてやれる願いは一つだけだ。すまない、先生」

鹿の声が空《うつ》ろに聴覚を叩いた。

おれはふらふらと草むらにしゃがみこんだ。

足元を横切ったこおろぎが、草の根元にかくれたところでちりりと鳴いた。

＊

三日間の中間試験を終えた木曜日の放課後、おれは大津校長に呼び出しを受けた。何事かと校長室に向かうと、ずいぶん硬い表情で校長が座っていた。その隣には同じく、かしこまった表情でリチャードが立っている。

「誠に申し訳ないことなのですが、先生……」

と校長はいかにも恐縮した様子で前置きすると、

「実は先生の前任の教師が、産休を終え復帰したいと申し出ているのです。本来は三学期から復帰という話だったのですが、向こうの経済的な事情などがありまして、急遽十一月から復帰することになりまして……。それで、先生には非常に申し上げにくいのですが、今月いっぱいで１－Ａの担任を降りていただきたいのです」

と苦しそうな口調で続けた。

おれはうまく話の内容がつかめず、授業の受け持ちはどうなるのです？　前任の方も理科の教師だったはずですがと訊ねた。

「申し訳ないですが、そちらも降りていただくことになります」

いよいよ渋面を作って校長は答えた。

「つまり――クビということですか？」

「いえ、給料につきましては、最初のお約束どおり、十二月分までお支払いいたします」

「でも――この学校ではもう受け持つ授業はないということですよね？」

「え、ええ。そういうことになりますね……」

やっぱりクビじゃないかと思った。

「短期間にもかかわらず、先生の生徒への接し方、教育に取り組む姿勢は、小治田君からも聞きましたが、剣道部の活躍も含め、たいへんすばらしいものがあったかと存じます。もしも大学院に戻られた後、教職に就かれることがありましたら、よろこんで推薦状を書かせていただきます。そのときはどうぞ遠慮なくおっしゃってください――」

校長の話の間、リチャードはずっと校長の手元を見つめていた。あの日以来、おれはリチャードと口をきいていない。おれは別段こだわるつもりはないのだが、どうやらリチャードがこちらを避けているきらいがある。もっとも中間試験の最中なので、単に忙しかっただけなのかもしれない。結局、リチャードとは最後まで一度も目を合わさず、ひと言も言葉を交わさぬまま、おれは校長の元を辞去した。

席に戻ると、藤原君は試験も終わり再開された部活に出かけてしまっていた。卓上の三角カレンダーを手に取った。今月の授業は明日の金曜日で終わりである。来週からは十一月になる。

ということは、おれの教師生活は明日までということである。ずいぶん唐突な終わり方である。少々呆然として、天井を見上げていると、

「先生、生徒が呼んでいます」

と急に声をかけられた。

ドアの外に出ると、堀田が立っていた。オウ、どうだった中間試験は？　と声をかけると、ジロリと睨みつけられた。その顔はやけに強張り、目には異様な光が宿っている。

「どうして……」

堀田の口元から小さな声が洩れた。

「どうして、私だけなんです？」

「ん？　何のことだ？」

「とぼけないでください。今朝、鹿から聞きました」

「おいおい、学校で鹿の話なんかするな」

「何であんなことしたんですか？」

「何の話か、さっぱりわからないな」

堀田はおれを憎らしげに睨みつけると、ポケットから急に携帯電話を取り出した。

何をするつもりか見守っていると、堀田はおれの顔の前に携帯を掲げた。カメラのシャッター音が聞こえ、堀田は携帯画面をおれの目の前に突き出した。そこには鹿の顔をしたネクタイ姿の男が映っていた。

「なるほど」

とおれはつぶやいた。

「どうして――？」

「どうしてって……そりゃそうだろう。自分で蒔いた種だ。おれが責任を取って何がおかしい」

「だって、このまま一生、その顔で……」

言葉の途中で、堀田は唇を嚙みうつむいた。もう私、先生と平気で顔を合わせることができません、消え入りそうな声で堀田は言った。

「そんな心配はしなくていい。明日でおれのこの学校での仕事も終わりだ」

え、と驚いた表情で堀田は顔を上げた。

「ひょっとして、あのときの約束ですか？　でもあれは――」

「ちがう。お前とは何の関係もない。前任の方の復帰が早まったんだよ。それでおれの役目が終わったんだ。まあ、ちょうど良いタイミングだったんじゃないか？　そうだ、代わりと言っちゃ何だが、これからもぜひ剣道部を続けてくれないか。お前の剣道を見て、大勢入部希望者が来たそうじゃないか――」

「知りません、そんなこと」

堀田はふるえる声でおれの言葉を遮った。

堀田は憎々しげにおれを睨みつけた。かと思うと、急に泣きだしそうな表情を浮かべた。堀田は一歩下がり、乱暴に背中を向けた。そのまま堀田は歩き始めた。途中、すれ違った教師が挨拶をしても、うつむいたまま返事をしなかった。廊下を進み、突き当たりの階段を下りていった。最後まで一度も振り返ることはなかった。

しばらくの間、職員室の前で立ち続けた。何だか急に泣きそうな気持ちがこみ上げてきて、困った。

翌日、教室に堀田の姿はなかった。

朝のホームルームで、突然だが今日で最後の授業になると発表すると、生徒たちは一様にびっくりした顔をしていた。終礼の後、学級委員長が寄せ書きを持ってきてくれたのには驚いた。先生、結構みんなから人気があったんですよという委員長の言葉にはもっと驚いた。

「次のところでもがんばってください」

寄せ書きの真ん中には、蛍光ペンで書きこまれた字が大きく躍っていた。次のところかあ――ため息とともにつぶやいて、おれは教室を後にした。

藤原君と重さんは、いくら何でも話が急すぎると突然の解任劇にご立腹の様子だったが、理事長でもある校長が決めてしまった以上、いくら不満を抱いたところで、どうにもならない。頭も薄けりゃ影も薄いって有名な校長なのに、ずいぶん無茶なことをするねと重さんが珍しく語気を強める横で、藤原君が、聞いた話ですけど、前任の先生はもう少し休みたいと言っていたのに、リチャードが無理に復帰をお願いしたそうですよ、何か先生、リチャードとあったのですか？　と訊いてきた。別に何もないよと答えておいたが、なるほどそういうことだったのかと、おれはようやく得心した。

放課後、机の私物をまとめ、他の教師に挨拶をして回った。最後にリチャードのところへ行くと、私もとても残念です、どうかお身体を大切にしてください、今後のご活躍を心よりお祈りしておりますと実に情実あふれる表情とともに言葉を並べた。最後の最後になって、おればあさんがリチャードには気をつけろと言っていた意味をしみじみと噛みしめた。年寄りの言葉は聞くもんだと大いに反省した。

おれはリチャードにパソコンのＩＤフロッピーを返却した後、

「実は鹿から、卑弥呼の墓がどこにあるか、こっそり教えてもらったのですけれど、教頭には絶対に教えてあげません。これまでたいへんお世話になりました。それでは、さようなら。御機嫌よう」

とウソ八百を並べ立てて、さっさと席に戻った。案の定、リチャードは教頭の席から卒倒しそうな表情でおれの顔を睨みつけていた。あっかんべえをしてやると、やっこさん、サウナのときよりもさらに顔を真っ赤にしていた。

＊

さして量もない荷物を宅配便で実家に送り出すと、急に部屋がガランとした。

窓から外をのぞくと、連なる屋根の向こうに若草山が薄緑の山肌をさらしている。初めて奈良にやってきた日、重さんが窓から若草山を指差して、新年明けて行われる山焼きを毎年ここから見るんだ、花火も一緒に上がるんだよと教えてくれた。名に聞く若草山焼きであるし、それを見てから大学に戻ろうかな、などと思っていたのに、ずいぶん早く帰る羽目になったもんだ。

来客を知らせるベルが鳴り、一階から「おいでなすったよ」と重さんの呼ぶ声がした。リュックを持って階段を下りると、食卓に弁当が置いてあった。さびしいねえ、先生に作る最後のお弁当だよとばあさんがしんみりつぶやく横で、梅干しが塩辛いだとか、油っぽいのが駄目だとか、我儘《わがまま》言ってすいませんでした、毎日おいしかったですと改めて礼を言って弁当をリュックに入れた。

玄関を出ると重さんと藤原君が待っていた。驚いたことに、藤原君の隣にはマドンナの姿があった。

「金曜日、先生が帰った後に、長岡先生から電話がかかってきたんですよ。先生が学校を辞めることを話したらびっくりされて、奈良を去る前にどうしても会いたいとおっしゃったので、今日のハイキングに誘ったんです」

すいません、きっと迷惑だと思ったんですけど、どうしても先生に最後にお目にかかりたくてとマドンナは何やら差し迫った様子で頭を下げる。いえいえ、とんでもないです、僕もお会いできてとてもうれしいですと慌てて応じると、おやおや、何ですか会うなり二人してと藤原君が冷やかしの声を上げた。うるさいよと睨むと、藤原君はうへっと首をすくめ、「さあ、出発、出発」と転害門に向け歩き始めた。

大仏池の前はいよいよ銀杏臭く、講堂跡はいよいよ紅葉の気配に包まれつつある。風情ある石段を上り二月堂の前に出ると、見上げた堂内より響く、がらんがらんという鈴の音がのどかである。三月堂、四月堂の前には、鹿が大勢たむろしていた。耳をくりくりと回して、しきりに芝に身体をこすりつけている鹿がいる。重さんによると発情期のサインらしい。子作りの秋ですねえと藤原君がしみじみつぶやく。寝転がらず観光客にエサを求める鹿たちは、今日もお辞儀に忙しい。

土産物屋が並ぶ通りに、若草山の入山ゲートは面している。ここを登るのは親父と小学校のときに来て以来だと重さんが懐かしそうに声を上げた。そうそう親父で思い出したけど、先週の頭からウソのように地震が収まって、すっかりあっちも平静を取り戻したらしいよと重さんが伊豆の話をすると、前を歩いていたマドンナがふいと振り向いて小さく微笑んだ。おれもうなずいて笑みを返すと、おやおや、何ですか二人ニマニマしちゃってと藤原君がすぐさまちょっかいをかけてきた。うるさいよと睨み返すと、何だか今日の先生はおっかないと藤原君はまた首をすくめた。もうおれは先生じゃないよと言うと、いえ今日まで十月だかられっきとした先生ですよとやけに強気な表情で藤原君は断言した。

山を正面に右手に回りこむようにして続く階段を終えると、あとは斜面を登っていくばかりなのだが、これが意外と勾配があってきつい。四人とも急に無口になって上を目指す。のろのろと進む人間を嘲笑うかのように、鹿は斜面を自在に跳ねながら、草を食む場所を変えていく。鹿の毛色は若草山の山肌にとてもよく馴染む。すっくと立つその姿は、青い空を背景にどこまでも清々《すがすが》しい。赤いトンボがつがいとなって遊んでいる。すすきの穂が風にふらふら揺れている。

若草山には一重目から三重目まで斜面の途中に名前がついている。二重目で腰を下ろし、弁当を広げた。眼下には奈良の風景が一望できる。彼方には平城宮跡も見える。学校の屋上から若草山を望めるように、二重目からも奈良女学館のかすかな姿を認めることができる。

ばあさんの弁当を味わって食べ終えると、藤原君がさらに上に行きましょうと言いだした。もう登りはいいよとおれが断ると、マドンナも私ももう十分ですと笑いながら首を振った。すると藤原君、何かの気を利かせたつもりなのか、「三重目には古墳があるんです」とあまり気乗りではない重さんを無理矢理連れて、登っていってしまった。

取り残されたように、マドンナと二人、草の上に座って奈良の町を眺めた。やはり、街並みの中でも、大仏殿の構えはひときわ大きい。そういえば、奈良に来ておれはまだ大仏を見ていないと今さらながら気がついていると、

「私、先生に謝らなくちゃいけません」

と横からマドンナの声がした。

顔を向けると、やけに深刻な表情でマドンナがこっちを見ている。

「狐から聞かされたんです。本当は先生が鹿の〝運び番〟で、私は鼠にだまされていたんだっ

て——。先生が必死で探していたときに、私あんな失礼な態度を取ってしまって……」

「もういいですよ。なまずも無事鎮まりました。気になさらないでください」

「先生のおっしゃっていたとおり、私、京都市動物園で狐に話しかけられたんです。そこで、〝使い番〟をいきなり命じられたんです。狐は私に、伏見稲荷の実家の道場に行って、神棚の中にあるものを鹿の〝運び番〟に渡せと言いました。半信半疑のまま実家に戻って神棚を開けたら、本当に狐が言っていたとおりのものがあって……」

「じゃあ、あの〝目〟は先生の道場にあったものなのですか？」

「去年亡くなった祖母が六十年前、〝使い番〟の役目を立派に果たしたのだと狐は言っていました——」

おれはマドンナに、伏見稲荷の道場には、鹿島大明神の掛け軸が掛かっていますかと訊ねた。

ええ、掛かっていますとマドンナはこくりとうなずいた。

「狐からは〝狐のは〟で、私の前に座る人物に袋を渡すように言われていたんです。でも、その前に小治田教頭が、自分は鹿の使いだからと言ってきて、つい信用して渡してしまったんです」

「小治田教頭とはそれから話をしたのですか？」

「ええ、電話で。自分もすっかり鼠にだまされていたと言っていました。ホントに鼠って、性悪の嫌なやつですね」

鼠のために少々弁護してやりたい気がしたが黙っておいた。おれはマドンナに今の神棚の話は小治田教頭には内緒でお願いしますと告げた。すると、マドンナは狐にも同じことを言われました、どういうことです？　と訊ねた。おれがうまく答えることができずにいると、わかりました、この話は誰にも言いませんと小さく笑ってうなずいた。おれは狐はどんなやつですかと訊ねた。マドンナは、紳士ですけど何を考えているかわからないと答えた。おれは紳士な狐というものを思い浮かべようと努力したが、どうにも無理だった。

「〝鎮め〟の儀式のとき、ふと思ったのですが、いつか京都に〝目〟が遷されるとき、狐はどうするのでしょう？　だって、動物園の檻から出られないでしょう？」

おれの真面目だか不真面目だかわからない質問に、それはきっと何とでもなりますとマドンナはいたって真面目な顔でうなずいた。

「狐は人に化けますもの。二度と会うのはゴメンだと、狐に話しかけられた日から、動物園には決して近づかなかったんです。そうしたら向こうから勝手におじいさんに化けてやってきました。週に何度か、伏見稲荷で本来の仕事があるときは、いつもタクシーに乗って向かうそうですよ」

ハハア、そうですかと返したきり、呆れて言葉が続かない。もっとも、支払いはやはり木の葉なのかなどと想像すると、少し楽しい。

向こうに帰られたら、どうなさるのですか？　とマドンナは訊ねた。わかりませんとおれは首を振った。でも、そのうちに大学院に戻られるのでしょうと重ねられ、それもわかりませんと返すと、マドンナはそうですかとさびしそうな声でつぶやいた。

「でも、剣道をもう一度、やってみようかと思います」

本当ですか？　じゃあ今度、こっちに来たときは絶対にウチの道場に寄ってください、一緒に稽古しましょうとマドンナは明るい声に戻って、何度もうなずいた。

それから奈良の町を見下ろしながら、たわいない話を続けた。マドンナは同僚の教師が先日、四十日理論というものを教えてくれたと、その内容を紹介してくれた。何でも、社会人が素敵な相手に出会う日数は年に最大四十日しかないという理論なのだという。一週間のうち月から金までは仕事をしている、土曜日は家で休んでいる、となると新たな環境に顔をのぞかせるのは日曜しかない。つまり三百六十五日の七分の一で約五十日、その全部を自由に使えるわけでもないので、少し引いて四十日。つまり、一年に素敵な相手に会えるチャンスは多くて四十回しかないという結論に落ち着くらしい。

「日曜日も部活や実家で剣道をしているので、私はさらにその半分くらいに減ってしまいそうです」

とマドンナは笑った。屈託のない笑顔はどこまでもまぶしく、またせつなく映った。

おおい、先生と声が聞こえてきて、振り返ると、斜面を藤原君と重さんが小走りで降りてくる。止まらない止まらないと藤原君がうれしそうな声を上げている。その後ろで重さんが本当だ本当だと少々妙な格好で走っている。どうやら根っからのインドア派の重さんは、運動が苦手らしい。それでも風を受けて髪が靡く様は、実に絵になっている。

「ああ見えて、重さんは彼女がいません。休みの日も、窓から空の写真を撮ったり、ちっとも外に出ようとしません。だから、これからは先生が誘ってあげてください。四十日だとか頭でっかちなことを言っていてはいけません。大丈夫、重さんは先生のことを、とてもきれいな人だと以前、言っていましたから」

がんばってください先生、とマドンナの澄んだ瞳を見つめた。マドンナは大きく目を見開くと、真っ赤な顔をしてうつむいてしまった。きりりと痛む胸の感触に自分でも少し驚きながら、おれは立ち上がった。奈良の町を背景に、両手を大きく広げ、おおいと重さんと藤原君の名を呼んだ。

第四章

霜月（十一月）

朝起きて、顔を洗った。

鹿の顔をごしごしとタオルで拭く。髪を整える代わりに、意味もなく角を触る。鹿の角は一年経つと、勝手に抜け落ちるものらしい。ではそのうちおれの角も落っこちるのかと思いながら、歯を磨く。

家を出て、散歩に向かった。見上げるとずいぶんな曇り空である。午後には雨が降るという。まだ暗い道を転害門へと進む。

講堂跡に、雌鹿がぽつんと立っていた。

「もう来ないかと思っていたよ、先生」

もう今日からは先生じゃないんだとおれは笑って、鹿の前の礎石に腰を下ろした。

「お前に話しかけられたのが、たったひと月前のことだなんて、信じられないな」

いろいろあったからなという鹿の声に、ありすぎだよと返して、おれはジャケットのポケットからポッキーを取り出した。ホウと鹿がうれしそうな声を上げる。

「今日で最後だからな、餞別だよ」

「思いもしない贈り物だな。もう怒っていないのか……先生？」

お前に怒っても仕方がないよとおれは封を開けながら答えた。

「これから大明神のところに帰るのかい？」

「大明神のところじゃない、家に帰るんだ」

おれはポッキーを五本まとめて差し出した。鹿はそれを豪快にくわえ、ぼりぼり咀嚼する。

ああ、これで当分ポッキーとはお別れだなとつぶやいた。どうして？　堀田にもらえばいいだろうと言うと、あの子は先生の顔のことを教えてから、姿を見せないと鹿は首を振った。

空が少しずつ白み始める。沈んだ色合いに染まっていた木々の影が、鮮やかな息吹を放ち始める。

ともにポッキーを齧りながら、たわいない話をする。おれは鹿に健康の相談をする。これまで怖くてお前に訊けなかったが、鹿化が始まって以来、大便が鹿の糞のようにぽろぽろと小粒で大人しい、油っこいものがすっかり駄目になった、味覚もどうもちぐはぐだ、知っているならはっきり言ってくれ、おれはこのまま身体の内側からも鹿になってしまうのか？

鹿は心底呆れたような声で言った。

「そいつは先生――神経衰弱だよ」

は？　と間抜けな声を上げたおれに鹿は告げた。糞が大人しい？　そりゃあ便秘だろう、油っぽいものが食べられない？　そりゃあ胃もたれだろう、味覚がおかしい？　そりゃあ自律神経の具合が悪いんだろう、さっさと病院に行って薬をもらうんだね――。

「じ、じゃあ、おれは草食動物に近づいているわけじゃないのか？」

「近づくわけないだろう。それこそ妄想だ。気味の悪いこと言わないでくれ」

そうなのか、おれは神経衰弱なだけだったのか――何だか妙に明るい気分でつぶやいた。そりゃあ、こんな無茶苦茶な状況に身を投じたなら、誰だって神経衰弱になるはずだ。まったく間抜けな話だった。神経衰弱を否定するつもりで奈良に来たはずが、正真正銘の神経衰弱になって帰ることになるとは。

ありがとうよ、悩みが解消したよという声に、鹿はつまらなそうにどういたしましてとつぶやいた。

「そうだ、最後に教えてくれ」

何だと鹿はおれの手からポッキーを取って、首をもたげた。

「どうしてお前は、今もこんなことをやっているんだ――？　お前だけじゃない。狐も、鼠もだ。当の人間が忘れてしまったことを、お前たちは律儀に守っている。もちろん、おれは人間だから、これから先もなまずを鎮めてほしいと思う。でも、正直なところ、おれには理解できないな。おれが鹿なら、こんなことやらないよ」

鹿はもごもごとあごを動かしていたが、ようやく落ち着いたところで「まあ、それぞれ理由があってね」とつぶやいた。

「理由？」

「たとえば――狐はとにかく損得勘定でしか動かないやつだ。ヒメは狐に〝鎮め〟の役目を受けてくれたら、〝目〟の力を用いて人に化ける方法を教えてやろうと言った。狐は昔から好奇心が異常に旺盛だからな。一も二もなくヒメの提案に乗った。人間なんかに化けて何が楽しいのか、私にはさっぱりわからないが――。狐にすれば、なまずのことなどどうでもよくって、なまずを鎮めるときに得られる〝目〟の力が大事というわけさ。鼠の場合は、あのとおり、おせっかい焼きのババアだ。ヒメが生きているときも、何くれとなく世話を焼いていた。ヒメが死んでからも、当たり前のように〝鎮め〟の役目を引き受けている――」

じゃあ、お前は？　というおれの問いに、鹿は急に顔を空に向けた。空はだいぶ明るくなってきたが、重い雲に覆われ、太陽の姿は見当たらない。これは午後を待たずに雨になるかもしれない。

「あるとき――ヒメが言ったんだよ。お前はとても美しい、と」

雲の流れを見つめ、鹿はぽつりとつぶやいた。おれは思わず、は？　と声を上げてしまった。

「人間はこの世で唯一、自分たちとはちがう種を美しいと認めることができる生き物だ。我々は決して、他の生き物を美しいだなんて思わない。私は生まれて初めて、仲間以外の生き物から美しいと言われた。とてもうれしかった。そのとき私は決意したんだ。この人の願いを、これからもずっと守り続けようと。だから、今もこうして先生と話している」

鹿の話に、おれはどういうことだと自問した。どうやら、このおっさん声の雌鹿が言っている意味が一つしかないと気づいたとき、おれは驚愕し、同時にわけもなく狼狽した。

「お、お前、ひょっとして……恋をしたのか？」

鹿は返事をせず、黙って空を眺めている。

何てこったとおれは思った。この鹿は人間の女に恋をしたのだ。その恋心一つで、千八百年間も約束を守り続けてきたのだ。

「私だけじゃない。狐も鼠も、きっとヒメのことが好きだったんだと思う。狐がいくらヒメを利用してやったと憎まれ口を叩いて、鼠がヒメは自分がいないと何もできないと勘違いしていいようとな。皆、あの女《ひと》が好きだったのさ」

鹿はふいとおれに顔を向けた。いつも同じ表情をしているはずの鹿の顔が、何だかやさしげに見えた。

「おれもときどき、お前が美しいと思うときがあるよ」

「ありがとう、先生」

鹿は短く礼を言った。

そろそろ戻るよ、ばあさんが朝食を用意して待ってくれているから、おれはポッキーの箱をくしゃりと潰して立ち上がった。

「ああ、そうだ。もう一つ、最後の最後に訊かせてくれ」

「何だ？」

「『びい』って何だ？　お前、たまに言うだろう」

「ああ、あれはただの挨拶だよ」

「それって普通の人間にも聞こえるのか？」

「我々と言葉を交わせる人間なら、聞き取ることができる。ヒメの時代には、大勢いたがな。ときどき〝使い番〟でも〝運び番〟でもない、普通の人間がそれを耳にしたのか、話しかけてくることもあるが……もう三、四百年くらい前に会ったやつが最後だったな」

「そ、そいつは男だろ。ひょっとして、芭蕉って名前じゃなかったか？」

「名前は知らない。とにかく口の悪い男だった。挨拶してやったら、屁のような声を出すんだなとかいきなり言うものだから、思いきり蹴ってやった。痛い痛いと泣いていた」

びいと啼く　尻聲悲し　夜乃鹿――芭蕉の句が、しみじみと胸に響いた。

「実は私も、先生に一つ頼みごとがあるんだ」

鹿は急にかしこまった声を上げた。

「何だ？」

「その胸の角を――私にくれないか？　私はその〝匂い〟が大好きなんだよ」

「そんなのお安い御用だよ。――でも、どんな匂いなんだ？」

「神の匂いだよ」

おれは首からお守りを外して、鼻に近づけた。ちっともわからんねと首をひねって、礎石の上に勾玉を置いた。

じゃ、行くよとおれは鹿に告げた。

「達者でな、先生」

「ああ、お前も養生しろよ。ポッキーはもうやめておけ」

おれは鹿に背を向け、歩き始めた。

草むらからアスファルトの道に出たところで振り返った。鹿は威厳ある立ち姿のまま、じっとこちらを見つめていた。

「今度こそ――最後の質問だ」

「何だい、先生？」

いかにもおかしいのを堪《こら》えるような声で、鹿は言った。

「お前……さびしいか？」

しばらく間があってから、

「びい」

とあごを突き出し、鹿は間抜けな声を上げた。

じゃあな、おれは笑って手を振った。

＊

朝食を終え、学校に向かう重さんを見送った。

車に乗りこむ前に、先生は向こうに戻ったらまた大学院に戻るのかい？　と重さんは訊ねた。年内は戻らない、その後もまだわからないと正直に答えると、重さんは、別に大学の研究室が狭いという意味じゃないけど、先生にはもっと大きなところで活躍してほしいな、近くで見ていたからわかるけど先生はとても強い人だよ、教師の仕事とか本当に合っていたと思うんだなと真面目な表情で語った。ありがとうございますと照れながら頭を下げると、じゃあ先生、元気でねと重さんは右手を差し出した。

車が見えなくなるまで見送って、家の中に戻った。実家の母に奈良に来て初めて電話をした。荷物を昨日送ったから、今日の午後には着くはずだ、ついでにおれも夕方にはそっちに帰るはずだと告げると、母はどうして急に帰ることになったのかについては一切触れず、やっと腰の具合が良くなって昨日、お前のために鹿島さまにお札を取りに行ってやったのに、これでは行った甲斐がないなどと言いだし、心底閉口した。

お札と聞いて、前の手紙に古いお札を同封したと書いてあったが、中にはまるでちがうものが入っていた、あれは何のつもりだったのかと訊ねた。すると母は、間違いなく自分はお札を入れた、家に帰ってきたら、お札が貼ってあった場所を見せてやる、壁にそこだけ白く四角い跡が残っているから――とどこまでも譲らない。鹿の勾玉を見せたらいいのだろうが、鹿にくれてしまったからもう手元にない。これ以上、不毛な言い合いをしても電話代が無駄になるだけなので、わかったわかった、じゃあその場所に新しいお札を貼っておいたらいいだろうと適当に告げたら、母はなるほどそれは道理だと急に機嫌を直し、おれは深いため息をついて電話を切った。

忘れ物がないか点検し、最後に机の上からポラロイド写真を取ってバッグに入れた。昨日のハイキングの帰り、玄関前で重さんにお願いして撮ってもらったもので、一枚目にはマドンナと藤原君に挟まれ、二枚目にはばあさんと重さんに挟まれたおれが写っている。どちらも真ん中で笑うおれの顔は、れっきとした人間のそれである。

結局、堀田とは会えなかったなとつぶやいて、バッグのファスナーを閉めた。ひょっとしたらこの週末、家に会いに来てくれるのではないかと心のどこかで期待していたが、職員室の前で話したときが最後の別れになってしまった。だが、それで良かったのだと思う。もし会ったとしても、おれは堀田を悲しませるだけだから。

部屋の窓を閉めて、一階に下りた。玄関で靴を履いていると、ばあさんがしくしく泣きだした。ほら、泣かないって約束だったでしょうとおれが笑うと、だって出てくるものは仕方ないじゃないかとばあさんは開き直って、タオルを目頭に当てた。何時の汽車に乗るんだい？　と訊かれ、京都を十一時に出る新幹線に乗るつもりですと答えた。

「これからも立派な人間でいておくれ、先生」

あと、胃腸をもう少し鍛えなよと温かいはなむけの言葉をいただいて、おれは玄関の引き戸を開けた。四つ辻のところで振り返ると、家の前でばあさんが一生懸命手を振っていた。急に視界が滲むのを感じながら、おれも手を振って、ばあさんに別れを告げた。


京都行きの近鉄線に乗った。

いつもなら途中で正面に見えるはずの、山々が連なる風景も雲に隠れてちっとも見えない。そのうち、窓に水滴が斜めにかかり始めた。次の駅では、濡れた傘を携えた乗客が大勢乗りこんできた。

京都駅で弁当を買って、母と祖父に適当にお土産を選んだ。人もまばらなプラットホームに出ると、間もなく新幹線がゆっくり滑りこんできた。午前中ということもあり、車内は空いている。窓際の席に座って、バッグから、昨日藤原君が餞別にとくれたかりんとうの袋を取り出した。

先生がとても気に入っていた様子でしたからと昨日の別れ際、藤原君が贈呈してくれた一袋である。最後の機会でもあるし、これまでなぜか訊きそびれていた、どこでこれを買っているのかという質問を投げかけた。すると藤原君は、買っているんじゃありませんよ、作っているんです、これ僕のカミさんの手作りなんですよと誇らしげに胸を張った。おれは心の底から、不味いと言わず、これまでずっと我慢してきて良かったと思った。

かりんとうの袋はちゃんと口にパック加工がされている。これがやけに固くて開かない。一呼吸入れようと、おれは窓の外をのぞいた。車内の照明の光を反射させた窓には、袋を手にした鹿の顔をした男が薄ら映っていた。結局、おれは鹿になるために奈良に来たのか――ため息をついて、かりんとうに戻ろうとしたとき、猛然と走る人影が窓の外を過ぎった。

「堀田――」

おれが席から尻を浮かせるのと、堀田が立ち止まり、窓の向こうからおれを発見するのが同時だった。

ガラス越しに顔が合った。車内には「のぞみ十号東京行き、まもなく発車いたします」というアナウンスが流れている。プラットホームに発車のベルが鳴り響いている。

通路に出て、両側の扉を見比べた。距離の近い左側のドアを指差した。窓の外の堀田がうなずいて、駆けだす。おれも弁当袋を提げたビジネスマンとぶつかりながら、通路を走りだす。

自動ドアを開けて、デッキに出た。

「堀田――」

ほぼ同時に、乗車口の向こうに制服姿の堀田が現れた。

おれと堀田は乗車口を挟んで向かい合った。

「お、お前、学校はどうした？」

堀田はおれを見上げ、大きく肩で息をしている。ここまで走り続けてきたのだろう、頬は紅潮し、額には汗の粒すら浮かんでいる。

スピーカーからは「お見送りの方は、黄色い線の内側へお下がりください」という声が繰り返し流されている。発車のベルはいよいよけたたましくプラットホームに鳴り渡る。

おれが何か言葉を発しようとしたとき、

「黙って、先生」

と堀田は叫んだ。

次の瞬間、堀田はいきなりおれのジャケットの襟をつかみ引き寄せた。

堀田の顔が急に近づいたと思ったとき、堀田の唇がおれの口を塞いでいた。

ジャケットの胸ポケットに何かをねじこみ、堀田はおれの胸をどんと突いた。おれはよろよろと後退り、デッキの床にどしんと尻から転がった。

同時に、目の前でドアが空気の音を響かせ閉まった。おれは慌てて立ち上がった。四角い窓枠の向こうに、堀田の顔があった。少し離れ離れになった目が、真っ赤に充血していた。

さよなら——先生。

声にならない声が、その野生的魚顔から発せられ、小さく振られる指の先が見えたとき、流れだした風景とともに堀田の姿は窓枠から消えた。

＊

呆然として、席に戻った。

いつの間にか、かりんとうの袋を開け、ぽりぽりと齧っていた。まったく味はわからない。しばらく経ってようやく、おれは胸ポケットに何かをねじこまれたことを思い出した。ポケットに触れると、折り畳んだ紙の硬い感触がある。おれはそれを取り出した。白地の紙に、赤い線があちこちに引かれているのが見える。どこかで見覚えのある感覚とともに紙を広げた。

ああと声を上げた。そりゃ、見覚えがあるはずである。なぜなら、おれが採点した理科の中間試験の答案用紙だからだ。

堀田イト、三十七点。ひどい点数だ。赤点である。こんなものを返しにきたのかと不審に思いながら、おれは答案用紙を裏返した。紙のいちばん上に、「先生へ」とずいぶん下手な字が書きこんであった。

堀田からおれへの手紙だった。

先生へ

今日の一限目に先生が採点したテストが返ってきました。赤点でした。あんなことがあった次の日からテストで、テスト勉強なんかまともにできっこないので、少しはおまけしてくれるかなと思っていたのに、赤点はひどいと思いました。

とてもヘコんで、やっぱり先生は最低だと思いながらトイレに行きました。洗面台で手を洗っていたら、誰もいないトイレなのに、後ろからいきなり話しかけられました。聞いたことのある声だと思ったらねずみでした。ねずみのババアさんが、道具入れのドアのすき間から鼻だけ出して話しかけていました。

ババアさんは鹿づらじゃなくなっていて良かった、心配していたんだと言いました。私は先生が私のことを元に戻してくれたけど、先生はまだ鹿の顔のままだと言いました。

ババアさんはいい先生だねと、先生をとてもホメていました。お嬢ちゃんは先生を救ってあげたいかいとたずねてきました。はいと答えると、ババアさんはじゃあ一度だけお嬢ちゃんを助けてあげる、この前相談に乗ってあげると約束したしね、それにそんな骨のある男はいまどきめずらしいからと言いました。

ババアさんは、私は印の消し方を知っているんだと得意そうに言いました。ヒメという人から、ババアさんだけが教えてもらったそうです。このことは鹿やキツネのやつらには内緒だよと、うれしそうに言っていました。でも、印のつけ方は知らないそうです。

これは女にしかできない、簡単だけど難しい、でも先生を元に戻せるのは、同じ鹿の力を帯びた使い番のお嬢ちゃんしかいない、よく考えてやるかどうか決めなさいとババアさんは言って、消えていきました。

すぐに福原先生の家に電話したら、おばあさんが先生はもう出発したと教えてくれました。おばあさんが言っていた汽車（新幹線のこと？）の時間に間に合ったらいいなと思います。

この手紙は京都に行く近鉄のなかで立って書いています。近鉄はよくゆれます。字が読みにくいのは近鉄のせいです。

これから私、ねずみのババアさんが言っていた印の消し方を先生にやろうと思います。私にとっては、はじめてのことだけど、それが先生でもいいかなと思います。

それじゃ、次のお仕事がんばってください。

さようなら。

十一月一日　　堀田イト

ぼんやりとした頭のまま、手紙を読み終わった。

手紙の最後にはプリクラが貼ってあった。

おれと堀田がお互い妙な顔で見つめ合っている一枚である。何かが変だった。おれはじっとプリクラを見つめた。

二人とも――人間の顔をして写っている。
新幹線がトンネルに入って、耳がツンとした瞬間、おれはハッとして窓に顔を向けた。
暗いトンネルを背景に、窓は明るい鏡となっておれを映し出していた。
人間に戻ったおれの顔を映していた。

本書は書き下ろしです。原稿枚数590枚（400字詰め）。

本作はあくまでフィクションです。

〈著者紹介〉
万城目学　1976年生まれ。大阪府出身。京都大学法学部卒。2006年、第4回ボイルドエッグズ新人賞を受賞した「鴨川ホルモー」でデビュー。同書は、2007年本屋大賞にノミネートされるなど、各紙誌で絶賛され話題となった。東京都在住。

GENTOSHA

鹿男あをによし
2007年4月10日　第1刷発行
2008年1月30日　第9刷発行

著　者　万城目学
発行者　見城 徹

発行所　株式会社 幻冬舎
〒151-0051 東京都渋谷区千駄ヶ谷4-9-7

電話:03(5411)6211(編集)
03(5411)6222(営業)
振替:00120-8-767643
印刷・製本所:株式会社 光邦

検印廃止

ISBN978-4-344-01314-8 C0093
幻冬舎ホームページアドレス　http://www.gentosha.co.jp/

この本に関するご意見・ご感想をメールでお寄せいただく場合は、
comment@gentosha.co.jpまで。